無実（上）

ジョン・グリシャム　　監訳／白石 朗

ゴマ文庫

アネット・ハドスンとレニー・シモンズ、
そして、おふたりの弟の思い出に本書を捧げる。

本書に登場する主要人物

●ロンの一家
ロン（ロナルド）・ウィリアムスン……元野球選手、デビー・カーター殺害事件の容疑者
ロイ……その父親
フアニータ……その母親
アネット・ハドスン……長女
レニー・シモンズ……次女

●事件関係者
デニス・フリッツ……ロンの友人、中学の理科教師でデビー殺害事件の容疑者
グレン・ゴア……クラブ〈ハロルズ〉のディスクジョッキー
ブルース・リーバ……ロンの高校時代の親友
マール・ボウエン……アッシャー高校野球チーム監督
リッキー・ジョー・シモンズ……“自白者”
グレッグ・ウィルホイト……服役中の冤罪の犠牲者

●警察・検察関係者
デニス・スミス……エイダ警察の刑事
リック・カースン……エイダ警察の警官、ロンの幼馴染
ゲイリー・ロジャーズ……オクラホマ州捜査局の捜査官
ラスティ・フェザーストーン……同
メルヴィン・ヘット……州捜査局・科学捜査研究所技官
ジェリー・ピーターズ……同
ビル・ピータースン……州地区首席検事

●被害者デビーの一家
デビー（デボラ）・カーター……殺人事件の被害者、〈コーチライト〉のウェイトレス
ペギー・スティルウェル……その母親
チャーリー・カーター……その父親

●もうひとつの殺人事件
デニース・ハラウェイ……大学生、行方不明になったコンビニエンスストア店員
トミー・ウォード……デニース殺害事件の容疑者
カール・フォンテノット……同

●弁護士
バーニー・ウォード……エイダの弁護士でロンの弁護人
グレッグ・ソーンダーズ……エイダの弁護士でフリッツの弁護人
マーク・バレット……オクラホマ州貧困者弁護事務局の弁護士
ジャネット・チェスリー……同
キム・マークス……同事務局の調査官
レスリー・デルク……上訴公選弁護人局の弁護士
バリー・シェック……〈イノセンス・プロジェクト〉の弁護士

●裁判所判事
ジョン・デイヴィッド・ミラー……州地区裁判所判事（予備審問担当）
ロナルド・ジョーンズ……同（公判担当）
フランク・シーイ……連邦地区裁判所判事
トム・ランドリス……州地区裁判所判事（再審担当）

『無実』の主な舞台

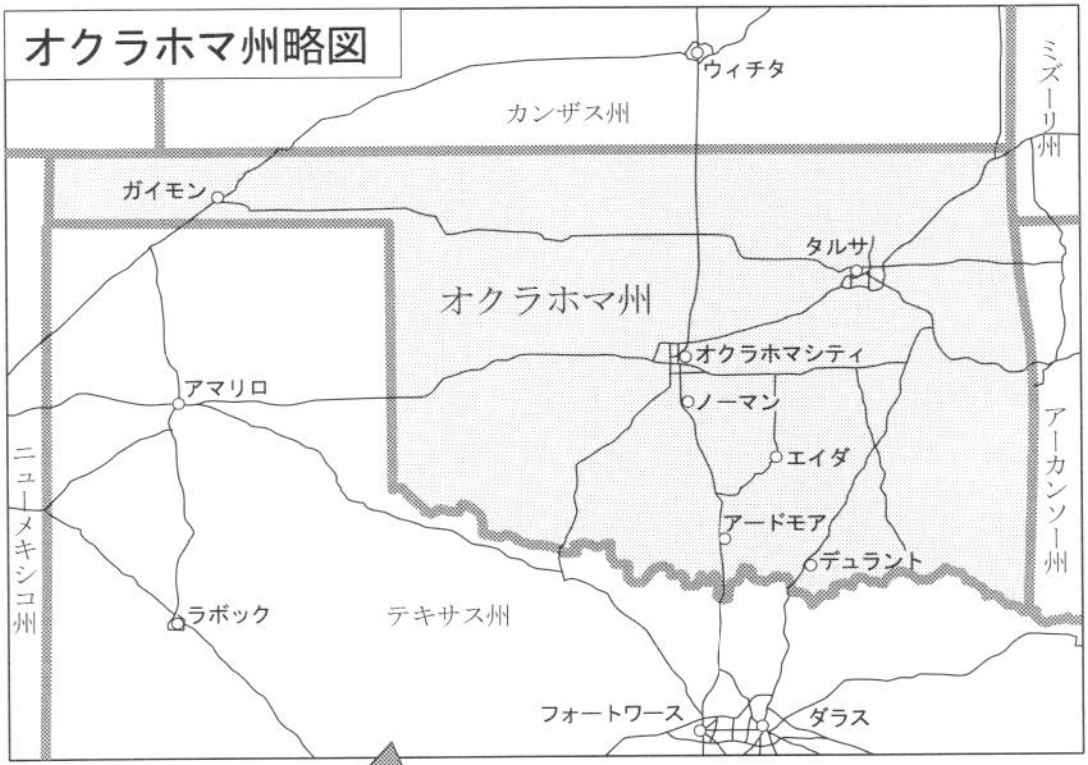
オクラホマ州略図
ウィチタ
カンザス州
ミズーリ州
ガイモン
タルサ
オクラホマ州
オクラホマシティ
アマリロ
ノーマン
エイダ
ニューメキシコ州
アーカンソー州
アードモア
デュラント
ラボック
テキサス州
フォートワース
ダラス

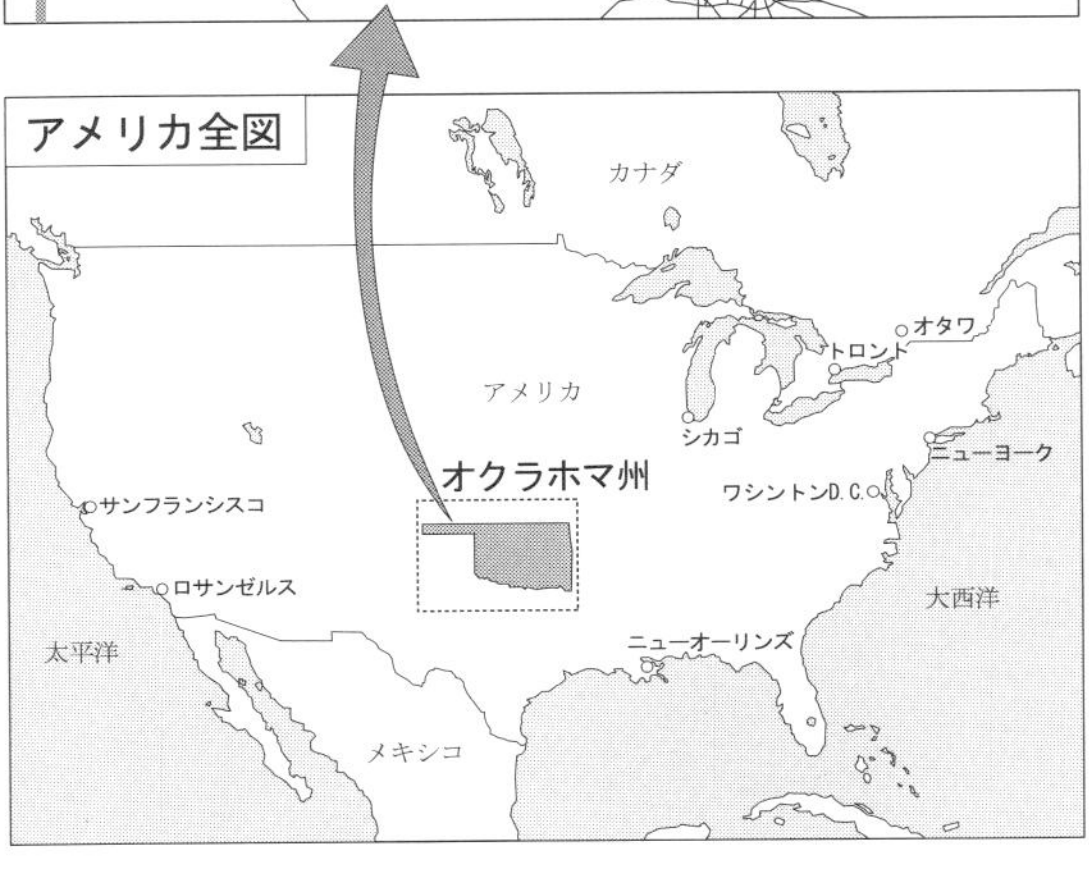
アメリカ全図
カナダ
オタワ
トロント
アメリカ
シカゴ
ニューヨーク
オクラホマ州
ワシントンD.C.
サンフランシスコ
ロサンゼルス
大西洋
ニューオーリンズ
太平洋
メキシコ

1

　オクラホマ州南東部、ノーマンの街からアーカンソー州にまでつづく起伏のゆるやかな丘陵地帯は、かつては原油を豊富に埋蔵していたが、いまではほとんどその面影はない。古い採油ポンプが郊外に点在してはいるが、稼働中のポンプはのろのろと一回動くたびにせいぜい数ガロンを汲《く》みだす程度で、はたからは価値があるのかどうか疑わしく見える。多くはもう動いておらず、山師たちが一攫千金《いっかくせんきん》を狙って油井《ゆせい》を掘り求めていた栄光の日々を思い出させる遺物として、錆びついていく姿をさらしているだけだ。

　人口一万六千人、大学と郡裁判所を擁《よう》する古くからの石油街エイダも、周辺農地には採油ポンプが散在している。だが、ポンプはもう動いていない――すでに原油が枯渇しているからだ。現在エイダで金を稼ぐといえば、工場や飼料製造所やペカン農場で時給をもらうことを意味している。

　エイダのダウンタウンはにぎやかな場所だ。メイン・ストリートには、無人の建物や閉店して板ばりになった建物は見あたらない。多くが街はずれに商売の場を移しながらも、商店主たちは生きのびている。昼時には、どこのカフェも繁盛している。

ポントトック郡裁判所の庁舎は狭苦しく古い建物で、弁護士や依頼人でいっぱいになる。その周囲にはお約束どおり、郡の行政機関や法律事務所が集まっている。低くて窓のない掩《えん》蔽壕《ぺいごう》のような拘置所は——すでに忘れ去られた理由で——裁判所の敷地内に建てられ、覚醒剤《メタンフェタミン》の害悪ゆえにいつも満員だ。

メイン・ストリートの突きあたりは、イースト・セントラル大学のキャンパスだ。学生数四千、その多くが街の外からの通学者だ。大学が若い学生や教員たちを新たに呼びこむことで地域が活性化し、オクラホマ州南東部のここの土地柄に、いくばくかの多様性をもたらしている。

エイダ・イブニング・ニュース紙は、州最大の新聞であるジ・オクラホマン紙と懸命に張りあっている活気に満ちた地元日刊紙で、この新聞のアンテナに引っかからない事件はまずない。第一面にはたいてい世界のニュースや全国的なニュースが載り、つぎに州や地元のニュース、そのあとには重要な記事——高校のスポーツや地方政治、地域の行事予定、死亡告知など——がつづく。

エイダやポントトック郡の住民には、南部らしい素朴な人間と西部ならではの独立心あふれる人間がほどよく混じりあっている。訛《なま》りはテキサス東部かアーカンソーから来ている可能性があり、iの音がeに近くなっているほか、それ以外の母音も長めに発音される。この地域には、アメリカ先住民のチカソー族が居住している。オクラホマ州は、ほかのどの州よりもアメリカ先住民の数が多く、百年にわたる交流の結果、多くの白人にインディアンの血が混じるようになった。混血が汚名と見なされた時代はとうの昔のこと、いまではむしろこれが誇りに思われている。

エイダは、アメリカ南部の熱心なキリスト教信仰地帯、通称〝バイブルベルト〟のただなかにある。街にはキリスト教の十二の宗派からなる五十の教会が存在する。教会の活動はさかんで、しかも日曜に限定されない。カトリック教会と聖公会の教会はひとつずつ存在するが、仏教寺院やユダヤ教会堂は存在しない。住民の大部分はキリスト教徒か、あるいはそう公言しており、教会に属することはほぼ当然とみなされている。社会的地位が、信仰する宗教によって決まることは珍しくない。

人口一万六千人のエイダは、オクラホマの地方の街としては大きい街とみなされ、そこに惹かれた工場やディスカウントストアが集まっている。ほかの郡からも、労働者や買い物客が車でやってくる。エイダはオクラホマシティから南東約百三十キロ、ダラスからは北に三時間の位置にある。テキサス州で働いているか暮らしている知りあいがいない人は皆無といってよい。

郷土の誇りとして筆頭に挙げられるのは、競走馬クォーターホース産業である。最高級の競走馬の一部はエイダの牧場主が育てた馬だ。また、フットボールの州大会でエイダ高校のチームであるクーガーズが優勝すれば、住民たちは決まってそのあと何年も自慢の種にする。

エイダは人情味あふれる土地だ――住民はよそ者にも隣人にもひとしく話しかけ、困っている人を見過ごせない人ばかりだ。子どもたちは前庭の日陰になった芝生で遊ぶ。日中、家々のドアは開け放たれている。ティーンエイジャーたちは夜遊びもするが、問題を起こすことはほとんどない。

一九八〇年代初頭の悪名高い二件の殺人事件がなかったなら、エイダは世界から注目を浴びずにいられただろう。そんな注目を浴びることがなくても、ポントトック郡の善良な人々には、不満ひとつなかったはずだ。


街に不文律の条例があったかのように、エイダではナイトクラブや酒場が街はずれに追いやられていた。よからぬ連中を、善良な人々に近づけないためだった。〈コーチライト〉は、そんな店のひとつだった。照明の暗い洞穴のような金属づくりの建物で、安いビールとジュークボックス、週末のバンド演奏とダンスフロアが売り物。外のだだっ広い砂利敷きの駐車場には、セダンより埃まみれのピックアップ・トラックのほうが多かった。常連は想像どおりの面々だ――帰宅前に一杯ひっかける工場労働者、娯楽を求めにきた田舎者、夜型の二十代の人間、バンドの生演奏をききにくるダンスやパーティー目あての人々といったところ。のちに有名になったカントリー歌手のヴィンス・ギルやランディ・トラヴィスが、駆けだし時代に訪れたこともある。

〈コーチライト〉は人気があって繁盛しており、多くのバーテンダーや警備員やカクテル・ウェイトレスをアルバイトで雇いいれていた。そのウェイトレスのひとりに、デビー・カーターという女性がいた。地元出身の二十一歳、数年前にエイダ高校を卒業して、このときは、独身生活を謳歌していた。ほかにもアルバイトをふたつかけもちしていたほか、ベビーシッターをすることもあった。自分の車をもち、イースト・セントラル大学に近い八番ストリートのガレージの上にある2DKのアパートでひとり暮らしをしていた。黒髪でスリムなアスリート体形の美人で、同年代の若い男たちに人気があり、独立心旺盛だった。

デビーの母親ペギー・スティルウェルは、娘が〈コーチライト〉をはじめとするクラブに入りびたっていることを心配していた。そんな生き方をするように娘を育てた覚えはない。むしろ教会の信徒として育てたのだ。だが、高校を卒業するとデビーはパーティーに興じては、夜更かしをするようになった。ペギーは娘をいさめ、新たなライフスタイルをめぐる親子喧嘩がたびたび起こった。デビーは独立することに決め、アパートを見つけて実家を出たが、母親とはよく連絡をとりあっていた。

一九八二年十二月七日の夜、デビーは〈コーチライト〉で仕事についていた――カクテルを客に運びながら、終業時刻ばかり気にしつつ。その夜は客がすくなかったので、デビーはもう仕事を切りあげて友人たちに合流してもいいか、と店主にたずねた。店主はとくに反対せず、デビーはすぐに高校時代の親友ジーナ・ヴィエッタをはじめ、友人たちがいるテーブルに加わって、いっしょに飲みはじめた。そこに高校時代のべつの友人グレン・ゴアがやってきて、デビーをダンスに誘った。デビーは誘いを受けたが、曲のなかばで急に踊るのをやめ、怒ったようすでゴアから離れた。のちにデビーは女性用トイレで、今夜は女友だちのだれかが自宅に泊まりにきてくれたら安心だ、と語ったが、なにを不安に思っているのかを明かすことはなかった。

〈コーチライト〉が午前〇時三十分前後に早々と店じまいにかかると、ジーナ・ヴィエッタが自分のアパートで飲みなおそうといって、グループの何人かを誘った。ほとんどが誘いに応じたが、デビーはもう疲れているし空腹なので、すぐに帰りたいと答えた。一行はさして急ぐこともなく、クラブをあとにした。

〈コーチライト〉が店を閉めるころ、デビーが駐車場でグレン・ゴアとしゃべっていたのを何人かの者が目撃している。そのひとり、トミー・グラヴァーは地元ガラス会社での同僚で、デビーのことをよく知っていた。ゴアとも知りあいだった。グラヴァーは自分のピックアップ・トラックに乗りこんで帰ろうとしたときに、デビーが車の運転席のドアを開けるところを見ている。そこへどこからともなくゴアがあらわれた。ふたりは何秒か言葉を交わしたのち、デビーがゴアを押しやっていた。

マイクとテリのカーペンター夫妻は、それぞれ警備員とウェイトレスとして〈コーチライト〉で働いていた。ふたりは自分たちの車に歩いていく途中で、デビーの車の横を通り過ぎた。デビーは運転席にすわり、運転席のドア近くに立ったグレン・ゴアと話をしていた。カーペンター夫妻は手をふって別れを告げ、歩き去った。この一カ月前、マイクはデビーから、ゴアがよく短気を起こすので怖いという話をきかされていた。

トニ・ラムジーは、靴磨きとして〈コーチライト〉で働いていた。一九八二年当時、オクラホマ州の石油産業はまだ好景気だった。上等なブーツを履いている者も多かった。これをきれいに磨くと、トニはのどから手が出るほど欲しい現金を手に入れられた。トニはゴアのことをよく知っていた。この夜、帰りがけにトニは、自身の車の運転席にすわっているデビーを見かけている。ゴアは助手席側の外で、あいているドアの近くにしゃがみこんでいた。見たところ、ふたりはいたってなごやかに話をしており、おかしなようすは見受けられなかった。

自分の車をもっていなかったゴアは、この夜ロン・ウェストという知りあいの男の車に

〈コーチライト〉まで乗せてもらい、十一時三十分ごろ店に到着した。ウェストがビールを注文し、腰を落ち着けてくつろぐ一方、ゴアは歩きまわっていた。あらゆる人間と知りあいのように見えた。ラストオーダーが告げられると、ウェストはゴアをつかまえて、まだ乗せてやる必要があるかとたずねた。ゴアが頼むと答えたので、ウェストは駐車場へいってゴアを待った。数分後、ゴアが急いでいるようすで店から出てきて、車に乗りこんだ。

空腹ということでふたりの意見が一致したので、ウェストはダウンタウンの〈ワッフラー〉というカフェまで車を走らせ、ふたりは簡単な朝食を注文した。〈コーチライト〉の飲み代と同様、ここの食事代もウェストが払った。ウェストはこの夜、最初は〈ハロルズ〉というべつのクラブに行って仕事の協力者を見つけようとしていた。しかし、その店で臨時のバーテンダー兼ディスクジョッキーとして働いていたゴアにばったり出会ってしまった。ほとんど面識はなかったが、〈コーチライト〉まで乗せてくれとゴアに頼まれると、ウェストは断われなかった。

ウェストは幼い娘ふたりをもつ父親として幸せな結婚生活を送っており、いつもは酒場に夜遅くまで入りびたる習慣はなかった。家に帰りたかったが、ゴアを放りだしていくわけにもいかず、おまけにゴアのせいで時間がたつにつれ、出費がますますかさんでいた。カフェを出ると、ウェストはゴアにどこへ行きたいかをたずねた。北に数ブロック行ったオーク・

ストリートの母親の家へ――ゴアはそう答えた。この街に詳しいウェストはそちらに車をむけたが、オーク・ストリートにたどり着く前に、突然ゴアの気が変わった。数時間ウェストとドライブしてきたあとなので歩きたくなった、というのだ。外は凍える寒さでしかも気温はなおも下がりつづける一方、肌を刺す冷たい風が吹いていた。寒冷前線が近づいてきていた。

ふたりの車は、母親の家があるとゴアが語った場所からそう遠くない、オーク・ストリートのバプテスト教会の近くでとまった。ゴアは車から飛び降りると、いろいろありがとうと礼を述べ、西に歩きはじめた。

オーク・ストリートのバプテスト教会は、デビー・カーターのアパートから一キロ半強のところである。

さらに、ゴアの母親がじっさいに住んでいたのは街の反対側、教会から遠いところだった。

午前二時三十分ごろ、友人たちと自分のアパートにいたジーナ・ヴィエッタのもとへ、ただならぬようすの電話が二回、いずれもデビー・カーターからかかってきた。最初の電話のとき、デビーはアパートに何者か――訪問者が――いる、その男といっしょだと不安なので、車で来て自分を連れだしてほしい、とジーナに頼んだ。ジーナはどこのだれなのか、だれが部屋にいるのかとデビーにたずねた。ついで、くぐもった声と受話器を奪いあって争う物音がきこえ、電話はいきなり切れた。当然ジーナは心配したし、またデビーの要請を奇妙に感じもした。デビーは自分の車――一九七五年型のオールズモビル――をもっているのだから、自分で運転してどこへでもいけるはずだ。ジーナが大急ぎでアパートを出ようとしていると、また電話が鳴った。電話をかけてきたデビーは、気が変わった、こちらはなにも問題ないから、もう気にするな、と語った。このときジーナは、訪問者がだれなのかをたずねたが、デビーは話題を変えて、男の名前を明かさなかった。仕事に遅れたくないから、朝になったら目覚まし代わりの電話をかけてほしい――デビーはそうジーナに頼んだ。これまでデビーがしたことのない、妙な頼みごとだった。

ジーナはともかく行ってみようと車を出しかけたが、そこで考え直した。自分のアパートに客が来ているし、夜ももう遅い。デビー・カーターなら自分の問題にも自分で対処できるはずだし、そもそもデビーの部屋に男がいるのなら邪魔したくはない。ジーナは床につき、数時間後にデビーに電話することも忘れてしまった。

十二月八日の午前十一時、ドナ・ジョンスンがデビーに挨拶をしようとアパートにやってきた。いまはエイダから一時間の距離にあるショーニーへ引っ越していたが、その前の高校時代には、ドナはデビーと親しくしていた。この日ドナがエイダを訪れたのは、両親と顔を合わせ、また友人たちと旧交を温めるためだった。ガレージの上にあるデビーのアパートへつづく狭い屋外階段を駆けあがる途中、ドナは割れたガラスを踏んだことに気づいて、足どりをゆるめた。アパートのドアの小さな窓のガラスが割れていた。最初は、デビーが鍵を室内に置き忘れたままドアをロックしてしまい、やむなくガラスを割って部屋にはいったのだろう、としか思わなかった。ドナはドアをノックした。返事はなかった。と、ラジオの音楽が室内からきこえた。ドアのノブをまわすと、鍵がかかっていなかった。一歩足を踏みいれた瞬間、ドナはただならぬことに気づいた。

小さな居間は目茶苦茶に荒らされていた――ソファのクッションは床に投げだされ、衣服が散乱していた。右手の壁には、赤っぽい液体で《つぎに死ぬのはジム・スミス》と書き殴られていた。

ドナはデビーの名前を叫んだが、返答はなかった。前にいちど、このアパートへ来たことがあったドナは、引きつづき友人の名を呼びながら、急いで寝室に移動した。ベッドは引っぱられて元の位置から動かされており、ベッドカバーはすべて剝ぎとられていた。足が目にとまって、ベッドの先の床に目をやると、そこにデビーがいた――うつぶせになった全裸の体は血まみれで、背中になにかが書かれていた。

ドナは恐怖で凍りつき、前へ踏みだすことができず、ただ友人の変わりはてた姿を見つめたまま、デビーが呼吸するのを待った。これはただの夢かもしれない、と思いながら。

寝室を出てキッチンに足を踏みいれたドナは、小さな白いテーブルに殺人者が残したさらに多くの走り書きを見つけた。ふいに、いまもまだ殺人者がここに潜んでいるかもしれないという考えが頭をよぎり、ドナは急いでアパートから走りでて車にもどった。それからコンビニエンスストアまで車を飛ばし、公衆電話からデビーの母親に電話をかけた。

知らせをきいたペギー・スティルウェルは、信じられない思いだった。娘が裸で床に倒れている……しかも血まみれで動かないとは……。ペギーはドナに話をくりかえしてもらい、それから自分の車に走った。だが、バッテリーがあがっていた。恐怖で感覚が麻痺したまま、ペギーは家に駆けもどると、デビーの父親で前夫のチャーリー・カーターに電話をかけた。数年前の離婚は協議によってなされたものではなく、以来ふたりはまともに言葉を交わしていなかった。

チャーリー・カーターへの電話にはだれも出なかった。デビーのアパートから通りをはさんだ向かい側に、キャロル・エドワーズという友人が住んでいた。ペギーはキャロルに電話をかけて、恐ろしいことになっていると告げてから、アパートに行って娘のようすを見てきてほしい、と頼んだ。それからペギーはずっと待った。しまいにもういちど前夫のもとに電話をかけると、ようやくチャーリーをつかまえることができた。

キャロル・エドワーズは通りをわたってデビーのアパートへ急ぎ、ガラスの破片と、あき

デビー・カーター。殺害される2日前の写真。

犯行現場。デビーはこの2階の部屋を借りていた。

っぱなしの玄関のドアに目をとめた。ついでアパートに足を踏みいれたキャロルは、そこでデビーの姿を目にした。

チャーリー・カーターは胸板の厚い煉瓦《れんが》職人で、ときおり〈コーチライト〉で警備員の仕事をしてもいた。チャーリーは自分のピックアップ・トラックに飛び乗ると、全速力で娘のアパートにむけて走らせた。その道中ずっと、父親が考えうる悲惨な場面のありったけを思い描いていた。だが現場の光景は、チャーリーのいかなる想像をも超えていた。

デビーを目にすると、チャーリーは娘の名前を二度呼んだ。それからそばにひざまずき、顔が見えるように娘の肩をそっともちあげた。血まみれになった洗面用タオルが口に押しこまれていた。娘が死んでいることはほぼ確信していたが、それでもチャーリーは蘇生のきざしがあらわれることを願いながら、しばらくようすを見まもった。結局そのきざしがないことを見てとると、チャーリーはゆっくりと立ちあがって、あたりを見まわした。ベッドは動かされて壁ぎわから押しやられ、ベッドカバーはなくなり、部屋は混乱の極みだった。激しい争いがあったことは明白だった。チャーリーは居間に行って壁に書かれた言葉を目にし、つづいてキッチンにも行って、あたりを見まわした。ここは犯罪現場だ。チャーリーはなにかに触れないよう両手をポケットに突っこみ、その場をあとにした。

ドナ・ジョンスンとキャロル・エドワーズは、玄関前の踊り場でともに泣きながら待っていた。娘に別れを告げ、こんなことになって本当に残念だと語りかけるチャーリーの声がふたりにきこえた。おぼつかない足どりで外に出てきたときには、チャーリーも泣いていた。

「救急車を呼びましょうか？」ドナがたずねた。

「いや」チャーリーは答えた。「救急車なんか無駄だ。警察を呼んでくれ」


最初に現場へ到着したのは、ふたりの救急救命士だった。ふたりは急いで階段を駆けあってアパートにはいったが、数秒後にはひとりが外へ出てきて、踊り場で吐いていた。

デニス・スミス刑事がアパートに到着したとき、周囲は警官や救急救命士、野次馬たちでごったがえしており、ふたりの地元検察官まで来ていた。殺人事件の可能性があることを見てとると、スミスは現場を封鎖して、近隣の人々が立ち入れないようにした。

エイダ警察で勤続十七年におよぶベテラン警部のスミスは、なにをすべきかを心得ていた。自身ともうひとりの刑事をのぞく全員をアパートから退去させると、スミスはほかの警官たちに近所一帯の聞きこみをさせ、目撃者を探させた。スミスはいきりたち、自分の感情と戦っていた。自分の娘とデビーのいちばん下の妹が友だちだったので、デビーのことはよく知っていた。チャーリー・カーターとペギー・スティルウェルとも知りあいで、ふたりの娘であるデビーが本人の寝室の床に倒れて死んでいることがにわかには信じられなかった。犯行現場を掌握すると、スミスは現場をくわしく調べはじめた。

踊り場にあったガラスは玄関ドアの窓ガラスが割れたもので、破片はドアの内側にも外側にも飛び散っていた。居間には左側にソファがあり、クッションは部屋じゅうに放りだされていた。ソファの手前には、新品のフランネルのナイトガウンがあった。ディスカウントストア〈ウォルマート〉の値札がついたままだった。反対側の壁に残されたメッセージを調べると、すぐにマニキュア液で書かれたものであることがわかった――《つぎに死ぬのはジム・スミス》

ジム・スミスという名前には心当たりがあった。

キッチンの小さな白い四角形のテーブルの上にも、見たところケチャップで書かれたらしき誤字まじりのメッセージがあった――《おれたちお探すな、さもないいと》。テーブルの横の床からは、ジーンズとブーツが見つかった。じきに判明するが、どちらもデビーが前の晩に〈コーチライト〉で身に着けていたものだった。

寝室へ移動した。ベッドがドアの一部をさえぎっていた。窓はあいたまま、しかもカーテンが引きあけられていたので、部屋はかなり寒かった。死にいたる前に激しい争いがあったらしく、一面に、衣服や、シーツ、毛布、動物のぬいぐるみなどが散乱していた。整然と置かれている物はなにひとつないようだった。スミス刑事はデビーの遺体のかたわらにひざまずくと、殺人者が残した第三のメッセージに目をとめた。デビーの背中には、すでに乾いているケチャップとおぼしきもので、《デューク・グレアム》という文字が書かれていた。

デューク・グレアムという名前にも心当たりがあった。

デビーの体の下には電気コードが一本と、大きな銀のバックルがついたウエスタンスタイルのベルトが一本あった。バックルの中央には《デビー》と名前が刻まれていた。

同じエイダ警察署員のマイク・キースウェッターが現場を撮影するあいだに、スミスは証拠物件を集めはじめた。デビーの遺体、床、ベッド、動物のぬいぐるみから毛髪が見つかった。スミスは入念にすべての毛髪を拾い集めると、紙を折り畳んでつくった〝包み〟にそれぞれをおさめ、発見場所を逐一、正確に書きとめた。

スミスは慎重に証拠物件を拾いあげては記録をつけ、袋に入れていった。シーツ、枕カバー、毛布、電気コードとベルト、バスルームの床の上にあった破れたパンティ、動物のぬいぐるみの一部、マルボロがひと箱、セブンアップの空き缶、プラスティックのシャンプー容器、タバコの吸殻、キッチンの水飲み用のコップ、電話機、遺体の下にあった毛髪。デビーのかたわらには、シーツにくるまれた状態のデルモンテのケチャップ瓶があった。これも州の科学捜査研究所での検査のため、丁寧に袋におさめた。瓶のキャップは見当たらなかったが、のちに監察医によって発見された。

証拠物件を集めおえると、スミス刑事は指紋の採取にとりかかった。多くの犯罪現場でおこなってきたことだ。スミスは粉末をつかい、玄関ドアの表と裏の両面、窓枠、寝室の木材部分、キッチンテーブル、大きめのガラスの破片、電話機、ドアや窓のまわりの塗装された装飾部分、さらには外にとまっていたデビーの車からも指紋を採取していった。

エイダ在住のオクラホマ州捜査局の捜査官、ゲイリー・ロジャーズは、十二時三十分ごろアパートに到着、デニス・スミスから情況説明を受けた。ふたりはかねてからの友人で、これまでも多くの犯罪捜査で協力しあってきていた。

ロジャーズは寝室の南側の壁の床に近いところ、幅木のすぐ上のコンセントのそばに、小さな血痕らしきものがあるのに気づいた。そののち、遺体が運びだされたあと、ロジャーズはリック・カースン巡査に命令して、その部分の十センチ四方の石膏ボードを切りだし、血痕を保存させた。

デニス・スミスとゲイリー・ロジャーズはともに、殺人者はふたり以上いるという第一印象を抱いた。犯行現場の混乱ぶり、デビーの足首や手首に縛られた痕跡がないこと、頭部に見られる多数の外傷、喉の奥まで詰めこまれた洗面用タオル、脇腹や腕の打撲傷、電気コードやベルトが使われた可能性——単独犯にしては、暴力行為が多すぎるように思われた。デビーは小柄ではなかった——身長百七十センチ以上、体重は六十キロ弱もあった。血気さかんでもあったから、自分の身を守るために果敢に戦ったと見てまちがいなかった。

　地元の監察医をつとめるラリー・カートメル医師も現場に到着し、簡単な検査をおこなった。当初の見解では、死因は絞殺だった。カートメルはデビーの遺体を運びだす許可を出し、遺体を地元の葬祭場の支配人、トム・クリスウェルに引き渡した。遺体はクリスウェルの用意した霊柩車《れいきゅうしゃ》で運ばれて、午後六時二十五分にオクラホマシティの州検死局に到着、保冷室に安置された。


　スミス刑事とロジャーズ捜査官はエイダ警察署にもどり、デビー・カーターの家族と対面した。慰めの言葉をかける一方、ふたりは関係者の名前もききだした。友人や男友だち、職場の同僚や対立していた人物、以前の上司など、デビーの知りあいで、その死についてなにか知っている可能性のある者すべての名前だ。情報が増えてくると、スミスとロジャーズはデビーの知りあいの男性に電話をかけはじめた。要請は単純だった――警察に出頭して、指紋と唾液、および頭髪と陰毛のサンプルを提供してもらいたい。

　この要請を拒否した者はひとりもいなかった。〈コーチライト〉の警備員のマイク・カーペンターは、この日の午前〇時三十分ごろにデビーが駐車場でグレン・ゴアといるのを見かけた人物で、最初にサンプルを提供しにきたなかのひとりだった。デビーの同僚のトミー・

グラヴァーは、デビーがゴアと会っていた場面のもうひとりの目撃者であり、こちらもすぐにサンプルを提供した。

十二月八日の午後七時三十分ごろ、グレン・ゴアはクラブ〈ハロルズ〉にあらわれた。ディスクジョッキーとバーテンダーをする予定だった。店はほとんど無人に近い状態で、客がすくない理由をたずねたゴアは、殺人事件のことを教えられた。多くの得意客に加えて〈ハロルズ〉の従業員の一部までもが警察署に出頭、質問に答えて指紋の採取に応じていた。

ゴアは急いで警察署へ行き、ゲイリー・ロジャーズ捜査官とエイダ警察の警官であるD・W・バレットの事情聴取を受けた。ゴアはデビー・カーターとは高校時代からの知りあいで、前の晩に〈コーチライト〉でデビーを見かけたと話した。

ゴアの事情聴取を記録した調書の全文は、つぎのようになっている。

グレン・ゴア、クラブ〈ハロルズ〉のディスクジョッキー。82／12／8の午後七時三十分ごろ、クラブ〈ハロルズ〉でスージー・ジョンスンからデビーの件をきかされた。ゴアはデビーの同窓生だった。十二月六日月曜日、ゴアはクラブ〈ハロルズ〉でデビーを見かけた。82／12／7、ゴアは〈コーチライト〉でデビーを見かけた。ふたりはデビーの車の塗装について話しあった。デビーから、だれかとトラブルになっているという話はきいていない。ゴアはロン・ウェストとともに、午後十時三十分ごろ〈コーチライト〉へ行き、同人と午前一時十五分ごろ店を出た。デビーのアパートに行ったことはない。

この調書は、ゲイリー・ロジャーズ立会のもとでD・W・バレットによって作成され、ほかの十あまりの調書とともにファイルにしまいこまれた。

ゴアはのちにこの証言を変更し、十二月七日の夜、ロン・ウィリアムスンという男が〈コーチライト〉でデビーにいい寄っているところを見た、と主張することになる。この変更後の証言については、だれからも裏づけがとれなかった。ロン・ウィリアムスンは騒がしい大酒飲みのおしゃべり屋で、多少評判がわるく、じっさい当日店にいた者の多くはこの男のことを知っていた。しかし、〈コーチライト〉で見かけた覚えのある者はいなかった。それどころか事情聴取を受けた者のほとんどが、ロン・ウィリアムスンはその場にいなかったとはっきり述べていた。

ロン・ウィリアムスンが酒場にいれば、だれもがいやでも存在に気づくはずだった。

奇妙だったのは、十二月八日にこれだけ指紋と毛髪の採取がおこなわれていながら、ゴアがずっと見落とされていたことだ。こっそり立ち去ったのか、都合よく無視されたのか、それともただの怠慢なのか。理由はどうあれ、ゴアは指紋を採取されず、唾液と毛髪のサンプルも提供しなかった。

ゴアは、デビー・カーターが殺害される前に、さいごにいっしょにいるところを目撃されている人物だ。そのゴアのサンプルをエイダ警察がようやく採取したのは、事件発生からじつに三年半以上あとのことである。


翌十二月九日の午後三時、州検死局所属の監察医で法医学者のフレッド・ジョーダン医師によって検死解剖がおこなわれた。立ち会ったのはゲイリー・ロジャーズ捜査官と、おなじオクラホマ州捜査局のジェリー・ピーターズ捜査官だった。

何千もの検死解剖経験のあるベテランのジョーダン医師は、まず外表検査からはじめた。遺体は若い白人女性で、白いソックス以外の着衣はなし。死後硬直は完了しており、これはすくなくとも死後二十四時間以上が経過していることを意味した。遺体の胸部には赤いマニキュア液とおぼしきもので、《死ね》と書かれていた。またべつの赤い物質――おそらくケチャップ――が全身に塗りたくられており、背中にはおなじくケチャップで、《デューク・グレアム》と書いてあった。

両腕と胸部と顔面には、小さな打撲傷がいくつかあった。唇の内側には小さな切り傷が認められ、また血がしみている緑の洗面用タオルが喉の奥深くまで押しこまれて口から突きだしており、ジョーダン医師はこれを慎重にとりだした。首を半円状にとりまくかたちで、擦過傷と打撲傷があった。膣には外傷があった。直腸は大きく広げられていた。直腸内部を調べたジョーダン医師は、すぐに金属製の小さなボトルキャップを見つけて、外にとりだした。

解剖検査では、予想外の発見はなかった——肺が虚脱し、心臓に拡張が見られ、頭皮に小さな打撲傷はあったが、死因になりうる脳の損傷はなかった。

外傷はすべて、被害者がまだ生きているときにつけられたものだった。

手首や足首には縛られた形跡はなかった。前腕にある一連の小さな打撲傷は、おそらく身を守ろうとしてついたものだろう。死亡時の血中アルコール濃度は〇・〇四パーセントと低かった。口内と膣と肛門からは、綿棒を用いて付着物を採取。のちの顕微鏡検査により、精子の存在が膣と肛門に確認されたが、口内には見つからなかった。

証拠物件を保存するため、ジョーダン医師は被害者の爪を切り、ケチャップとマニキュア液をこそげとってサンプルを採取した。また外陰部から抜去毛をすきとり、頭髪も一部を切りとった。

死因は窒息死——喉に詰めこまれた洗面用タオルと、ベルトか電気コードによる絞首の双方によってもたらされたものだった。

ジョーダン医師の検死がおわると、ジェリー・ピーターズが遺体の写真を撮影し、指紋と掌紋《しょうもん》一式を採取した。

ペギー・スティルウェルはひどくとり乱し、まともに行動することも、なにかを決断することもできない状態だった。だれが葬儀の計画を立てようと、その内容がどうなろうと、どうでもよかった。参列する気はなかった。食事はのどを通らず、入浴する気も起きず、もちろん娘が死んだという事実は受けいれられなかった。そこで姉のグレンナ・ルーカスがペギーに付き添い、しだいに切り盛りをするようになった。葬儀の予定が立てられ、家族はペギーに出席を期待している、と丁重に告げた。

十二月十一日の土曜日、クリスウェル葬祭場の礼拝堂でデビーの葬儀がとりおこなわれた。グレンナはペギーを入浴させて正装させたうえで、車に乗せて葬祭場まで連れていき、この苦行のあいだずっとその手を握っていた。

オクラホマの農村地域では、ほぼすべての葬儀が説教壇のすぐ下にふたをあけた棺を置いた状態で進められる。そのため会葬者たちには、故人の姿が見えた。この習慣の理由は不明だし、すでにだれも覚えていない。結果として、葬儀の苦悩にさらなる追い打ちをかけることになる。

棺のふたがひらかれていたため、デビーが暴行を受けたことは明確に見てとれた。顔は打撲傷があって腫れあがっていたが、絞頸傷《こうけいしょう》はレースのブラウスのハイカラーで隠れていた。デビーの遺体には生前故人が気に入っていたジーンズとブーツが着せてあったほか、母親がクリスマスのプレゼントとしてすでに母親から贈られていた、幅広のバックルのカウボーイベルトとダイヤモンドのホースシューリングも身につけていた。

葬儀はリック・サマーズ牧師によって、大勢の参列者の前でとりおこなわれた。そののち小雪のちらつくなか、デビーはローズデール墓地に埋葬された。遺族は両親とふたりの妹、四人の祖父母のうちのふたり、そして二名の甥。デビーは小さなバプテスト教会の一員で、六歳のときに洗礼を受けていた。

この殺人事件はエイダの町を震撼《しんかん》させた。暴行事件や殺人事件は過去に前例はあったが、犠牲者はたいていカウボーイや流れ者などで、弾丸を食らわなかったとしても、いずれ自分から銃をぶっ放して事件を起こしかねない者たちだった。しかし今回のように若い女性が残忍にレイプされて殺される恐るべき事件を前に、街は噂や憶測や不安の声で騒然となった。夜には窓やドアに鍵がかけられた。ティーンエイジャーたちには厳しい門限が課された。子どもたちが日陰になった前庭の芝生で遊ぶとき、若い母親たちはその近くを離れなかった。

街の安酒場は事件の話題でもちきりだった。デビーは酒場をはしごしていたので、常連客の多くはデビーのことを知っていた。デビーにはそれなりに男友だちがおり、警察は事件発生後に該当者の事情聴取をおこなった。そこから、さらに多くの友人や知人、男友だちの名前が浮かんできた。何十回もの事情聴取によってさらに多くの名前があがってきたが、本当に疑わしい者は浮かんでこなかった。デビーはとても人気があり、人好きのする社交的なタイプ。そんなデビーに危害を加えようとする人間がいるとは、人々には信じられなかった。

警察は十二月七日に〈コーチライト〉にいた二十三人の人物のリストを作成し、そのほとんどに事情聴取をした。ロン・ウィリアムスンのことはほぼ全員が知っていたが、その晩店でこの男を見かけた覚えのある者はいなかった。

不審人物に関する情報や噂、心あたりなどが警察に流れこんできた。アンジェリア・ネイルという若い女性はデニス・スミスに連絡してきて、グレン・ゴアと出会ったことを伝えた。自分とデビー・カーターは親しい友人だった、デビーはゴアが自分の車からワイパーを盗んだことを確信しており、そのために口論がくりかえされていた、という。デビーは高校時代からゴアを知っていて、ゴアのことを怖がっていた。事件の一週間ほど前、アンジェリアは、ゴアと話をつけるというデビーを車に乗せてゴアの家まで送っていった。デビーは家のなかに消え、ゴアと話しあった。やがて車にもどってきたデビーは腹を立てており、ゴアがワイパーを盗んだことを確信していた。ふたりは車で警察署に行って警官に事情を話したが、正式な報告書は作成されなかった。

犯人の残したメッセージに名前のあったデューク・グレアムとジム・スミスは、いずれもエイダ警察にはよく知られた人物だった。デュークは妻のジョニーとともにナイトクラブを経営していた。かなり上品な店で、夫妻は店でのトラブルに厳しく対処していた。口論はめったに起こらなかったが、地元のちんぴらでけちな犯罪者のジム・スミスとのあいだで口汚いいい争いがあったことがあった。スミスが酔って他人に迷惑をかけ、店からの退去にも応じなかったため、デュークがショットガンをとりだして追い払った。脅迫の言葉がいきかい、数日のあいだ店の周辺は緊張に包まれた。スミスは自分もショットガンを手にして店へ舞いもどり、発砲しはじめかねない男だったからだ。

グレン・ゴアもデュークの店の常連客だったが、やがてデュークの妻ジョニーにしつこくいい寄りはじめた。ゴアの強引さが少々度を超しはじめるにおよんでジョニーはゴアに肘鉄《ひじてつ》を食らわせ、夫のデュークがあとを引き受けた。ゴアは店から出入り禁止にされた。

デビー・カーター殺害犯は、稚拙な手口でデューク・グレアムに殺人の罪を着せ、同時にジム・スミスを怖がらせて追い払おうとしていた。といっても、スミスはもう街にいなかった――このときすでに州刑務所で服役中だったのである。デュークは車で警察署へいき、たしかなアリバイを申し立てた。

デビーの家族のもとに、デビーが借りていたアパートを空《あ》けてもらいたいという要請が寄せられた。母親はまだまともに行動できない状態だった。そこでデビーの伯母のグレンナ・ルーカスが、このうれしくない仕事を買って出た。

警官にアパートの鍵を開けてもらうと、グレンナはそっと室内に足を踏み入れた。事件当時のままに保たれた室内をひと目見て、グレンナは生々しい怒りを感じた。争いがあったのは明らかだった。姪は身を守ろうと必死で戦ったのだ。あんなに愛らしくて心のやさしい娘に、どうすればこんな乱暴を働けるのだろう……。

冷えきったアパートには、なにのものとも知れない悪臭がこもっていた。壁には、《つぎに死ぬのはジム・スミス》という言葉がそのまま残されていた。犯人が下手くそな字で書き殴ったそのメッセージを、グレンナは現実とは信じられない思いのまま、ただ茫然と見つめていた。時間がかかったはずだ、とグレンナは思った。犯人は長い時間ここにいた。姪のデビーは激しく苦しんだ末、ようやく神に召されたのだ。寝室ではマットレスが壁に投げつけられ、あらゆるものが入り乱れていた。クロゼットのドレスやブラウスは残らずハンガーから外されていた。なぜ犯人はすべての衣服をハンガーから引きはがしたのか?

小さなキッチンも散らかっていたが、争いのあったようすはなかった。デビーのさいごの食事には冷凍フライドポテトの〈テイタートッツ〉があったらしく、その食べ残しがケチャップをかけたまま、手もつけられずに紙皿に載っていた。紙皿の隣には塩入れの瓶。皿も塩入れも、デビーが食事につかっていた小さな白いテーブルにあった。紙皿のそばにはもうひとつの稚拙なメッセージ——《おれたちお探すな、さもないいと》。犯人が文字の一部にケチャップをつかったことに、グレンナは気づいた。綴りのミスのあるこのメッセージに、グレンナは戦慄をおぼえた。

グレンナは恐ろしい考えをなんとか頭から追い払うと、荷づくりにかかった。衣類や食器類やタオルなどを集めて箱に詰めるのには、二時間かかった。血に染まったベッドカバーは警察に押収されずに残っていた。床にはまだ血痕があった。

グレンナはアパートを掃除するつもりはなく、ただデビーの所持品を集めて、できるだけ早く立ち去る予定だった。しかし、デビーのマニキュア液で書かれた犯人の言葉をそのまま残していくことに落ち着かない気分を感じた。デビーの血痕を床に残して掃除を他人まかせにするのは、人として正しくないようにも思えた。

アパートをすみずみまで磨きあげ、いまもまだ残る殺人の形跡をすべて消し去ってしまおうかと思わないでもなかった。しかし、こんな光景はもう充分だった。これ以上、死の近くに身を置いていたくはなかった。

事件発生後、容疑者の捜索は何日もつづいた。計二十一人の男性が、指紋と毛髪、あるいは唾液のサンプルを提供した。十二月十六日、スミス刑事とロジャーズ捜査官は車でオクラホマシティにあるオクラホマ州捜査局の科学捜査研究所に行き、犯行現場から採取した証拠物件に加え、提供されたうちの十七人分のサンプルを提出した。

証拠物件のなかでもっとも有望なのは、十センチ四方の石膏ボードだった。この壁板に残された血痕が乱闘と殺人のあいだについたものであり、かつデビー・カーターの血でなければ、警察はいずれ犯人につながる確かな手がかりを得ることになる。オクラホマ州捜査局のジェリー・ピーターズ捜査官は石膏ボードを調べ、そこに残されていた指紋と検死解剖時にデビーから採取した指紋を入念に比較照合した。第一印象では指紋はデビー・カーターのものではなかったが、ピーターズは分析結果の再検討を要請した。

一九八三年一月四日、デニス・スミスはさらなる指紋を提出した。同日、デビー・カーターの遺体と犯行現場から採取された毛髪のサンプルが、オクラホマ州捜査局の毛髪分析の専門家であるスーザン・ランドのもとに届いた。二週間後、さらに多くの犯行現場からのサンプルがランドのデスクに届けられた。すべてが目録に載せられ、ほかの証拠物件ともども、ランドの検査と分析を待つ長い行列に組みいれられた。ランドに課される仕事は手にあまるほど多く、いつでも未処理の仕事が山積みだった。たいていの科学捜査研究所と同様、ここオクラホマの研究所も資金と人手の不足にあえぎ、事件を解決せよという多大なプレッシャーにさらされていた。

オクラホマ州捜査局の分析結果を待つあいだも、スミスとロジャーズは捜査を進め、手がかりを追っていた。この殺人事件はまだエイダでいちばん関心の高いニュースであり、解決が望まれていた。だがバーテンダーや警備員、男友だち、夜遊び好きな人間の事情聴取をあらかたおえると、捜査は急に行きづまった。明白な容疑者は見つからず、明確な手がかりも得られなかった。

一九八三年三月七日、ゲイリー・ロジャーズは、地元住民のロバート・ジーン・デサレッジに事情聴取をした。デサレッジは飲酒運転で有罪となり、未決囚や軽犯罪での既決囚を収容するポントトック郡拘置所で短い刑期をおえたばかりだった。そこでデサレッジは、やはり飲酒運転で収監されていたロン・ウィリアムスンという人物と同房になった。拘置所内ではカーター殺害事件の噂話がさかんであり、事件の真相と称するでたらめな説が多々ささやかれ、内部事情を知っていると吹聴《ふいちょう》する者もあとを絶たなかった。同房のふたりのあいだでも事件の話題が出たが、デサレッジによれば、ウィリアムスンはそうした会話が気に入らないようすだった。ちょくちょくいい争いになり、殴りあいもあった。ウィリアムスンはすぐ、べつの監房に移された。デサレッジは、ウィリアムスンがなんらかのかたちで事件に関係しているという曖昧な自説を展開し、容疑者としてウィリアムスンに焦点を絞るべきだとゲイリー・ロジャーズに提案した。

事情聴取でロン・ウィリアムスンの名前があがったのは、これが初めてだった。

その二日後、警察は最初に指紋と毛髪のサンプルを提供したうちのひとり、ノエル・クレメントに事情聴取をした。クレメントは、最近ロン・ウィリアムスンが自分のアパートを訪れたときの経緯を伝えた。訪問の目的はほかの人間を探すことにあったようだが、ウィリアムスンはノックもせずにはいってくると、目についたギターを手にとって、カーター殺害事件のことをクレメントと話しはじめた。ウィリアムスンは会話のなかで、事件の朝に自宅近所でパトカーを見かけ、てっきり警官が自分を追ってきたのかと思った、と語っていた。タルサで問題を起こしているので、エイダではこれ以上問題を起こさないように気をつけている、とも。

警察がロン・ウィリアムスンにたどりつくのは、いわば必然だった。むしろ、事情聴取まで三カ月もかかったのが奇妙ですらあった。リック・カースンを含めた何人かの警官は子ども時代をロンと過ごしていたし、ほとんどの警官は野球をしている高校時代のロン・ウィリアムスンを覚えていた。一九八三年当時、ウィリアムスンはまだ、エイダが生んだドラフト最上位指名選手だった。一九七一年にオークランド・アスレチックスと契約したときには、多くの人々は——もちろん本人も含めて——ウィリアムスンこそが次代のミッキー・マントルに、オクラホマが生んだつぎの名選手になるかもしれない、と思った。

しかし、野球は遠い過去のものになっていた。警察の知っている現在のウィリアムスンは、母親と同居している失業中のギター弾きであり、酒に溺れ、奇行の目立つ人物だった。

ウィリアムスンには二回の飲酒運転の前歴があり、公共の場での酩酊によって逮捕されたこともあったほか、タルサ時代のわるい評判もあった。

2

ロン・ウィリアムスンは、ロイとファニータのウィリアムスン夫妻のひとり息子にして末子として、一九五三年二月三日にエイダで生まれた。父親のロイは、家庭用品をあつかうローリー社の訪問販売員として働いていた。上着とネクタイを着用し、食物サプリメントやスパイスやキッチン用品の詰まった重いサンプルケースを下げて歩道を歩くロイの姿は、エイダの風景のひとつだった。熱烈に迎えてくれる子どもたちのために、いつもお菓子をたくさんポケットに入れてもいた。体にはきついうえに、夜は長時間の事務仕事を強いられるので、生計を立てるには楽な道のりではなかった。おまけに歩合もあまりよくなかったため、ロンが生まれると、ファニータはすぐエイダの病院で働きはじめた。

両親が共働きになったことで、ロンの居場所は必然的に十二歳の姉アネットの膝の上になり、アネットはこのうえなく喜んだ。アネットはロンに食事を与え、体を洗い、いっしょに遊び、とにかく大事にして甘やかした——これほど愛らしい最高の遊び道具を譲り受けたのは幸運だった。学校に行っていないとき、アネットは家の掃除と夕食の用意に加えて、弟の子守りをした。

真ん中の子のレニーはロンが生まれたとき五歳で、ロンの面倒を見たいとは思わなかったが、すぐ遊び仲間になった。アネットはレニーにあれこれ偉そうに命令することもあったので、レニーとロンは大きくなるにつれ、よくふたりでタッグを組んで、この母親のような番人に立ちむかうようになった。

ファニータは敬虔《けいけん》なキリスト教徒にして意志の強い女性であり、毎週日曜と水曜ばかりか、礼拝があればいつでも家族を教会に連れていった。子どもたちは、日曜学校や休暇中の聖書学校、サマーキャンプ、信仰復興運動、教会の会合などにはすべて欠かさず参加したうえ、ときには結婚式や葬式にさえ参列した。夫のロイはそこまで敬虔ではなかったが、規律正しい生活習慣を守り、忠実に教会へ通い、酒やギャンブルには手を出さず、汚い罵り言葉はつかわず、トランプ遊びやダンスに興じることもなかった。家族には徹底して尽くした。規則に厳しいロイは、すぐにベルトを抜いて罰を与えると脅したし、じっさい尻を一発か二発ベルトで叩くこともあった。叩かれるのはいつも、ひとり息子のロンだった。

ウィリアムスン一家は、純福音信仰の活発な信者の集まるファースト・ペンテコステ・ホーリネス教会に礼拝に行った。ペンテコステ派のこの教会は、熱心な祈りのある生活や、個人がたえずキリストとの関係をはぐくみ、教会とそのあらゆる活動に忠実にしたがい、勤勉に聖書を学び、信者同士が愛情をいだきあうことに重きをおいていた。礼拝は内気な人にむかない雰囲気だった――にぎやかな音楽が流れ、熱っぽい説教がおこなわれ、会衆も熱狂的に参加した。宗教的恍惚《こうこつ》によるわけのわからない〝異言〟が発せられたり、〝按手《あんしゅ》〟という即席の宗教的治療法がおこなわれることもしばしばで、聖霊によって引きだされた感情は、どんなものでも率直に大声で表現されることに寛容な場になった。

小さな子どもたちは旧約聖書の多彩な物語を教えられ、聖書の有名な節を暗記するようにいわれた。子どもたちは幼いころから〝キリストを受けいれる〟ことを——すなわち罪を告白し、聖霊を招きいれて自身の生活と永遠に一体化させ、公の場で洗礼を受けることを——奨励された。ロンは六歳のときにキリストを受けいれ、春の長期にわたる信仰復興集会のおわりに、街の南のブルー川で洗礼を受けた。

ウィリアムスン一家は、エイダの東寄り、大学に近い四番ストリートの小さな家で静かに暮らしていた。気晴らしには近所の親類を訪ねたり、教会の活動に精を出したり、ときどき近くの州立公園でキャンプをしたりした。一家はスポーツにほとんど興味がなかったが、ロンが野球を知ると情況が劇的に変化した。最初は、ほかの少年たちとの路上での試合だった。メンバーがそろえばはじまるゲームで、種類はさまざま、おまけにルールはしじゅう変化した。当初から、ロンの肩の強さと手の動きのすばやさは際立っていた。打撃は左打ち。ロンは一日めから野球に夢中になり、すぐにグローブとバットを買ってくれと父親にせがんだ。一家には余分な金はすくなかったが、ロイは息子を買い物に連れていった。こうして、毎年

ウィリアムスン一家（1970年ごろ）。
後列左から＝アネット、ロン、レニー。前列＝両親のフアニータとロイ。

恒例の儀式が生まれた——春先に〈ヘインズ・ハードウェア〉を訪れ、新しいグローブを選ぶという儀式だ。店でいちばんの高級品を買うのも通例だった。

つかっていないとき、ロンはグローブを寝室の隅に置いていた。もっとも偉大なヤンキースの選手にして、オクラホマが生んだもっとも偉大なメジャーリーガー、ミッキー・マントルを讃える祭壇をそこにつくっていたのだ。マントルは全国の子どもたちの憧れの的《まと》だったが、オクラホマでは神のような存在だった。全国のリトルリーガーたちのだれもが次代のマントルになることを夢見ていた。ロンもそのひとりで、マントルの写真と野球カードを部屋の隅のポスターボードにテープで貼りつけていた。六歳になるころには、ほかの多くの選手の記録と同様にマントルのあらゆる記録をそらでいえるようになっていた。

路上で試合をしていないとき、ロンは居間での素振りに全力をふるった。家はとても小さく、家具は質素だが買いかえの余裕はなかったので、ファニータはロンが振っているバットがあやうく電灯や椅子にぶつかりそうになっているのを見つけると、いつもロンを外に追いだした。だが数分もすると、ロンはまたもどってきた。ファニータにとって、息子は特別な存在だった。いくぶん甘やかされたところはあるが、悪いことをするはずはなかった。

ロンの性格には、わかりにくい面もあった。やさしく繊細、母親や姉たちに気後《きおく》れせずに愛情を示すかと思えば、一瞬後には生意気で自分勝手になり、家族全員にわがままをいう。こうしたむら気は幼いときから認められたが、とくに懸念されるものではなかった。ときおり気むずかしい子になるというだけ。末っ子で、自分を溺愛してくれる女性がまわりにたくさんいたことが原因だったのかもしれない。


どこの小さな街にも、野球をこよなく愛し、つねに新しい才能を――八歳児の才能さえをも――探し求めているリトルリーグの監督がいる。エイダの場合にはポリス・イーグルスの監督、ドウェイン・サンダーズだった。サンダーズは、四番ストリートのウィリアムスン家からそう遠くない交差点のガソリンスタンドで働いていた。そのサンダーズ監督のもとにウ

ポリス・イーグルスの選手時代のロン（10歳）。

イリアムスン家の息子の噂が届くなり、ロンはチームに登録された。

まだまだ幼いロンだったが、野球の才能は明らかだった。父親が野球についてほとんど知らないことを考えれば、妙な話だった。ロンは路上でこのゲームを学んだのである。

夏の数カ月間、一日の野球は朝早くからはじまる。集まった少年たちは、まず前日のヤンキースの試合について語りあった。とにかく話題はヤンキース一色だった。試合のボックススコアを確認し、ミッキー・マントルのことを話し、ボールをチームメイト同士で投げあいながらもっと選手が来るのを待った。集まらなければ、車を避けつつ、ときおりは窓ガラスを割りながら路上で試合をした。もっと人数が集まってくると、路上の試合は中止になった。少年たちは空地に移動して、そこで一日じゅう真剣な試合をした。午後遅くになると、少年たちは時間ぎりぎりに家へもどって、体を洗い、急いで食事をとり、ユニフォームに着がえ、本物の試合があるキワニス・パークへ急いでむかった。

ドウェイン・サンダーズの熱心さを証明するように、ポリス・イーグルスはたいてい首位を守っていた。チームのスター選手はロン・ウィリアムスンだった。ロンの名前が初めてエイダ・イブニング・ニュース紙に載ったのは、まだ九歳のときだ。記事には、《ポリス・イーグルスのはなったヒットは十二本。ロン・ウィリアムスンはホームランを二本打ち、二塁打も二本記録した》とあった。

父親のロイはすべての試合に足を運び、外野席から静かに観戦した。決して審判や監督に声を荒らげることはなく、息子を怒鳴りつけることもなかった。さんざんな結果におわった試合のあとなどには、父親らしい助言――それもおおむね人生一般についての助言――をすることもあった。野球経験のないロイは、まだこのスポーツを学んでいるところだった。幼い息子は、何年分も先を進んでいた。

十一歳になると、ロンはエイダ・キッズリーグへ進み、オクラホマステート銀行がスポンサーになっているヤンキースにドラフトで一位指名された。ロンはこのチームを不敗のシーズンへ導いた。

ロンが十二歳、まだヤンキースの選手だったころ、エイダ・イブニング・ニュース紙がこのチームのシーズンのようすをこんな記事にしている。《オクラホマステート銀行チームのヤンキースは一回裏に十五点を入れた……ロン・ウィリアムスンは三塁打を二本打った》（一九六五年六月九日）。《ヤンキースはまだ三人が打席に立っただけだった……しかし、ロイ・ヘイニー、ロン・ウィリアムスン、ジェームズ・ラムの好調な打撃がすべてを物語っていた。ウィリアムスンは三塁打をはなった》（一九六五年六月十一日）。《ヤンキースは初回に二点を入れた……ロン・ウィリアムスンとカール・ティリーが四本のヒットのうち二本を記録……ともに二塁打だった》（一九六五年七月十三日）。《ステート銀行チームが二位グループに飛びこむ一方……ロン・ウィリアムスンは二塁打二本とシングルヒット一本をはなった》（一九六五年七月十五日）

一九六〇年代には、ビング高校はエイダの街から北東に約十三キロのところにあった。広大な敷地のエイダ高校よりもずっと狭く、田舎の学校と見なされていた。この地域の若者は希望すれば、そして車での通学をいとわなければ、エイダ高校に入学することもできたが、ほぼ全員がビング高校を選んで進学した。いちばんの理由は、ビング高校行きのバスが街の東側を通っているのにひきかえ、エイダ高校行きのバスがないことにあった。ロンの近所の子どもたちも、ほとんどがビング高校を選んだ。

ビング中学校に在学中、ロンは七年生のクラスで書記に選ばれ、その翌年には八年生のクラスで委員長と人気投票第一位に選ばれた。

一九六七年、ロンは六十人の新入生のうちのひとりとして、ビング高校の九年生になった。ビング高校には、フットボール・チームがなかった——エイダ高校のチームが毎年の州大会の優勝候補の常連だったため、フットボールはそちらのものという暗黙の了解があったのだ。ビング高校はバスケットボールがさかんな学校で、新入生でプレーしはじめたロンは野球のときとおなじく、たちまち上達した。

本の虫ほどではなかったが、ロンは読書好きで、AやBの成績をよくとった。いちばん好きな科目は数学。教科書に飽きると、辞書や百科事典をこつこつと読み進め、やがて特定の話題に極端に執着するようになった。辞書に熱中しているあいだ、友人たちがきいたこともない単語を会話で連発、意味がわからないという友人がいれば小言めいたことをいいもした。また、すべてのアメリカ大統領のことを調べ、各大統領についての細かい事柄を数えきれないほど記憶し、何カ月もそのことしか話さなくなったこともある。教会とはしだいに疎遠になったが、聖書の文章は相変わらずたくさん記憶しており、自分のために役立てることはもちろん、それ以上にまわりの者たちに議論を挑むためによく活用した。こういった執着ぶりは、ときに友人や家族たちをうんざりさせた。

しかし才能に恵まれたアスリートで、それゆえ学校では人気者だった。新入生のときには、クラスの副委員長に選ばれた。女子生徒はロンに目を引かれ、好意を寄せ、デートをしたがった。ロンは女子がまわりにいてもまったく気後れしなかった。身なりにとてもこだわるようになり、手もちの服に文句をつけはじめた。もっといい服を欲しがり、両親にはとても買う余裕がないような高級な服でも、強引にせがんだ。ロイは息子がもっといい服を着られるよう、自分の服はひそかに古着で買うようにしはじめた。

このころ長姉アネットはすでに結婚して、エイダに住んでいた。一九六九年、アネットと母ファニータは、エイダのダウンタウンに古くからあるジュリエンヌ・ホテルの一階に、ヘアサロン〈ビューティ・カーサ〉をオープンした。懸命に働いたおかげで店はすぐに繁盛したが、得意客のなかにはホテルの客室を仕事場としているコールガールも何人かいた。この手の夜の女たちは何十年も前から街に居着いており、結婚生活に悪影響をこうむった夫婦も何組かあった。ファニータは、こうした女たちにはどうにも我慢がならなかった。

これまでアネットが弟の要望にノーをいえずにきたことが、いまになって本人にはねかえってきた――アネットに服代やデート代を言葉巧みにせびるようになったのだ。やがてロンは、姉アネットが地元の衣料品店から服を掛けで買っていることをどこからか突きとめ、姉のつけで買い物をしはじめた。しかも、安物を買うことはまったく念頭になかった。事前に許可を求めることもあったが、たいていはそうしなかった。アネットが怒りを爆発させて姉弟喧嘩になることもあったが、結局は姉が丸めこまれ、支払いを肩代わりした。弟かわいさのあまりノーとはいえなかったし、弟にはなんであれ最高のものを与えたかった。口論のたびに、ロンは姉をとても愛しているという言葉をさしはさんだ。その言葉が真実であることに、疑いの余地はなかった。

レニーとアネットは、弟が甘やかされすぎて、両親に負担をかけすぎてしまうことを心配した。ふたりが弟を厳しく非難することもあったし、記憶に残るような激しい口論になることもあったが、さいごに勝つのはロンだった。ロンが泣いて謝り、それでみんなに笑顔がもどる。気づけば姉妹は、余裕のない両親では買えないものを買えるよう、弟ロンにたびたびこっそりと金を与えていた。自分本位になってあれこれ要求し、身勝手そのものの幼稚なふるまい――まさに末っ子らしいふるまい――をしていたかと思うと、一転して個性を大げさに爆発させ、家族全員をまんまと手玉にとる……それがロンだった。

心からの愛情をむければ、ロンはすぐさま愛情を返してきた。口喧嘩の真っ最中ですら、家族はロンの望みがなんでも叶うことを悟っていた。

ロンが九年生をおえた夏、幸運に恵まれた少年たちは、近くの大学でひらかれる野球キャンプに参加する計画を立てていた。ロンも参加したかったが、ロイとファニータには息子を参加させる余裕はとうていなかった。ロンは粘った。自分の技術を高めると同時に、大学チームの監督の目にとまるかもしれない千載一遇《せんざいいちぐう》の機会だからだ。何週間もロンはそのことばかり話しつづけ、見こみがなさそうと見ると、ふくれっ面になった。結局ロイはやむなく承諾し、銀行から金を借りた。

ロンのつぎの計画はオートバイの購入だったが、ロイとファニータは反対した。お決まりの展開――拒絶され、説教され、とにかく買えるような金の余裕はないし、どっちにしても危険だといわれ、ロンは自分で費用を払うといいきった。それから生まれて初めての仕事――午後の新聞配達の仕事――を見つけて、給料を残らず貯金しはじめた。頭金がたまったところでディーラーと月賦契約を結び、ロンはオートバイを手に入れた。

だがこの返済プランは、信仰復興集会が街でひらかれたことで頓挫した。バッド・チェンバーズ牧師率いる信仰復興集会がエイダでひらかれた――大群衆が集まり、多くの音楽が流れ、カリスマ的な説教がおこなわれる、大がかりな夜の催しだった。ロンは最初の礼拝に参加して激しく心を動かされ、つぎの夜には貯金のほとんどをもって再訪した。献金皿がまわってくると、ロンはポケットの中身を全部吐きだした。しかしブラザー・バッドがもっと寄

高校時代のロン（18歳）。

Two Asher Players Honored---

On All-State Baseball Teams

Ron Williamson of the state Class B champion Asher Indians was picked as an outfielder on the Daily Oklahoman's South team and was on the Oklahoma Journal's first team. Another Asher star, third baseman Bruce Leba was named to the Daily Oklahoman's South squad.

Bruce Leba　Ron Williamson

マール・ボウエン。アッシャー高校の監督時代、通算2,115勝をあげる。この記録はいまなお破られていない。

付を必要としていたので、つぎの夜には残りの貯金ももっていった。さらに翌日にも、探しだしたり借りたりした小銭をかきあつめ、夜になると張りきってテントを訪れて、またもやにぎやかな礼拝に参加、苦労して手に入れた金を寄付した。そうして丸一週間、ロンはなんとかして寄付をしつづけ、ようやく信仰集会が街を去ったときには、完全な一文なしになっていた。

その後、野球の妨げになる新聞配達の仕事は辞めた。オートバイの代金は、なんとか金を工面して完済した。

姉がふたりとも家を出たいま、ロンはすべての関心が自分にむけられることを望んでいた。あまり魅力のない子どもなら目にあまるふるまいかもしれないが、ロンは人を魅了する多大な才能を身に着けていた。思いやりがあり、社交的で、自身も気前のよいロンは、家族に不相応な気前のよさを期待しても問題はなかった。

ロンが十年生に進級するとき、エイダ高校のフットボール・チームの監督が父親のロイに話をもちかけて、ロンをエイダ高校に入れることを提案した。ロンは生まれながらのアスリートだ。ロンが野球とバスケットボールの傑出した選手であることは、いまでは街のだれもが知っている。しかしオクラホマはフットボールがさかんな土地柄だから、エイダ・クーガーズに入ってフットボール・フィールドでプレーしたほうがロンの未来は明るい、と監督はロイに断言した。ロンほどの体格とスピードと強肩なら、すぐにトッププレーヤーになれるだろうし、スカウトの目にもとまるかもしれない、と。さらに監督は、毎朝ウィリアムスン家を訪れて車でロンを学校まで送っていくことまでも申しでた。

選択はロンに委ねられた。結果ロンは、ともかくあと二年はビング高校でやっていくことを選んだ。

エイダから三十二キロ北、国道一七七号線沿いの田園地帯に、アッシャーというほとんど人目につかない小さな町がある。人口は五百人以下とすくなく、ダウンタウンと呼べるほどのものはなかった。教会二軒と給水塔、数本の舗装道路沿いに散在する老朽化した家々があるばかり。この町が誇りとしているのは、ディヴィジョン・ストリートの小さな二流高校のすこし先にある美しい野球場だ。

多くの田舎町の例に洩れず、アッシャーも特筆すべきものがある場所には見えない。だがこの町には、四十年にわたって国内最高勝率を保っている高校野球チームが存在する。それどころか、公立私立を問わず、過去にアッシャー・インディアンズほどの勝率を残した高校野球チームは存在しないのだ。

すべてのはじまりは一九五九年、マール・ボウエンという若い監督が着任し、長いあいだ無視されてきた活動――一九五八年には一勝もできなかった野球チーム――を引きついだことだった。これをきっかけに、情況は急変した。三年のうちに、アッシャー高校は州大会で初めて優勝し、その後はなんどとなく優勝するようになった。

明確な理由はだれも知らないが、オクラホマ州公認の秋の高校代表野球大会では、フットボール・チームをもてない小規模な学校だけが参加を許されていた。ボウエン監督が率いていたあいだ、アッシャー高校の代表チームが秋の州大会で優勝するばかりか、つづく春の大会でも優勝することは珍しくなかった。驚くべきことにアッシャー・インディアンズは州大会の決勝戦に六十回連続で出場した時期もある――三十年つづけて、秋と春の大会両方で。

ボウエン監督のチームは四十年間に二千百十五勝した。敗《ま》けたのはわずかに三百四十九回。州大会の優勝トロフィーを母校に持ち帰ったこと四十三回におよび、多くの選手を大学やマイナーリーグへ送りこんだ。一九七五年には、ボウエンは高校野球の最優秀監督に選ばれ、アッシャーの町はチームの球場であるボウエン・フィールドの改修でこれに報いた。一九九五年にも、ボウエンは同賞を獲得した。

「わたしが偉いわけじゃない」ボウエンは昔を回想しながら、遠慮がちにそう語る。「子どもたちのおかげだよ。わたしは一点も得点していないんだから」

そうかもしれないが、ボウエンが多大な貢献をしたことはたしかだ。毎年八月、オクラホマの気温がしばしば三十八度に達する時期になると、ボウエン監督はチームに所属する少人数の選手たちを集め、つぎの州大会のプレーオフへむけて計画を立てはじめた。チームの選手層はつねに薄く——アッシャー高校の一クラスの人数は毎年約二十人、しかも半数は女子だ——有望そうな八年生まで含めても、十二人程度しか選手がいないことも珍しくなかった。だ辞める生徒が出ないよう、監督は最初にすべき仕事としてユニフォームを無料で配った。だれが欠けてもチームが成立しなかった。

ついで監督は、一日三セットのトレーニングを皮切りに練習をスタートさせた。トレーニングはとてつもなく厳しかった——何時間もかけて、コンディショニング、短距離の走りこみ、ベースランニング、基礎練習がおこなわれるのだ。監督は厳しい練習と、強い足腰、熱心にとり組む姿勢、そしてなによりもスポーツマンシップの重要性を説いてきかせた。アッシャー高校の選手はだれひとり審判といい争ったり、苛立ってヘルメットを放り投げたり、相手チームに礼を失したふるまいをしたりすることはなかった。またチームは可能なかぎり、格下のチームに必要以上に得点を重ねようとする行為を避けることを心がけた。

ボウエン監督は、弱いチームとの対戦は組まないようにしていた。とくに、シーズンが比較的長く、スケジュールに融通のきく春には、そう心がけた。アッシャー高校は強豪校に挑戦して、しかも打ち破ることで有名になった。アッシャー高校チームは、エイダやノーマンのチームや、オクラホマシティやタルサの4Aや5Aクラスの強豪チームをつぎつぎに打ち負かした。伝説が大きくなるにつれ、こうしたチームが自分からアッシャーに出むき、ボウエン監督みずからメンテナンスにあたっている質素な球場で試合をするようになった。アッシャーをあとにしていく相手チームのバスの車内が、ひっそり静まりかえっていることも珍しくなかった。

ボウエン監督のチームは高度に訓練されていると同時に、評論家たちの言葉を借りれば、いい選手が集まってもいた。アッシャー高校は望みをいだいて真剣に野球にとりくむ者を引きつけるチームになっていたので、ロン・ウィリアムスンがこの学校へたどり着くのは必然だった。ロンは夏のリーグ戦のあいだにアッシャー高校のブルース・リーバと出会って、親しくなった。ブルースはあと一歩か二歩でロンに追いつく実力をもち、おそらく近隣地域では第二位にランクされる選手だった。ふたりは切っても切れない仲になり、最上級生の年にはアッシャー高校でいっしょにプレーしようという話題がすぐに出てきた。ボウエン・フィールドには、大学とプロの両方からかなり多くのスカウトが視察にくるようになった。また、一九七〇年の秋と一九七一年の春、双方の州大会で優勝できる見こみが大いにあった。ロンが知名度をあげるチャンスが目前に迫っていた。

転校するとなればアッシャーに家を借りることになるが、これは両親が多大な犠牲を払うことを意味していた。家計はつねに苦しかったし、ロイとファニータはエイダまで通勤しなければならない。しかし、ロンはもう決心していた。近隣の監督やスカウトの大部分とおなじく、ロンも自分が高校さいごの年をおえたあと、夏のドラフトで上位指名されることを確信していた。プロの世界でプレーする夢が手の届くところまで来たいま、さらなるひと押しがぜひとも必要だった。

巷ではロンこそ次代のミッキー・マントルかもしれないという噂が立っており、ロン自身の耳にもその噂は届いていた。

野球界の某後援者からひそかに支援を受けて、ウィリアムスン一家はアッシャー高校から二ブロックのところに小さな家を借り、ロンは八月にボウエン監督の基礎訓練キャンプに参加した。最初のうちロンは、徹底したコンディショニングや、膨大な時間をかけてくりかえされるランニングに圧倒された。監督はこの新たなスター選手に、足腰を強靭《きょうじん》にすることの大切さをくりかえし説明しなければならなかった。強い足腰は、打撃や投球や走塁にも、外野からの長距離の返球にも重要だし、選手層の薄いチームがダブルヘッダーの第二試合を後半のイニングまで乗りきるのにも不可欠なのだ、と。ロンはすぐにはこうした考え方ができなかったが、ほどなくして、友だちのブルース・リーバやチームのほかの選手たちの猛烈な練習姿勢に感化された。チームのやり方に従うと、ロンの体はすぐに万全の状態になった。

チームに四人しかいない最上級生のひとりだったロンは、まもなく非公式のキャプテンに選ばれ、ブルースとともにチームの牽引役《けんいんやく》になった。

マール・ボウエンは、ロンの体格とスピード、センターからの矢のような送球を気に入っていた。ロンには強肩と、左打席での強力なスイングがあった。打撃練習での打球がライトのフェンスを越えるさまは驚くべきものだった。秋のシーズンがはじまると、ふたたびスカウトが球場にあらわれ、すぐにロン・ウィリアムスンとブルース・リーバに真剣に注目しはじめた。対戦相手がフットボール・チームのない小さな学校ばかりだったこともあり、アッシャーはわずか一試合を落としただけでプレーオフを楽々勝ちあがり、またもや優勝を手にした。ロンの成績は打率四割六分八厘、ホームラン六本だった。よき競争相手のブルースの成績は、打率四割四分四厘、ホームラン六本だった。ふたりは刺激しあい、ともにメジャーリーグにむかって邁進《まいしん》していることを確信していた。

同時にふたりは、グラウンドの外での遊びにも熱を入れはじめた。週末にはビールを飲み、マリファナも知った。女の子も追いかけた——アッシャーでは町の英雄が愛されるため、相手は簡単に見つかった。パーティーが日課になり、エイダ郊外のクラブや安酒場も抗《あらが》いがたい魅力があった。飲みすぎて車でアッシャーにもどるのが不安なときは、ふたりはアネットのところへ転がりこんだ。アネットを叩き起こし、始終ひたすら謝りつづけながら、たいていはなにか食べるものを求めた。ロンは、両親には知らせないでほしいとアネットに頼みこんだ。

ただし、ふたりは慎重なふるまいを心がけ、警察沙汰をうまく回避していた。マール・ボウエンが怖かったし、大いに有望な前途が一九七一年の春に控えてもいたからだ。

アッシャー高校でのバスケットボールは、野球チームが身体の切れを保つのに都合のいい手段という程度だった。ロンはフォワードとしてプレーし、チームでいちばん多く得点をあげた。小さな大学が二、三校興味を示したが、ロンのほうは興味がなかった。バスケットボールのシーズンがおわりに近づいたころ、プロ野球のスカウトから手紙が届くようになった。挨拶にくわえて、数週間のうちにロンを視察することを約束し、時間をつくって夏のあいだの新人テストキャンプへの参加を求める手紙だった。ブルース・リーバにも手紙が届いていた。ふたりは手紙を比べあって愉快な時間を過ごした。ある週はフィリーズとカブス、次の週はエンゼルスとアスレチックス、という具合だった。

二月後半にバスケットボール・シーズンがおわると、アッシャー高校のショータイムがはじまった。

アッシャー高校の野球チームは何試合か楽勝を重ねてほどよく準備運動をすませると、強豪チームの到来にあわせて全力を発揮しはじめた。ロンは打撃好調でスタートし、決して調子を落とさなかった。スカウトはざわめき、チームは勝ちつづけ、アッシャー高校は我が世の春を謳歌した。相手チームはたいていエース級のピッチャーをぶつけてきたので、ボウエン監督の教え子たちは優秀なピッチングを毎週実地に見学することができた。外野席に陣どったさらに多くのスカウトたちを前にして、ロンは毎試合、どんなピッチャーの球でも打てることを証明した。このシーズンの記録は、打率五割、ホームラン五本、打点四十六だった。ロンはめったに三振せず、相手チームが敬遠気味の攻め方をしたので四球も数多く選んだ。スカウトはロンの打席でのパワーと自制心、一塁までの速さ、そしてもちろん、強肩を気に入った。

四月後半、ロンはオクラホマ州の傑出した高校生アスリートに贈られるジム・ソープ賞の候補にノミネートされた。

アッシャー高校チームは二十六勝五敗で、一九七一年五月一日にグレンプール高校を五対〇で破り、またしても州大会の優勝を勝ちとった。

ボウエン監督はロンとブルース・リーバを、州代表チームの候補に推薦した。ふたりが候補にふさわしかったのはまちがいないが、ふたりはまたみずからの行状がもとで、あやうく選考から外されかけた。

それは卒業する数日前のこと。人生の劇的な変化を目前にして、ふたりはアッシャーでの野球がもうすぐ過去のものとなってしまうことを実感していた。過去一年のように親密に過ごせる時間は、この先もうないだろう。だから記念の儀式が必要だ。決して忘れることのない、乱痴気騒《らんちき》ぎの特別な夜が。

この当時、オクラホマシティにはストリップ・クラブが三軒あった。ふたりは〈レッド・ドッグ〉という高級店を選び、出発の前にブルース・リーバの自宅のキッチンからウイスキーの四分の三リットル瓶とビールの六缶パックをもちだした。戦利品をもってアッシャーを出発したふたりは、〈レッド・ドッグ〉に着いたころにはすでに酔っぱらっていた。ふたりはさらにビールを注文し、刻一刻とすてきな姿になっていくストリッパーたちに見とれた。ストリッパーが客の膝の上や目の前で踊るラップダンスの誘いがかかると、ふたりは湯水のように金を使いはじめた。ブルースの父親は門限を午前一時に厳しく設定していたが、ラップダンスと酒のせいで時間はどんどん過ぎていった。ようやくよろめきながら店から出たのは午前〇時半ごろで、家までは二時間かかる。ブルースは馬力をあげた新車のカマロを猛スピードで走らせたが、ロンがなにか気にさわることをいったために急停車した。ふたりは罵りあいをはじめ、この場で決着をつけようということになった。カマロから転がりでたふたりは、十番ストリートの真ん中で素手による殴りあいをはじめた。

数分間パンチとキックの応酬がつづいたあと、ふたりとも疲れはて、すぐさま休戦協定が結ばれた。ふたりは車にもどり、家までのドライブを再開した。喧嘩の理由はどちらも覚えていなかった――詳細が永遠に忘却の霧に包まれてしまった、この夜のいくつもの出来ごとのひとつにすぎなかった。

ブルースは道路の出口を見落とし、曲がる場所をまちがえ、完全に道に迷ったあげく、どこだかわからない田舎道を大まわりして、おおよそアッシャーがあると思えた方向にもどることにした。門限を過ぎたいま、ブルースは片田舎を全速力で飛ばしていた。相棒は後部座席で昏睡状態だった。あたりは真っ暗だったが、ふと気づくと、赤い光が後方から急速に迫ってきた。

ブルースはウィリアムズ精肉社という会社の前で停まったことは覚えていたが、どこの街の近くにいるのかもわからなかった。それどころか、どこの郡なのかさえわからなかった。

ブルースは車から降りた。州警察の警官はすこぶる穏やかな物腰で、酒を飲んでいるのか、とたずねてきた。はい。

スピード違反には気づいていた？

はい。

雑談をしていると、警官には違反切符を切る気も逮捕する気もないように思われた。ブルースが安全運転で家まで帰れると警官を納得させたそのとき、ロンが突然後部座席の窓から顔を突きだし、粘りつくようなしわがれ声で、わけのわからないことを叫んだ。あれはだれだ？　警官はたずねた。

ただの友だちです。

その〝友だち〟がまたなにか叫ぶと、警官はロンに車から降りるよう命じた。このときロンは、どういうわけか道路とは反対側のドアを開けてしまい、車から降りたとたん、深い側溝にはまりこんだ。

ふたりはともに逮捕されて、留置場に連行された。じめじめした、ベッドのない寒い監房だった。看守が小さな房の床に敷くマットレスを二枚投げいれてくれた。ふたりはそこで恐れおののき、酔いも抜けぬまま、震えながら夜を過ごした。どちらも、父親に電話をかけるような馬鹿な真似はしなかった。

ロンにとっては、この先鉄格子のなかで過ごすことになる数多くの夜の最初の一夜だった。翌朝、看守はふたりにコーヒーとベーコンを運んできて、家に電話をかけるように勧めた。ふたりは渋々と勧めに従い、二時間後に釈放された。ブルースは自分ひとりでカマロを運転して帰宅する一方、ロンはなぜか、ブルースの父親と自分の父親が乗る車に同乗することを余儀なくされた。この二時間のドライブはとても長かった――ボウエン監督との対面を思うと、よけいに長く感じられた。

父親たちはいずれも、すぐ監督のもとへ出むいてありのままを話せと主張したので、ふたりはその言葉にしたがった。ボウエンは怒ってふたりを完全に無視したが、州代表候補の推薦はとりさげなかった。

ふたりはそれ以上の事件は起こさず、卒業式にこぎつけた。優等卒業生として、見事な式辞を披露した。来賓祝辞を述べたのは、隣接するセミノール郡の地区裁判所の名物判事、フランク・H・シーイだった。

アッシャー高校の一九七一年の卒業生は十七名で、だれにとっても卒業式は重要な節目のイベントであり、家族も誇りに思って大事にしていた。両親たちのほとんどは大学に通う機会がなく、なかには高校を出ていない者もいた。だが、ロンとブルースにとって式典は大した意味がなかった。まだ栄光ある州大会優勝の余韻にひたっていたし、もっと重要だったのは、メジャーリーグのドラフト指名を夢見ていたからだ。ふたりの人生は、オクラホマの片田舎でおわるようなものではない。

一カ月後、ふたりはともに州代表に選ばれ、ロンはオクラホマ州の年間最優秀選手の選考で次点になった。毎年おこなわれる州のオールスターゲームで、ふたりは満員の観客の前でプレーした。メジャーリーグの全チームと多くの大学チームのスカウトも観戦していた。試合後、ふたりのスカウトが――ひとりはフィリーズ、もうひとりはアスレチックス――ロンとブルースを脇に呼び寄せて、非公式なオファーをした。ふたりがそれぞれ一万八千ドルの契約金を受けいれるなら、ドラフトでフィリーズはブルースを指名し、アスレチックスはロンを指名するという。ロンは金額が低すぎると考えて辞退した。ブルースは両膝に不安をかかえはじめていたが、やはり金額が低すぎると感じた。金額を吊りあげるための試みとして、ブルースはセミノール短期大学で二年間プレーする予定だと語った。上乗せがあればブルースを説得できたかもしれないが、提示額は変わらなかった。

一カ月後、ロンはドラフトの二巡めで、オークランド・アスレチックスから指名された。八百人中の四十一位で、オクラホマ出身者のなかでは一位指名だった。フィリーズはドラフトではブルースを指名しなかったが、契約を提示した。ここでもブルースは辞退し、短期大学の道を選んだ。プロの世界でいっしょにプレーするというふたりの夢はしぼみはじめた。

アスレチックスが正式に提示した最初のオファー額は、侮辱的なほど低かった。ウィリアムスン家には代理人も弁護士もついていなかったが、球団側が安上がりに契約しようとしていることは見当がついた。

ロンはひとりでオークランドへ出むき、球団経営陣と会談した。ここでの話しあいに実りはなく、ロンは契約を交わすことなくエイダへ帰ってきた。球団はすぐにまたロンを呼んだ。この二度めの訪問では、ロンは監督のディック・ウィリアムズや、何人かの選手たちと顔を合わせた。アスレチックスの二塁手のディック・グリーンは気さくな選手で、クラブハウスやグラウンドを案内してくれた。たまたまそこでふたりは、押しも押されもせぬスーパースター、ミスター・オークランドその人、レジー・ジャクソンに出くわした。レジーは、ロンがアスレチックスのドラフト二巡めの指名選手であることを知ると、守備位置をたずねた。

ディック・グリーンはちょっとレジーをからかうつもりで、「ロンはライトだよ」と答えた。もちろん、レジーの守備位置がライトだったからだ。するとレジーは、「じゃあ、おまえはマイナーで朽ちはてるな」といって歩み去ってしまい、会話はそれまでとなった。

アスレチックスは、高額の契約金を支払うことに難色を示した。球団側はロンを捕手として起用するつもりだったが、まだボールを受けるところを見ていなかったからだ。提示額の上乗せのないまま、交渉は長引いた。

ウィリアムスン家の食卓では、大学進学についての話しあいがもたれていた。ロンは、オクラホマ大学からの奨学金を受け入れる意向を口頭で示しており、両親はその選択肢を考えるように促した。これは大学教育を受けるまたとないチャンスだ、見逃す手はない、と。ロンもその点は理解していたが、大学ならいつでも行けると主張した。アスレチックスがいきなり契約金として五万ドルを提示すると、ロンも態度を一変させて契約に飛びつき、大学のことは忘れてしまった。

この契約は、アッシャーとエイダで大きなニュースになった。ロンは近隣出身者のなかでは、最上位でドラフト指名された選手だった。こうして注目を浴びたことで、ロンはしばらく謙虚になった。夢は実現しつつある。いまや自分はプロ野球選手だ。家族の払った犠牲は実を結ぼうとしている。ロンは聖霊に導かれているように感じ、神との関係を正そうと思った。ロンはふたたび教会を訪れ、日曜の夜の礼拝で祭壇まで歩いていき、説教師とともに祈りを捧げた。それから会衆にむけてスピーチをおこない、キリストを信仰する兄弟姉妹たちの愛情と支援に感謝した。これも神さまの思し召し、自分は本当に幸運だ。ロンは涙をこらえながら、金と才能を神の栄光のためだけに使うと約束した。

ロンは新車のカトラス・シュープリームと服を買った。両親には新しいカラーテレビを贈った。残りの金は、賭けポーカーでうしなった。

一九七一年当時、オークランド・アスレチックスのオーナーは、チャーリー・フィンリーだった。一九六八年にカンザスシティから球団を移転させたフィンリーは、かなり型破りな人物だった。自分では先見の明のある人間を気取っていたが、その行動はむしろ道化者に近かった。フィンリーは球界改革に喜びを見いだし、さまざまな新機軸を打ちだした。たとえば多くの色をつかったユニフォーム、ボールボーイならぬボールガール、オレンジ色のボール（このアイデアは短命におわった）、球審に新しいボールを投げる野ウサギ型のロボットなどだ。すこしでも人々の注目を集められるとなれば、どんな手にも訴えた。ラバを買いこんでチャーリー・O《オー》と名づけ、グラウンドを練り歩かせて、ホテルのロビーにまで連れていったこともあった。

しかしフィンリーはその種の奇行で新聞の見出しを独占する一方、強大なチームを築きあげてもいた。有能な監督のディック・ウィリアムズを起用し、レジー・ジャクソン、ジョー・ルディ、サル・バンドー、バート・キャンパネリス、リック・マンデイ、ヴィーダ・ブルー、キャットフィッシュ・ハンター、ローリー・フィンガーズ、トニー・ラルーサといった選手を集めて、ひとつのチームをまとめあげていた。

一九七〇年代初頭のアスレチックスは、まちがいなく球界でいちばん〝クール〟なチームだった。選手は白いスパイクを履き――これを実践した最初にして唯一のチームだった――緑、金色、白、グレーなど、さまざまな色の目も眩むようなユニフォームを身に着けていた。長髪とひげと規範に従わない態度で、身をもって〝カリフォルニア・クール〟を示していた。野球界はこのころすでに百年を超える歴史があり、伝統を重んじることを求めていたので、アスレチックスは横紙破りのような存在だった。それでも、アスレチックスはみずからの姿勢を崩さなかった。アメリカはまだ一九六〇年代の沈滞ムードを引きずっている。権威などだれが必要としようか。打ち破れない因習などない。それがたとえ、プロ野球のような旧態依然たる世界でも。

一九七一年の八月後半、ロンはオークランドへ三度めの訪問をした。まだプロ選手として一試合もプレーしてはいなかったが、今回はひとりのアスレチックス選手として、チームの一員として、仲間のひとりとして、未来のスター選手としての訪問だった。ロンは歓迎され、背中を叩いて祝福され、激励の言葉をかけられた。ロンは十八歳だったが、丸顔の童顔で前髪をひたいで切りそろえていたため、十五歳以上には見えなかった。ベテラン選手たちは、契約をおえたあらゆる新人選手の例に洩れず、ロンの前途にも難関が待っていることを知っていたが、それでもロンを温かく迎えいれた。ベテラン選手といっても、かつてはみなロンとおなじ立場だったのだ。

プロ契約を結んだ選手のうち、メジャーリーグまで到達し、たとえ一試合でもプレーできるのは全体の十パーセント以下にすぎない。だが、そんな話をわざわざききたがる十八歳はいないのだ。

ロンはダッグアウトやグラウンドをぶらつき、選手たちと親しくし、試合前の打撃練習に見入り、すくなめの観客が列をなしてオークランド・アラメダ・カウンティ・コロシアムにはいってくるさまを見つめた。そのあと第一球のずっと前にホームチーム側ダッグアウト後方の最上席に案内され、そこから自分の新たなチームの試合を観戦した。翌日エイダへもどったロンは、これまで以上に固く決心していた――マイナーリーグをなんなく通り抜け、二十歳までにメジャーの舞台にあがる。あるいは二十一歳までに。自分はメジャーリーグ球場のしびれるような雰囲気を目の当たりにし、肌で感じ、それを吸収したのだ。これまでの自分とおなじでいられるはずはない。

ロンは髪を長く伸ばし、つづいてひげも伸ばそうとしてみたが、こちらは体質的に無理なようだった。友人たちからは金持ちになったと思われていたので、ロンはそのとおりの印象を与えるべく懸命に努力した。自分は別種の人間、エイダ界隈のだれよりもクールな人間だ。カリフォルニアへ行ったことがあるのだから！

この年アスレチックスは百一勝してアメリカンリーグ西地区を制覇し、ロンは九月いっぱい大いに楽しみながら動向を見守った。もうすぐ自分もおなじグラウンドに立って、キャッチャーかセンターとしてプレーする。それもカラフルなユニフォームを着たり長髪にしたりして、最高にヒッピーらしいチームの一員として。

十一月には、ロンはトップス・チューインガム社と契約し、自分の名前や顔、写真やサインのはいった野球カードの製作と印刷、複製の独占権を与えた。

エイダの少年たちのご多分に洩れず、ロンもこうしたカードを何千枚も集めていた――景品をとっておいたり、交換したり、額に入れたり、靴箱に入れてもち歩いたり、もっと買うために貯金をしたりしていた。ミッキー・マントル、ホワイティ・フォード、ヨギ・ベラ、ロジャー・マリス、ウィリー・メイズ、ハンク・アーロンなど、あらゆる名選手の貴重なカードを。今度は自分がそのカードになるとは！

夢は急速に実現しようとしていた。

しかしながら、ロンが最初に送られたのはオークランドから遠く離れたオレゴン州クースベイで、ノースウェスト・リーグの1Aのチームだった。アリゾナ州メサでおこなわれた一九七二年の春季キャンプでは、ロンは目立った成績を残せなかった。だれの目も引かず、だれからも関心をもたれなかった。また球団側は、ロンをどのポジションに据えるべきか、いまだに計りかねていた。ロンには経験のなかった捕手もやらせたし、肩が強いという理由だけで投手もやらせた。

春季キャンプの後半に、不運がロンを襲った。虫垂が破裂、エイダへもどって手術を受けたのだ。じれったい思いで快復を待つあいだ、ロンは無聊《ぶりょう》を慰めるため深酒をするようになった。地元の〈ピザハット〉には安いビールがあり、そこに飽きたら新車のカトラスを運転して〈エルクス・ロッジ〉へ行き、バーボンやコークで食事を流しこむ。ロンは退屈し、どこかの野球場へ行きたくてしかたがなかった。そして自分でも理由はわからないまま、酒に逃げ場を見いだしていた。やがてようやくお呼びがかかり、ロンはオレゴンへ出発した。

クースベイの球団ノース・ベンド・アスレチックスで、パートタイムの出場機会を得たロンは、百五十五打席四十一安打、打率二割六分五厘というぱっとしない成績を残した。捕手として四十六試合に出場し、何イニングかはセンターも守った。シーズン後半になると、ロンはミッドウェスト・リーグのアイオワ州バーリントンへ送られた。今度も1Aのチームだったが、ランクは一段階上で、家にはずっと近かった。ロンはバーリントンでは七試合に出場しただけで、オフシーズンになるとエイダへもどった。

マイナーリーグの所属先はどこも一時的なもので、落ち着ける場所ではない。給料は微々たるもの、選手たちはわずかな食費手当と、なんであれ球団のほどこしを頼りに、どうにかやっていく。〝ホーム〟ゲームのときは、月極め料金が格安のモーテルに泊まるか、小さなアパートに集団で暮らす。ロードゲームのときは、遠征バスのルートにもっと多くのモーテルがある。酒場やナイトクラブやストリップ・クラブも。選手たちは若く、ほとんどが独身、家族や家族がもたらす枠組みからも遠く離れている。だから、夜更かしをしがちだ。ほとんどが十代を抜けでたばかり、未熟で、短い人生の大部分を甘やかされて育ち、全員がすぐにも大球場でプレーして大金を稼げるものと信じて疑わなかった。

派手にパーティーもやる。試合は午後七時にはじまり、十時までにはおわる。軽くシャワーを浴びると、酒場へ繰りだす時間だ。朝になってようやく帰り、家なりバスの車中なりで一日じゅう眠る。酒を浴びるように飲み、女を追いかけ、ポーカーに興じ、マリファナを吸う——どれもマイナーリーグの暗い側面だ。ロンはそのすべてを熱心に受けいれた。

父親の例に洩れず、ロイ・ウィリアムスンは多大な興味と誇りとともに、息子のシーズンを見守っていた。ロンはたまにしか電話をかけてこず、手紙を書くことはもっとすくなかったが、ロイは息子の近況を追いかけた。ロイとファニータは二度にわたって車でオレゴンを訪れ、息子のプレーを観戦した。ロンは強烈なスライダーと切れのあるカーブへの対応に手間どり、新人のこの一年のあいだ、ずっと苦しんでいた。

エイダにいるとき、ロイはアスレチックスのコーチのひとりから電話を受けた。コーチは、ロンのグラウンド以外での習慣を、かなり憂慮していた——パーティー三昧、飲酒、夜更かし、二日酔い。一年めのシーズンに家から離れた十九歳としては珍しいことではないが、それにしても度を越している、ついては父親から厳しい言葉をかけられれば、それも治まるかもしれない、という電話だった。

ロン本人も、電話をかけていた。夏が過ぎても出場機会がすくないことに変わりなかったので、ロンは監督やコーチに不満をつのらせ、自分が充分に起用されていないと感じていた。ベンチに置かれたままで、どうやって技術を磨けというのか？

ロンは、めったにつかわれない危険ぶくみの手に打って出た――監督やコーチの頭ごしに話をつけようとしたのだ。ロンはアスレチックスの首脳陣に電話をかけ、不満を並べたてはじめた。1Aの生活は惨めで、出場機会も充分とはいえない。そのことを、自分をドラフトで指名した上層部の人間に知ってもらいたかった。

首脳陣の反応は冷ややかだった。マイナーリーグに何百人もの選手がおり、その多くがロン・ウィリアムスンよりもずっと先にいる状況では、こういう苦情の電話がさしたる効果をあげるべくもなかった。首脳陣はロンの成績を知っており、苦闘ぶりを見抜いていた。黙って野球に身を入れるべきだ――それが上からの回答だった。

一九七二年の初秋にエイダにもどったとき、ロンはまだ地元の英雄――しかもいまではカリフォルニア風の態度や気どりを身につけた英雄――だった。夜型の生活は変わらなかった。十月のおわりに、オークランド・アスレチックスが初めてワールドシリーズを制覇したとき、ロンは地元の安酒場で騒々しい祝賀パーティーをひらいた。「おれのチームだ！」ロンは飲み仲間から称賛を受けながら、なんどもテレビにそう叫んだ。

だが、元ミス・エイダの若く美しい女、パティ・オブライエンと出会って交際がはじまるや、ロンの習慣は一変した。ふたりはたちまち真剣な仲になり、たびたび会うようになった。パティは敬虔なバプテストで、アルコールを口にせず、ロンの悪習を許さなかった。ロンは喜んで悪習をやめ、おこないを改めると約束した。

一九七三年も、ロンは一歩もメジャーリーグへは近づけなかった。メサの春季キャンプでまたもや平凡な成績におわったロンは、ふたたびバーリントン・ビーズへ送られた。そこでわずか五試合に出場したあと、今度はフロリダ・ステート・リーグのキーウェスト・コンクスへ送られた。ここも1Aだった。ロンは五十九試合に出場し、打率一割三分七厘という惨憺たる成績におわった。

ロンは人生で初めて、はたしてメジャーリーグに進めるのだろうかと疑問を感じはじめた。かなりぱっとしない二シーズンを過ごしたいま、ロンは思い知っていた——たとえ1Aレベルといえども、プロ投手の投げる球は、アッシャー高校時代に対戦したどんな投手の球よりも打ちにくい。どの投手にも球威があり、どのカーブも切れ具合は一枚も二枚も上だ。守備にまわってもみな優秀で、メジャーリーグまでいけそうな者もいる。契約金ははるか昔に浪費してしまった。野球カードの自分の笑顔を見ても、つい二年前に感じられた興奮がもはや感じられなくなっていた。

それに、あらゆる人々から動向を注視されている感覚もあった。エイダやアッシャーの友人たちや住民は、ロンが自分たちの夢をかなえて、街の名を地図に載るほど有名にしてくれると期待している。ロンはオクラホマが生んだ次代の名選手なのだ。ミッキー・マントルがメジャーリーグにデビューしたのは十九歳のとき。ロンはすでに予定より遅れていた。

ロンは、エイダとパティのもとにもどった。パティは、オフシーズンに意義のある仕事を見つけるように強く勧めてきた。テキサス州にいるおじの知りあいを頼って車でヴィクトリアにおもむいたロンは、その地で数カ月のあいだ、下請けの屋根職人として働いた。

一九七三年十一月三日、ロンとパティは、パティが所属するエイダのファースト・バプテスト教会で、盛大な結婚式をあげた。ロンは二十歳、依然として将来有望な選手のつもりだった。

エイダの街は、ロン・ウィリアムスンを街いちばんの英雄と見なしていた。その英雄が、良家出身の美人コンテストの女王と結婚した。夢のような人生だった。

一九七四年の二月、新婚のロンとパティは、車で春季キャンプのおこなわれるメサにむかった。妻を迎えたばかりということもあって、ロンにはこれまで以上にプレッシャーがかかっていた。こんどこそ上へあがらなければならない――3Aまでいかずともせめて2Aへ。一九七四年当初、ロンはバーリントンと契約していたが、もどるつもりはなかった。バーリントンにもキーウェストにももううんざりしていたし、またぞろそうしたチームへ送られるなら、球団側のメッセージは明白だ――彼らはもはやロンを有望選手とは考えていない、ということだ。

ロンはトレーニングを強化し、走りこみを増やし、自主的に打撃練習をおこない、アッシャー高校時代のように熱心に練習にとりくんだ。だがある日のこと、日課の内野守備練習で、二塁へ強烈な送球をしたとき、肘に鋭い痛みが走った。ロンは痛みを気にしないように努め、あらゆる選手とおなじく、痛みがあってもプレーに支障はない、と自分にいいきかせた。春季キャンプではありがちな小さな痛みで、自然に消えるはずだ、と。しかし翌日も痛みがぶりかえし、その後はさらに悪化した。三月末には、ロンは内野でボールをトスすることさえできないも同然になった。

三月三十一日、アスレチックスはロンを解雇した。ロンとパティは、長距離ドライブでオクラホマへ帰った。

ふたりはエイダを避けてタルサに落ち着き、ロンはベル電話会社のサービス担当の仕事を見つけた。再就職ではなく、腕の傷を癒《いや》すあいだの腰かけ仕事だ、自分のことを本当に理解している球界の人間が電話をかけてくるまでの仕事だ――ロンはそう思った。しかし、数カ月後、ロンは自分から電話をかけていた。だが、関心を示すむきはなかった。

パティは病院での仕事を見つけ、ふたりは生活を安定させることにとりかかった。ロンの姉のアネットは、万が一ふたりが生活費に困ったときのため、週あたり五ドルから十ドルを送りはじめた。しかしパティの電話で、ロンがその金をビール代にしており、それが許せないときかされ、アネットはこのわずかな仕送りをやめた。

軋轢《あつれき》もあった。アネットはロンがまた酒を飲みだしたことを心配していた。しかし、ふたりの結婚生活の真の内情は、知らないも同然だった。パティは生まれつきとても内気で引っこみ思案、そのためウィリアムスン家の人々と心から打ちとけることはなかった。アネットとその夫がロンとパティを訪問するのは、年に一回だけだった。

昇給が見送られると、ロンはベル電話会社を辞めて、エクイタブル社の生命保険のセールスマンをはじめた。すでに一九七五年になっていたが、いまだに選手契約は得られず、正当に評価されない才能を探している球団からの問いあわせもなかった。

しかし、アスリートとしての自信と社交的な性格のおかげで、ロンは多くの生命保険の契約をとった。セールスは苦もなく進み、気づけばロンは、この仕事で成功して金を手に入れていた。同時にロンは、酒場やクラブでの夜遊びも楽しんでいた。パティは飲酒をきらい、どんちゃん騒ぎには耐えられなかった。ロンのマリファナはすでに常用の域に達しており、パティはこれを嫌悪していた。ロンのむら気はなお激しくなった。パティが結婚した気だてのいい若者は変わりつつあった。

一九七六年春のある夜、ロンは両親に泣きながら電話をかけ、とり乱した口調で、パティと大喧嘩をして別居することになった、と伝えた。ロイとファニータばかりか、姉のアネットとレニーもこの知らせにショックを受け、結婚生活がつづくことを願った。若いカップルは嵐を乗りこえていくと決まっている。じきにロンのもとに電話がかかってくるし、そうなればまたユニフォームを着て選手生活を再開できるだろう。生活も軌道に乗り、ふたりはわずか数日の荒天を乗り切るはず、雨降って地固まるはずだ、と。

だが、修復は不可能だった。原因がなんであるにせよ、ロンとパティはそれを語らないことを選んだ。ふたりは解消しがたい不和を理由に、ひそかに離婚を申し立てた。こうして離婚は正式なものとなった。結婚期間は三年にも満たなかった。

ロイ・ウィリアムスンには、ハリー・ブレキーンという名前の幼馴染がいた。野球選手時代の通り名は〝ハリー・ザ・キャット〟。ふたりはともにオクラホマ州フランシスで育った。ハリーはヤンキースでスカウトを務めていた。ロイはこの幼馴染の居場所を突きとめて、電話番号を息子ロンに伝えた。

一九七六年六月、説得力を生かしたロンの交渉が実を結んだ——自分の腕が完治しており、これまで以上にいい状態にあるとヤンキースに納得させたのだ。多くの優秀なピッチングを目《ま》のあたりにして打てない自分を痛感していたロンは、自分の長所に賭けることにした——右腕だ。肩の強さはつねにスカウトの注目を集めてきた。アスレチックスでは、投手へのコンバート案がおりおりに出ていたほどだ。

ロンはニューヨーク・ペン・リーグの1Aのチームであるオニオンタ・ヤンキースと契約し、タルサを旅立つ日をいまや遅しと待った。夢が息を吹きかえそうとしていた。

たしかにロンは球威にはすぐれていたが、ボールの行き先となると心もとない場合がほとんどだった。カーブ系の球は洗練されていなかった——単純な経験不足によるものだ。力のこもった速球を投げることにばかり専心していたせいで、腕の痛みが再発した——最初こそ進行は遅かったが、やがて腕にほぼ完全に力がはいらなくなった。二年間のブランクの影響は大きく、シーズンがおわると、ロンはふたたび解雇された。

今度もロンはエイダを避け、タルサにもどって保険のセールスをした。アネットは弟ロンのようすを見に立ち寄ったが、野球でうまくいかなかったことに話題がおよぶと、ロンはヒステリックに泣きはじめ、いつまでも泣きやまなかった。さらにロンはアネットに、自分が長いあいだ鬱状態にあってふさぎこんでいることを打ち明けた。

またしてもマイナーリーグの生活に慣れてしまったことで、昔の悪習がぶりかえした――酒場に出入りし、女を追いかけ、ビールを浴びるように飲んだ。暇つぶしにソフトボール・チームにはいって、小さな舞台の大スターの立場を楽しみもした。ところがある涼しい夜のこと、試合中に一塁へ送球したとたん、肩でなにかが弾けた。ロンはチームを辞めてソフトボールから足を洗ったが、もはやあとの祭りだった。医者にかかって、精力的にリハビリに取り組んだものの、改善のきざしはなかった。

ロンはこの故障を他人には打ち明けず、充分な休養で回復することをいまいちど願った。

プロ野球に挑戦するさいごの機会は、翌一九七七年の春に訪れた。ロンはここでも相手をうまく説得して、ヤンキースのユニフォームを着た。引きつづき投手として春季キャンプを乗り切ったのち、フロリダ・ステート・リーグのフォートローダーデールに配属され、そこで、さいごのシーズンを粘り抜いた。全百四十試合、その半分はバスで移動するロードゲームだった。月日はのろのろと過ぎていき、試合で起用されるのはどうしても必要なときだけにかぎられていた。登板はわずか十四試合、投球回数は三十三イニングだった。もう二十四歳、しかも肩が治る見こみはない。アッシャー高校とマール・ボウエン監督時代の栄光は、すでに遠い過去だった。

生涯さいごとなるシーズンの開幕時のロン。

1976年、マイナー・リーグのヤンキース時代のロン。

たいていの選手なら、ここでキャリアの終点が避けられないと感じる。しかし、ロンはちがった。故郷の人々の期待があまりに大きかった。家族には多大な犠牲を払わせてしまっている。大学教育の道を捨ててメジャーリーガーになる道を選んだのだから、やめるという選択肢はありえない。結婚にも失敗した――ロンは失敗に慣れていなかった。そのうえ、いまはまだヤンキースのユニフォームを着ている――日々、夢に新たな息吹きを与えてくれる鮮やかなシンボルを。

ロンはシーズンいっぱい、果敢にやり抜いた。しかし、愛するヤンキースはまたしてもロンを解雇した。

3

野球シーズンがおわった数カ月後、タルサの〈サウスローズ・モール〉をぶらぶらと何気なく歩いていたブルース・リーバは、ふいに見知った顔が目に飛びこんできて足をとめた。〈トッパーズ・メンズウェア〉の入口近くに、旧友のロン・ウィリアムスンが立っていた。上等な服を着て、おなじような服を客に勧めている。ふたりは力強い抱擁を交わし、長い時間をかけておたがいの近況を報告しあった。かつて兄弟同然だったふたりは、自分たちがすっかり疎遠になっていたことに驚いた。

アッシャー高校を卒業したあと、べつべつの道に進んだふたりは、まったく連絡をとりあっていなかった。ブルースは短期大学で二年間プレーしたが、とうとう膝が動かなくなったので野球をやめた。ロンの経歴も似たようなものだった。どちらも離婚を経験していたが、そもそもたがいが結婚していたことも知らなかった。しかし、ともに昔と変わらず夜遊びを楽しんでいることがわかっても、まったく意外ではなかった。

ふたりともルックスのいい若者だ——独身にもどっており、仕事熱心なために金をもっていた。そこですぐに連れだって酒場に繰りだし、女の尻を追いまわしはじめた。ロンの女好きは前々からだったが、数シーズンをマイナーリーグで過ごしたせいで、女好きに拍車がかかっていた。

ブルースはエイダ在住だったが、タルサに立ち寄ったときはいつもロンやその友だちと夜っぴて遊びまわった。

野球はふたりに傷心をもたらしたが、それでもいちばん好きな話題であることに変わりはなかった——アッシャー高校時代のすばらしい日々、ボウエン監督、かつて共有していた夢、自分たちとおなじように挑戦して夢破れた昔のチームメイトたち。ブルースは両膝をわるくしたことが大きなきっかけで、野球ときっぱり訣別できた——あるいは、すくなくともメジャーリーグで栄光をつかむという夢とは。だが、ロンはちがった。ロンはまだ自分がプレーできると信じこんでいた——ある日なにか変化が起こって奇跡のように腕が治り、だれかが連絡をくれるものと固く信じていた。自分はまたひと花咲かせてみせる。最初ブルースは、まともにとりあわなかった——消えゆく名声の残滓《ざんし》にしがみついているだけだ。ブルース自身が身をもって学んだように、高校でスター選手だったアスリートほどあっという間に消え去るものはない。その事実と折りあいをつけて受け入れ、先に進む者もいる。しかし、何十年も夢を捨てきれない者もいるのだ。

ロンは妄想の域に達するほど、自分にはまだプレーする力があると信じこんでいた。その一方では失敗がつづいたことに大いに当惑し、苦悩にさいなまれてさえいた。ロンはブルースに、エイダで自分がどんな噂になっているのか、としきりにたずねた。まだ次代のミッキー・マントルになれない自分にみな失望しているのでは？　コーヒーショップやカフェで噂になっているのでは？　いいや、とブルースは請けあった。そんなことはない、と。

だが、それでなにが変わるわけでもなかった。郷里の人々からは落伍者《らくご》だと見なされているにちがいない。そんな考えを変えさせるためには、あといちどだけ契約を手に入れて、メジャーリーグに登りつめるしかない――ロンはそう思いこんでいた。

元気を出せ、とブルースはロンにいいつづけた。野球のことはあきらめろ。夢はもうおわったんだ。

家族はロンの性格が大きく変わったことに気づきはじめた。落ち着きをなくして、やたらに昂奮し、ひとつの話題に集中できず、すぐになんの脈絡もなくつぎの話題を切りだすこともあった。かと思えば、家族が集まっている場でもすわったまま、口のきけない人のように何分間も黙りこくっていたあげく、いきなり会話に割りこんで、自分のことばかりしゃべりもした。話をするときには、会話の中心になろうとして譲らないばかりか、自分に関係した話題でなければ許さなかった。じっとすわっていることができなくなり、タバコの量が増え、部屋からふらりと消えてしまうという妙な癖も出はじめた。一九七七年の感謝祭には、長姉のアネットが家族全員を家へ招き、テーブルに伝統的なごちそうをならべた。しかし全員が席についたとたん、ロンはひとこともいわずにいきなり食堂から飛びだし、エイダの街を横断するように歩いて母親の家に行ってしまった。説明はいっさいなかった。

それ以外の家族の集まりでも、ロンが寝室に引きこもって、ドアに鍵をかけ、ひとりになることもあった。家族はちょっと心配に思ったが、おかげでひととき会話を楽しむことができた。ところがそこにロンが部屋から急に飛びだしてきて、思いついたことを片はしからまくしたてはじめる。それも決まって、それまでの座の話題とは完全にかけ離れたことを。ロンは居間のまんなかに立って、ひとしきり頭のおかしな人のようにしゃべりまくるが、そのうち疲れはてると、また寝室へ駆けこんで、ドアに鍵をかけなおすのだ。

ギターをもって騒々しく乱入してきたこともある。ギターを猛然とかき鳴らして下手くそな歌を歌いはじめ、家族にもいっしょに歌えと要求した。不愉快な歌を何曲かつづけたのち、ロンは演奏をやめ、足音も高く寝室に帰っていった。家族はほっと深いため息をつき、あきれて目をまわし、事態は正常にもどった。悲しかったのは、家族がこうしたふるまいに慣れてしまったことだ。

引きこもって不機嫌になり、なんの理由もなく、あるいはあらゆることが理由になって何日もふくれっ面をしていたかと思えば、急にスイッチがはいったように社交的な性格にもどったりもした。野球選手としての日々のことでロンは気がふさぎ、その話題には触れたがらなかった。ある電話のときは意気消沈して哀れっぽく、つぎの電話のときにはテンションが高く、陽気だということもあった。

家族はロンの飲酒を知っていたし、薬物使用にしても根ぶかい噂が流れていた。アルコールと薬物が精神を不安定な状態にさせ、激しい気分変動の一因となっている可能性がある。アネットとファニータはできるだけ遠まわしにロンを問いただしたが、敵意を返されただけだった。

しかし、ロイ・ウィリアムスンが癌と診断されると、ロンの問題は二の次にまわされた。大腸に見つかった悪性腫瘍は、急速に進行していた。母親っ子だったロンだが、父親を愛し、尊敬していた。ロンは自分のおこないに罪の意識を感じた。もう教会に通ってはいなかったので、キリスト教信仰の点では大いに問題があったが、ロンはいまなお、罪は罰せられるというペンテコステ派の信条を固く抱きつづけていた。清廉潔白な人生を送ってきた父親が、いま息子である自分の数々の悪行のせいで罰せられようとしている——。

ロイの容態が悪化するにつれ、ロンはますますふさぎこんだ。これまでの身勝手さが思われてならなかった——両親に無理をいって上等な服や高価なスポーツ用具を買わせ、野球キャンプの金を出させ、一時的にアッシャーへ引っ越しまでさせた。その恩返しに自分がなにをしたかといえば、なんたることか、アスレチックスとの契約金の一部でカラーテレビを一台贈っただけだ。思えばロイは、わがままな息子が高校でいちばんいい服を着られるよう、自分はひそかに古着ですませていた。いつも大きなサンプルケースを下げてエイダの街の暑い歩道をとぼとぼと歩き、バニラエッセンスやスパイスを売っていた。一試合も欠かさず、外野席で観戦してくれていた父の姿は忘れもしない。

一九七八年のはじめに、ロイはオクラホマシティで検査目的の開腹手術を受けた。癌は進行していたうえに、転移しており、医師には打つ手がなかった。ロイはエイダにもどり、化学療法を拒否して、激しい苦悶のなかでしだいに衰弱していった。臨終に先立つ数日間、ロンはタルサから車で実家に帰り、ひどくとり乱したようすで涙ぐみながら、ずっと父親のもとを離れずにいた。ロンはくりかえし謝り、父の許しを乞うた。

ある程度きけば、ロイには充分だった。大人になるときだぞ——ロイは息子にいった。男らしくふるまえ。泣くのもヒステリーを起こすのもやめろ。これからの人生を、くじけずに生きていけ。

一九七八年四月一日、ロイは息を引きとった。

一九七八年にはロンはまだタルサにいて、四歳年下のスタン・ウィルキンズという鉄工所の工員と共同でアパートを借りていた。ふたりはともにギターとポピュラー音楽が好きで、何時間もギターをかき鳴らしたり歌ったりして過ごしていた。ロンには粗削りだが力強い声があり、自前のギター——フェンダーの高価なモデル——の演奏スタイルにも将来有望な素質があった。ひとたび演奏をはじめたロンが、何時間も弾きつづけていることもあった。

タルサではディスコが全盛で、ルームメイトは連れだってしばしば足を運んだ。仕事のあとで二、三杯引っかけてから、クラブに繰りだした。ロンは店ではよく知られた顔だった。女好きで、悪びれもせずに女の尻を追いかけまわしていたからだ。店内の大勢の客に目を走らせていちばん魅力的な女性を見つけだし、ダンスに誘う。ダンスに応じる女がいれば、たいていそのあと家まで連れ帰った。ロンの目標は、毎晩ちがう女を抱くことだった。

ロンは酒好きでもあったが、女漁りのときは酒量に気をつけた。飲みすぎると、体がいうことをきかなくなる場合もあったからだ。もっとも、特定の薬物は妨げとはならなかった。コカインは全国に蔓延しており、タルサでも多くのクラブで手に入れることができた。性感染症への懸念はほとんどなかった——いちばん懸念されていたのはヘルペスで、ＡＩＤＳ《エイズ》はまだ到来していなかった。性の冒険者たちにとって、一九七〇年代後半はやりたい放題ができる快楽主義の時代だった。そしてロン・ウィリアムスンは、箍《たが》が外れたようになった。

一九七八年四月三十日、タルサ警察は通報を受けて、ライザ・レンチという女性のアパートへむかった。警察が到着すると、レンチはロン・ウィリアムスンが自分をレイプしたと申し立てた。ロンは五月五日に逮捕され、一万ドルの保釈金を払って釈放された。

ロンはベテランの刑事弁護士であるジョン・タナーを雇い、レンチとセックスしていたことを率直に認めた。しかし、あくまでも合意のうえでの行為だったと主張した――あるクラブで出会い、レンチから家に誘われて、やがてベッドにはいったのだ、と。この弁護士にしては珍しいことだったが、タナーは依頼人ロンの話を本当に信用した。

友人たちには、ロンがレイプをするという話が馬鹿馬鹿しく思えた。黙っていても女たちのほうから寄ってくるではないか。どこの酒場でも、好きな女はよりどりみどり。そもそも、教会で若い処女を漁っていたわけではない。ロンがクラブやディスコで出会う女たちは、最初から刺激を求めているのだ。

ロンはこの嫌疑に屈辱を感じてはいたが、すこしも気にしていないようにふるまおうと決意した。これまでどおり飲んでは騒ぎ、自分が苦境にあることをにおわせる話はすべて笑い飛ばした。優秀な弁護士がついているんだ。裁判でもなんでもかかってこい!

とはいえ内心、ロンはこの成りゆきに怯えていた。それも無理からぬことだった。これほどの重罪容疑で起訴されるだけでも、酔いがいっぺんにさめるような気持ちだった。その先には、自分を何年も刑務所に送るだけの力をもった陪審との対決が待っている。それを思うと、心から恐ろしくなった。

エイダが車で二時間も離れていることもあり、ロンは詳しい経緯を家族にはほとんど教えなかったが、家族はすぐに、ロンがこれまで以上に暗くなったことに気づいた。気分の変化もいっそう激しくなった。

自分の世界が陰鬱になっていくなかで、ロンは手もちの唯一の手段で抵抗した。もっとたくさん酒を飲み、もっと遅くまで夜遊びをし、以前にも増して女漁りに熱をあげた。すべては楽しく毎日を過ごして、不安から逃れるための努力だった。しかしアルコールが憂鬱を助長したのか、それとも憂鬱のせいでより多くのアルコールが必要になったのか――いずれにしても、ロンはいっそう不機嫌になり、意気消沈するばかりだった。しかも、なおさら行動が予測できなくなってきた。


九月九日、タルサ警察のもとにまたもレイプ容疑での通報があった。エイミー・デル・ファーニホーという十八歳の女性が、クラブで夜どおし過ごしたあとで午前四時ごろ自宅アパートに帰りついた。ファーニホーは恋人と喧嘩中で、恋人はドアに鍵をかけたままアパートで眠っていた。ファーニホーは鍵が見つからなかったうえ、トイレを探す必要に迫られてもいたので、急いで近くの終夜営業のコンビニエンスストアにむかった。ファーニホーはそこで、やはり長い夜を楽しんでいたロン・ウィリアムスンと顔をあわせた。初対面だったが、ふたりはすぐに意気投合し、店の裏手の丈の高い草むらに身を隠してセックスをした。

ファーニホーは、ロンが拳で殴ってきて衣服のほとんどを剥ぎとり、レイプした、と主張した。

ロンは、ファーニホーはアパートから自分を閉めだした恋人に腹を立てており、草むらでの手っとり早いお楽しみに同意した、と主張した。

わずか五カ月間で、ロンは二度も保釈金を払い、ジョン・タナーを呼ぶことになった。二件のレイプ容疑をかけるにおよび、ロンはついに夜遊びにブレーキをかけて、外出を控えた。ひとりきりで暮らし、ほとんどだれとも話そうとしなかった。姉のアネットは弟に金を送っていたので、すこしは事情を知っていた。ブルース・リーバは、なにが起こっているのかほとんど知らなかった。

一九七九年二月、まずファーニホーのレイプ事件の公判がひらかれた。ロンは宣誓証言で陪審にこう釈明した――ええ、たしかにセックスはしましたが、それは両者の合意によるものです。妙な話ですが、自分たちは明け方の四時にコンビニの裏で関係をもつことに合意したのです。陪審は一時間の評議ののち、ロンの言葉を信用して無罪評決をくだした。

五月には、ライザ・レンチのレイプ事件を審理するためにまた顔ぶれのちがう陪審が選ばれた。ここでもロンは充分な釈明をした。レンチとはナイトクラブで出会って踊り、好意をもちました。むこうもこちらを気に入ったようです。アパートへ招いてくれましたから。そこで合意のうえでセックスをしました。被害者レンチは陪審にむかって、セックスをしたい気分ではなくなったので、いざはじまるずっと前からやめてもらおうとしていたが、ロン・ウィリアムスンが怖かったので、怪我でもさせられたら一大事だと思い、さいごは諦めた、と証言した。こんども、陪審はロンの言葉を信用して無罪評決をくだした。

最初にレイプ犯呼ばわりされたときには、ロンは屈辱に顔から火が出る思いだった。このレッテルが、長年ついてまわることもわかっていた。しかし、このレッテルを二度にわたって、それも五カ月と間隔をあけずに貼られた人間はほとんどいない。この自分、偉大なロン・ウィリアムスンが、どうしてレイプ犯呼ばわりされることになったのか？　陪審がなんといおうと、人々はこの事件のことをこそこそ耳打ちしあい、噂話のねたにして、決して風化させないだろう。道ですれちがえば、後ろ指をさすはずだ。

ロンは二十六歳――これまでの人生の大半を野球のスター選手として、栄光のメジャーリーグを目指す自信満々のアスリートとして生きてきた。最近でもまだ選手としての自信はあったし、痛めた肩も自然に治る可能性があった。エイダやアッシャーの人々は、ロンのことを忘れていなかった。ロンは若く、まだ才能がある。あらゆる人々が名前を知っていた。

だが、レイプ容疑ですべては一変した。選手としてのロンは忘れ去られ、これからはレイプ容疑で起訴された人物としてのみ記憶されていくにちがいない。ロンは人づきあいを断ち、日に日に自分だけの暗く混乱した世界に引きこもった。〈トッパーズ・メンズウェア〉の仕事も休みがちになり、やがて辞職した。つづいて破産して無一文になると、ロンは荷物をまとめ、ひっそりとタルサをあとにした。いまやロンは空中分解しながら、憂鬱と酒と薬からなる世界へと、錐揉《きりも》み落下しているような状態だった。

母フアニータははらはらする思いで成りゆきを見守っていた。タルサでのトラブルについて詳しくは知らないとはいえ、アネットともども、心配するくらいには知っていた。明らかにロンはめちゃくちゃだった——飲酒、手に負えない激しい気分の変動、ますます異様になっていく行動。見た目もひどいありさまだった——長髪で、ひげは伸び放題、汚い服。かつては流行の粋な着こなしを楽しみ、客に高級な服を売って、このネクタイはこのジャケットには合わないといつもすばやく指摘していたロンだというのに。

ロンは母親宅の居間でソファにすわり、そのまま眠りこんだ。ほどなく、いつもおなじソファで一日に二十時間も眠るようになった。自分の寝室もあるにはあったが、暗くなってからは足を踏み入れることもいやがった。寝室にはなにかが、ロンに恐怖を感じさせるものがあった。熟睡しても、床一面に蛇が這いまわっているとか壁に蜘蛛がいるとか叫んで、飛び起きることもあった。

そのうち、だれかの声がきこえはじめたが、ロンは言葉の中身を母親に明かそうとはしなかった。ついで、ロンは声に返事をしはじめた。

あらゆることがロンを疲れさせた――食事や入浴は重労働で、そのあとには決まって長時間うたた寝をしていた。いつも物憂げで無気力、短いしらふのあいだですら変わらなかった。フアニータは家のなかでアルコールを飲むことを決して許さなかった――酒とタバコをきらっていたのだ。そこで一種の休戦協定が結ばれ、ロンはキッチンの隣の狭苦しいガレージを住まいとすることになった。そこならタバコも酒も自由、ギターを弾いても、母親を怒らせることはない。ロンは眠くなると居間にもどってきてソファに崩れおち、起きているあいだはずっとガレージにいた。

ときどきは気分がまた変化して、活力がもどり、夜遊びの虫が騒ぎだすこともあった。ロンは前よりは多少用心深くしつつ、酒と薬を楽しんで、女の尻を追いかけた。そんなふうに出かけると何日も家に帰らず、友人宅に転がりこみ、出会った知人には片っぱしから金を無心した。やがてまた風向きが変化し、ロンはソファにもどって、死んだように眠りこんだ。

フアニータはただ見守り、際限なく心配しつづけていた。一家の家系に精神障害を患った者がいなかったので、どうすればいいのかがわからなかった。そこで、たくさん祈った。ロンの問題を極力秘密にして、アネットやレニーには知らせまいとした。ふたりとも結婚して幸せに暮らしていたし、なによりロンのことは自分が背負うべきで、娘たちに負担をかけてはいけない。

ときおりロンの口から、仕事を見つけたいという話が出ることもあった。仕事がないために自立できていないことを後ろめたく感じていたからだ。友人からカリフォルニアの知人が従業員を必要としていることをきいて、ロンは西海岸にむかい、家族は大いに安心した。しかし数日後、ロンは泣きながら母親に電話をかけてきた。同居しているのは悪魔崇拝者たちだ、連中に脅されて、帰ろうとしても許してもらえない、という。ファニータが航空券を送り、ロンはどうにか帰ってきた。

そのあとロンは勤め先を求めて、フロリダやニューメキシコ、さらにはテキサスにも行ったが、一カ月以上つづくことは決してなかった。いずれも短期でおわったこの仕事の旅では、毎回ロンは疲れはて、旅が重なるにつれ、さらにぐったりとソファに崩れおちるようになった。

ほどなくファニータの説得で、ロンは心療内科クリニックのカウンセラーの診察をうけ、そこで躁鬱《そううつ》病と診断された。リチウムが処方されたが、ロンは規則正しく服用しなかった。

アルバイトを転々としたが、どうしても定職には就《つ》けなかった。これまで唯一、才能を発揮したのはセールスだったが、いまの状態では、相手がだれであれ魅了するのは不可能だった。ロンはまだ自分のことをプロ野球選手と呼び、レジー・ジャクソンの親友と称していたが、このころにはもうエイダの住民にも、それが真実でないことは知られていた。

一九七九年の年末も近いころ、姉アネットはポントトック郡地区裁判所で、ロナルド・ジョーンズ判事と面会した。アネットは弟の状態を説明し、州か司法制度の力で助けてはもらえないものかと相談した。ジョーンズ判事は、ロンが自分か他人を傷つけるおそれのないかぎり、そのようなことはできない、と答えた。

とりわけ調子のよかったある日、ロンはエイダの社会復帰支援センターの職業訓練コースに応募した。そこのカウンセラーがロンの状態に危険を感じ、オクラホマシティの聖アントニウス病院のＭ・Ｐ・プロッサー医師に紹介した。一九七九年十二月三日、ロンはこの病院に入院した。

すぐに問題が起こった――病院のスタッフでは提供できない特権をロンが要求したのだ。ロンは過分な時間や配慮をスタッフに求めてやまず、患者は自分だけであるかのようにふるまった。要求が通らないとロンは病院を飛びだしたが、わずか数時間後には舞いもどって、再入院を望んだ。

一九八〇年一月八日に、プロッサー医師は、こう書きとめている。《この若者の行動はかなり奇妙で、ときには人格障害的でもある。エイダのカウンセラーが考えたように躁鬱病であるのか、それとも非社会性人格障害傾向のある統合失調症質者なのか、あるいはその反対に、統合失調症質の傾向のある非社会性人格障害者なのかは結論が出ないかもしれない……。長期的治療が必要かもしれないが、本人は統合失調症の治療が必要だとは感じていない》

ロンは青年期の早い時期に野球のグラウンドで栄光の日々を過ごして以来、ずっと夢のなかで生きてきており、選手生命がおわったという事実を決して受けいれていなかった。いまだに〝彼ら〟――野球界の大立者《おおだてもの》たち――が迎えにきて、自分をラインナップに入れ、有名にしてくれると信じていた。

《一連の症状のなかで真に統合失調症的なのは、この部分だ》プロッサー医師はそう書いている。《患者はひたすら野球の舞台に立ち、できればスターになりたいとしか考えていない》

統合失調症の長期的治療が勧められたが、ロンは考えようともしなかった。またロンが協力しなかったため、身体全般の検査は不充分なままになったが、プロッサー医師はこう観察している。《健康的な若者、筋骨たくましく、よく動き、じっとしていることがない……肉体は、同年代のほとんどの人間よりも健康な状態にある》

まともに行動できるときは、ロンはローリー社の訪問販売員として、父親が働いていたのとおなじエイダ地区で家庭用品を売り歩いた。しかし退屈な仕事で、歩合は低く、必須の事務処理には我慢がならなかった。なにより自分は偉大な野球スター、ロン・ウィリアムスンだ。それがいまでは、キッチン用品の訪問販売をしてるなんて！

治療を受けず、投薬も受けず、ロンは酒を飲みつづけ、エイダの街はずれにある酒場の常連になっていた。だらしなく酔っぱらい、大声でしゃべり、選手生活のことを自慢し、女性客を困らせた。ロンを怖がる人は多く、バーテンダーや警備員のあいだでは有名人だった。ロン・ウィリアムスンが酒を飲みにあらわれれば、だれもが気づいた。贔屓《ひいき》のクラブのひとつが〈コーチライト〉で、そこの警備員たちには厳重に監視されていた。

タルサにおける二件のレイプ容疑が悪影響をおよぼしだすまでに、長い時間はかからなかった。警察は警戒しはじめ、ときにはエイダの街なかでロンをつけまわした。ある夜、ロンとブルース・リーバは、酒場をはしごしている途中で車にガソリンを入れるために車をとめた。そのあとひとりの警官が数ブロックを尾行したあげく、ふたりの車を停止させ、ガソリンを盗んだのではないか、と責めたててきた。難癖以外のなにものでもなかったが、ふたりはあやうく逮捕されるところだった。

もっとも、その後すぐにロンはくりかえし逮捕されるようになった。父親の死から二年たった一九八〇年の四月、ロンは初めて飲酒運転で投獄された。

その年の十一月、ファニータ・ウィリアムスンは、飲酒問題を解決するための支援を求めにいくよう息子を説得した。ファニータにうながされ、ロンはエイダにある南部オクラホマ精神衛生局のオフィスを訪ね、薬物濫用カウンセラーのドゥエイン・ローグに診察を受けた。ロンは自分の問題を率直に認めた——十一年間にわたって飲酒をつづけ、すくなくとも過去七年間は薬物も使用しており、ヤンキースに解雇されてから酒の量が劇的に増えたと打ち明けた。ただし、タルサでの二件のレイプ容疑のことは話さなかった。

ローグはロンに、百キロ弱離れたオクラホマ州アードモアにある〈ブリッジハウス〉という施設を紹介した。翌日ロンは〈ブリッジハウス〉に出むき、外部から隔絶された環境での二十八日間にわたるアルコール依存症の治療に同意した。ロンは緊張しきっており、自分は〝ひどいこと〟をしてしまったとカウンセラーにくりかえし話していた。それから二日もしないうちに、ロンは自分ひとりでいるようになり、長時間眠って、食事も抜かすようになった。一週間後、ロンは寝室で喫煙しているところを見つかった——明らかな規則違反である。ロンはこんな場所にはうんざりした、といい、ちょうど面会のためにアードモアを訪れていた姉アネットといっしょに施設を出たが、翌日にはもどって、改めて受けいれてほしいと頼んだ。しかし施設側からは、一度エイダに帰って、二週間後に再申込みをするように告げられた。母親の怒りを恐れたロンは家には帰らないことにして、だれにも居場所を教えず、数週間ほど各地を放浪した。

十一月二十五日、カウンセラーのドゥエイン・ローグは、十二月四日に面会することを求める手紙をロンに出した。ローグは手紙のなかで、《あなたの健康が心配なので、この日時に会えることを願っています》と述べていた。

十二月四日、ファニータはロンが仕事を見つけてアードモアに住んでいることを精神衛生局に知らせた。ロンは新しい友人たちに出会って、教会と関係をもち、ふたたびキリストを受けいれた、だからもう精神衛生事業の手助けは必要ない、と。これで、ロンの件は終了となった。

しかし十日後に、ロンはふたたびドゥエイン・ローグの診察を受けて、この件が再開されることになった。長期的な治療が必要だったが、ロンは同意しなかった。処方薬――おもにリチウム――を用法どおりに飲もうともしなかった。飲酒癖と薬物の濫用を率直に認めることもあったが、すぐにまた頑固に否定した。酒量をたずねられると、ビールをほんの二、三杯だ、と答えた。

どんな仕事も長つづきしなかったので、ロンはつねに無一文だった。ファニータから金を〝貸す〟ことを断わられると、ロンはエイダの街をさまよい歩いては、べつの金づるを探した。当然ながら、交友関係は縮小する一方だった――ほとんどの人間がロンを避けたからだ。アッシャーまで車を走らせたこともある。行けば、野球場でマール・ボウエン監督に会えた。世間話になれば、ロンはまたぞろわが身の不運について泣き言をつらね、かつての監督はしかたなくまた二十ドルを渡した。ロンは金を返すと約束したが、ボウエンは厳しく説教し、おこないを改めろとロンを教え諭《さと》した。

頼みの綱は、高校時代の親友、ブルース・リーバだった。ブルースは再婚し、街から数キロ離れた家で以前よりもずっと静かな生活を送っていた。月に二回ほど、ロンは酔っぱらって乱れた格好でよろよろとブルースの家を訪ね、一夜の宿を乞うた。ブルースはいつでもロンを受けいれ、酔いを覚ましてやり、食事を与え、たいていは十ドルを貸した。

一九八一年二月、ロンはまたしても飲酒運転で逮捕され、罪状を認めた。刑務所で数日過ごしたのち、ロンは姉レニーとその夫のゲイリー・シモンズに会いにチカシェイへ行った。ある日曜日、教会から帰ってきた夫妻は裏庭にいるロンを見つけた。ロンは、これまで裏庭のフェンスのむこうでテント生活をしていたと説明した。たしかに、そんなようすに見えた。さらにロンは、道をもっと行ったところのロートンで陸軍の人間から逃げてきたばかりだ、兵士たちは家に武器や爆薬を隠しており、基地の破壊を計画していた、と話した。幸運にも脱出が間にあって、いまは生活する場所がいる――ロンはいった。

レニーとゲイリーは、ロンを息子の寝室においてやった。ゲイリーはロンに農場で干し草を運ぶ仕事を見つけてやったが、ロンはわずか二日で仕事を辞めた。ロン本人は、自分を必要としているソフトボール・チームを見つけたからだ、と説明した。のちに農場主はゲイリーに電話で、ロンにはもう来てもらわなくてもいいし、私見だが、ロンには心の問題があるようだ、と伝えてきた。

このころロンのアメリカ大統領への興味がいきなり再燃し、何日もそのことばかり話すようになった。歴代大統領の名前を就任順でも逆順でも早口にいえただけではなく、すべての大統領について、なんでも知っていた――生年月日、出生地、在任期間、副大統領、妻と子どもたち、政権のハイライトなどだ。シモンズ家では、アメリカ大統領をテーマにした会話以外はできなくなった。ロンがいるかぎり、ほかの話題は封じこめられた。

ロンは完全に夜行性だった。できれば夜は眠りたかったが、眠れなかった。加えて、ボリュームを最大にしてオールナイトのテレビ番組を見るのも好きだった。夜明けの光が射しはじめると、ロンはうとうとしはじめて、ゆっくり眠りに落ちていった。シモンズ家の人々は、睡眠不足で赤い目のまま、静かに朝食をとって仕事に出ていった。

ロンはたびたび頭痛を訴えた。ある夜、ゲイリーが物音に気づいて見てみると、ロンが薬品戸棚をかきまわして頭痛薬を探していた。

我慢も限界に達したところで、ゲイリーはロンをすわらせ、もはや避けられない真面目な話しあいにかかった。ここに滞在するのはかまわないが、わが家の時刻表にあわせてもらう必要がある――ゲイリーはそうロンに説いた。ロンは、自分に問題があることを理解していないようだった。ロンは静かにシモンズ家を去って母親の家に帰り、ソファで昏睡するか、ガレージの部屋にこもるかする生活にもどった。このときロンは二十八歳、自分に助けが必要であることをいまだに認められずにいた。

アネットとレニーは弟のことを心配してはいたが、できることはほとんどなかった。ロンは相変わらず頑固だったし、浮き草暮らしに満足しているように見えた。奇行はますますエスカレートしていた。精神が崩れかけていることはまちがいなかった。しかし、この話題はタブーだった――すでにふたりは、本人に正面からこの話をぶつけるという失敗を犯していた。母のファニータならうまくいいくるめて、ロンをカウンセラーにかからせたり、アルコール依存症の治療を受けさせたりすることもできたが、ロン本人は長期の治療を完遂できなかった。落ち着いた状態がわずかにつづいたあとは、自分の所在も行動もあやふやになる状態が何週間もつづいた。

ロンに趣味があるとすれば、ギターを弾くことだった。たいていは、母親宅の玄関ポーチでギターを弾いた。腰をすえてギターをかき鳴らし、鳥たちを相手に何時間も歌う。ポーチにいることに飽きると、舞台を路上に移した。たいていは車がないか、あってもガソリンを買う金がなかったので、ロンはただエイダの街をさまよい歩いた。ギターをかかえたロンの姿は、時刻に関係なく、街のさまざまな場所で人々の目にとまった。

ロンの幼馴染《おさななじみ》のリック・カースンは、エイダで警官をしていた。三交替制の深夜勤務のおりなど、リックはしばしばロンを見かけた——とうに日付も変わった深夜にも、ロンは歩道をぶらつき、ときには家と家のあいだを通り抜けつつ、ギターでコードを鳴らしながら歌っていた。どこに行くのか、とリックはロンにたずねた。これといった行き先はなかった。そういうとき、リックは家まで車で送ろうと申し出た。ロンがこの好意を受けいれることもあれば、このまま歩きたいと答えることもあった。

一九八一年七月四日、ロンは公共の場での酩酊により逮捕され、罪状を認めた。ファニータは怒り狂い、治療を受けるように強く求めた。ロンはノーマンの州立中部病院に収容され、サンバホンという常勤の精神科医に診察を受けた。ロンはただ、「助けがほしい」と訴えるだけだった。自尊心と気力がひどく低下し、自分を無価値で救いようのない人間だとする考えに悩まされ、自殺さえ考えていた。

「自分にもまわりの人たちにも、なんの役にも立たない。仕事はつづけられないし、うしろむきな考え方しかできないんだ」ロンはそういった。サンバホン医師に語ったところでは、鬱病の症状が初めて深刻になったのは四年前、結婚生活の破綻とほぼ同時に選手生活がおわったときだった、という。ロンは飲酒癖と薬物濫用を認めたが、それが自分の問題の原因ではないと信じていた。

サンバホン医師の見たロンは《むさ苦しく不潔でだらしがなく……身だしなみを気にかけていない》男だった。判断力はそれほどひどく損なわれておらず、自分の現状は理解していた。ロンは、慢性型の軽い鬱病である気分変調性障害と診断された。サンバホン医師は薬物療法とあわせ、さらなるカウンセリングと集団療法、および家族の支援の続行を勧めた。

州立中部病院で三日間過ごしたあと、ロンは退院を求めて許可された。一週間後、ロンはエイダの心療内科クリニックを再訪し、臨床心理アシスタントのチャールズ・エイモスの診察を受けた。ロンは、自分は元プロ野球選手で、選手生活がおわって以来鬱状態がつづいている、と説明した。鬱状態の原因は宗教にある、とも述べた。エイモスはエイダでただひとりの精神科医であるマリー・スノウ医師を紹介、この医師が毎週ロンを診るようになった。一般的に使用される抗鬱剤のアセンディンが処方されて、症状はわずかに改善を見せた。スノウ医師は、もっと集中的な心理療法が必要であることをロンに納得させようとしたが、治療は三カ月でおわった。

一九八二年九月三十日、ロンはふたたび飲酒運転で検挙された。ロンは逮捕され、勾留され、罪状を認めた。

4

デビー・カーター殺害事件の三カ月後、デニス・スミス刑事はマイク・キースウェッターをともなってウィリアムスン家を訪ね、初めてロンの事情聴取をおこなった。在宅していた母ファニータも、事情聴取に同席した。十二月七日の夜にどこにいたのかをきかれ、ロンは覚えていないと答えた――三カ月も前のことだからだ。たしかに〈コーチライト〉にはよく行っていたし、エイダとその周辺のほかのクラブにもよく行っていた。ファニータは自分の日記を見返して日付を確認し、息子はその日の夜十時には家にいたと刑事たちに伝え、日記の該当箇所を示した。

デビー・カーターを知っているかという質問に、ロンははっきりしない、と答えた。殺害事件以来街ではその話でもちきりだったから、名前にはたしかにきき覚えがある。スミスは被害者の写真を差しだし、ロンは写真をじっくりと見た。会ったことがあるかもしれないし、ないかもしれなかった。あとになって写真をもう一回見せてもらうと、どことなく顔に見覚えがある気もした。事件についてなにか知っているかという問いには断固として否定したが、自分の見解は披露した――殺人犯は変質者で、帰宅する被害者をつけていってアパートに押し入り、犯行後はすぐに街から逃げだしたのだろう。

三十分ほど聴取を進めたあと、刑事たちはロンに指紋と毛髪のサンプルの提供を願いでた。ロンは同意し、事情聴取後に同行して警察署まで行った。

三日後の三月十七日、ふたりの警官はまたやってきて、おなじ質問をした。ロンはこのときも、自分は事件とは関わりがないし、十二月七日の夜には家にいた、と述べた。

警察は、デニス・フリッツという男にも事情聴取をおこなっていた。フリッツが事件とつながる可能性といえば、ロン・ウィリアムスンの友人だということだけだった。初期の警察の捜査記録によれば、フリッツは《カーター殺害事件の容疑者か、あるいは、すくなくとも容疑者の知人》とされていた。

フリッツはめったに〈コーチライト〉に行かないばかりか、事件前の数カ月間はいちども足を運んでいなかった。店にいたと証言する証人はいなかったし、そもそも一九八三年三月までは名前を出す証人さえいなかった。フリッツはこの近隣では新顔で、街ではあまり知られていなかった。車でロン・ウィリアムスンを〈コーチライト〉まで送ったこともなかった。デビー・カーターのことは知らず、会ったことがあるかどうかもさだかではなく、住んでいるところも知らなかった。だが、警察は捜査の焦点をロン・ウィリアムスンに絞りこんだうえ、どうやら殺人者は二人組だったという無根拠な先入観をもとに動いていたようであり、それゆえ彼らは、ロン以外の容疑者をひとり必要としていた。そして目をつけられたのが、デニス・フリッツだった。

デニス・フリッツはカンザスシティ近郊で育ってその地の高校を卒業し、一九七一年にサウスイースタン・オクラホマ州立大学で生物学の学位を取得した。一九七三年には、妻のメアリーとのあいだに一粒種のエリザベスが誕生した。当時一家は、オクラホマ州デュラントに住んでいた。メアリーは近くの大学で働き、デニスは鉄道会社でいい仕事についていた。一九七五年のクリスマスの日、フリッツが仕事で出張に出ていたあいだに、メアリーは隣家に住む十七歳の若者に殺害された。自宅の居間にすわっていたところを、頭部を銃で撃たれたのだ。

その後二年間、フリッツは働けなかった。心に傷を負っていたうえ、エリザベスの子育て以外には手がまわらなかったからだ。一九八一年にエリザベスが小学校にあがると、フリッツは自分をとりもどし、コナワの街で中学校の理科教師の職についた。そして数カ月後、フリッツはエイダの貸家に引っ越した。ウィリアムスン家からも、またデビー・カーターがいずれ借りるアパートからもそう遠くなかった。エリザベスの世話を手伝うため、フリッツの母親のウォンダがエイダで息子と同居することになった。

フリッツはエイダから一時間の距離にあるノーブル郡の街で、九年生の生物教師兼バスケットボールの監督という新しい仕事を見つけた。フリッツは学校側の許可を得てキャンパス内の小型トレーラーハウスに寝泊まりし、週末はエリザベスや母親と過ごすためにエイダにもどるようになった。ノーブルには夜を楽しめる歓楽街がなかったので、フリッツは平日の夜にも車でエイダに来て、娘と会ってから酒を飲むこともあり、またときには若い女とひとときを過ごしたりもした。

一九八一年十一月のある日の夜も、フリッツはエイダに来ていた。退屈してビールが飲みたくなったフリッツは、車でコンビニエンスストアまで車を走らせた。ちょうど店の外にいたのがロン・ウィリアムスンだった——駐車場にとめた母親の古いビュイックの運転席でギターをかき鳴らし、あたりをぼんやりながめていた。フリッツもギターを弾くことがあり、たまたま後部座席には自分のギターがあった。ふたりは音楽の話題に花を咲かせた。ロンは数ブロック先に住んでいるといい、ジャムセッションをしようとフリッツを招いた。ふたりはいずれも友だちを探し求めていた。

ロンが住まいにしているガレージは、狭苦しく汚いところだった。惨めな穴蔵《あなぐら》だな、とフリッツは思った。ロンは、母親といっしょに暮らしているが、母親はタバコにもアルコールにも我慢がならないのだと説明した。失業中であることも話した。だったら一日じゅうなにをしているのかとフリッツがたずねると、ロンはたいてい眠っている、と答えた。ロンはまずまず友好的で、話しぶりも気さく、よく笑ったが、フリッツは、心ここにあらずな雰囲気を感じとってもいた。というのも、ロンが長いこと視線をあらぬ方《かた》にむけていたり、かと思えば、目こそフリッツにむけていながら、その実フリッツの存在さえ意識していないそぶりを見せるときもあったからだ。変わったやつだ、とフリッツは思った。

とはいえ、ギターを奏でて、音楽について話すのは楽しかった。訪問を重ねるうち、フリッツはロンの度を超えた飲酒癖や極端なむら気に気づきはじめた。ロンはビールとウォッカを好み、毎日午後遅くなってから完全に目を覚まして、かつ母親からも離れられると、酒を飲みだすのを日課にしていた。最初こそ活気がなく沈んでいるものの、酔いがまわると、生気をとりもどす。やがてふたりは、街の酒場やラウンジの常連になった。

ある日の午後、フリッツはいつもより早くロンの家に顔を出した。ロンがまだ酒を飲みださない時間だった。そこでフリッツはファニータと雑談をした。フリッツの目にはファニータが、人当たりはいいが長いこと悩みつづけており、文句こそ口にしないまでも、息子にうんざりしているように見えた。ファニータが立ち去ったあと、フリッツは寝室の壁をただ見つめているロンを見つけた。寝室はロンにとって苛立ちのもとで、めったに立ち入ることがなかった。

部屋にはロンの別れた妻であるパティの大判のカラー写真が何枚も飾られていたほか、さまざまな野球のユニフォーム姿のロン自身の写真もあった。

「きれいな人だったんだな」フリッツはパティの写真を見ながらいった。

「昔はすべてを手にしていたのに」ロンは悲しみと苦々しさのまじった声でいった。二十八歳にして、ロンはすべてをあきらめていた。


バーめぐりは毎回が大冒険だった。ロンはおよそ静かにクラブにはいることはなく、店にはいればはいったで、自分が注目の的になって当然だと思っていた。お決まりの楽しみといえば、高級なスーツをまとって、ダラスの金持ち弁護士のふりをすることだった。一九八一年までに法廷で多くの時間を過ごしたおかげで、ロンは専門用語や弁護士たちの癖を身に着けており、〝タナー弁護士の芝居〟を、ノーマンやオクラホマシティのラウンジで披露してまわった。

フリッツはそんなロンのうしろで、このショーを楽しんでいた。ロンにたっぷりと出番を与えてやった。同時にフリッツは、こうした冒険に少々うんざりしてもいた。ロンと出歩く夜は、決まって争いごとが起こり、予想外の形でおわりを迎えた。

一九八二年の夏のある夜、ふたりはバーをはしごしたのちにエイダへの帰途についた。そのとき、ロンがガルベストンに行きたい、といいだした。フリッツがうっかり、以前にガルベストンの沖合で深海釣りをしたことを話題に出したからだ。ロンは前々から釣りをやってみたかったといってきかなかった。酔っていたふたりには、想定外の八時間のドライブも突飛な思いつきではなかった。ふたりはフリッツのピックアップ・トラックに乗っていた。いつものようにロンには車も免許も、ガソリンを買う金もなかった。

学校は夏休みで、フリッツのポケットには金があった。だったら釣りもわるくない。ふたりはビールをさらに買いこみ、南にむかった。

テキサス州のどこかでフリッツは仮眠をとらずにいられなくなり、ロンが運転を代わった。フリッツが目を覚ますと、トラックの後部座席に見知らぬ黒人の男がいた。

「ヒッチハイカーを拾ったんだ」ロンは誇らしげにいった。まもなく夜明けというころ、ヒューストン市内でふたりはビールと食べ物を買うためにコンビニエンスストアに寄った。店から出ると、トラックは消え去っていた――ヒッチハイカーが盗んでいったのだ。ロンは、キーをイグニションに挿したまま、うっかり忘れたといった。さらによく思い返すと、キーをイグニションに残しただけではなく、エンジンもかけたままだったかもしれないと認めた。ふたりはビールを飲み、この不運に考えをめぐらせた。フリッツは警察を呼ぼうと主張したが、ロンは乗り気ではなかった。口論の末に、フリッツは警察を呼んだ。話をきいた警官は、ふたりを面とむかって笑い飛ばした。

ふたりがいたのは市内でもかなり治安のわるい地域だったが、〈ピザハット〉が見つかった。ふたりはこの店でピザを食べ、ともにビールを何杯か飲んだのちに市内をぶらついたが、やがて完全に道に迷った。日が暮れるころ、ふたりは黒人むけの安酒場に行きあたった。ロンは店にはいって、派手に騒ぎたい一心になった。正気の沙汰ではない。しかし、フリッツはすぐ、外よりは店のほうが安全かもしれないと思いなおした。フリッツはカウンターでビールをちびちび飲みながら、だれからも気づかれないように祈った。ロンは例によって大声でしゃべり、注目を集めはじめた。スーツを着ていたロンは、ダラスの凄腕弁護士になりきっていた。フリッツがピックアップ・トラックのことを心配しつつ、ナイフで刺されないことを願っているかたわらで、相棒はレジー・ジャクソンとは親友同士だと大ぼらを吹いていた。

クラブの親玉はコルテスという男で、ロンはこの男とたちまち意気投合した。ロンがピックアップ・トラックを盗まれた話をすると、コルテスは大笑いした。店が閉まると、ロンとフリッツはコルテスの車に相乗りして、近くにあるコルテスのアパートに行った。ベッドが足りなかったので、ふたりの白人は床で寝た。目を覚ましたフリッツは二日酔いで、トラックのことが腹立たしく、無事にエイダに帰りつくと心に決めていた。フリッツは死んだように寝ているロンを揺さぶり起こした。それからふたりでコルテスに頼みこみ、フリッツが金を引きだせそうな銀行まで多少の礼金で送ってもらうことにした。銀行に着くと、ロンとフリッツはコルテスを車で待たせて行内に入った。フリッツは現金を引きだせたが、いざふたりが外に出ようとしたそのとき、十数台のパトカーが四方八方から猛スピードで走り寄り、コルテスを包囲した。重武装の警官がコルテスを車から引きずりだして、一台のパトカーに叩きこんだ。

ロンとフリッツはとっさに銀行内に引きかえし、駐車場での捕り物をすばやく見てとったのち、急いで裏口から外に出た。ふたりはバスの乗車券を買った。帰りの道のりは長く、苦痛に満ちていた。ロンにうんざりし、ロンのせいでトラックが盗まれたことに腹を立てていたフリッツは、当分この男と会うまいと誓った。

一カ月後、ロンは電話でフリッツを誘った。ヒューストンでの冒険以来、ふたりの友情はかなり冷めていた。そのあいだ、フリッツは外でビールやダンスを楽しんでいたが、節度は保っていた。部屋でいっしょに酒を飲んだりギターを弾いたりするぶんにはロンには問題がなかったが、ひとたび酒場に行くと、なにが起こるかはわかったものではなかった。

フリッツはロンを迎えに行き、ふたりは飲みに出かけた。フリッツは若い女とデートの予定があるので、今夜は早めに切りあげる、と話した。フリッツは積極的に恋愛対象を探していた。妻を亡くしてからすでに七年、安定した関係が欲しくなっていた。一方ロンはちがった。ロンにとって、女はセックス相手以外のなにものでもなかった。

　フリッツが釘を刺しておいたにもかかわらず、この夜のロンはなかなか別れてくれず、そればかりか女友だちに会いにいくフリッツについてきた。やがて自分が招かれざる客であると気づくと、ロンは怒り狂ってその場を立ち去ったが、そのときも徒歩ではなかった。フリッツの車を無断で拝借して、旧友ブルース・リーバの家に行ったのだ。フリッツは女の家に泊まった。翌朝起きたフリッツは、車がなくなっていることに気づいた。フリッツは警察に知らせて盗難届を出したのち、電話でブルース・リーバにロンを見ていないか、とたずねた。ブルースは、ロンを〝盗難車〟ともどもエイダに送り届けることに同意した。エイダにもどるなり、ロンとブルースは警察に車の停止を命じられた。やがて告発は取り下げられたが、フリッツとロンはそれから何カ月も口をきかなかった。


　エイダの家にいるフリッツのもとに、デニス・スミス刑事からの電話がかかってきた。警察署へ出頭して聴取に応じるよう求める電話だった。聴取の内容をたずねたフリッツに、スミスは来ればわかると答えた。

　フリッツはしぶしぶ警察署へ出むいた。なにも隠すことはなかったが、こうしたかたちで警察とかかわるのは、どんな場合でも気持ちのいいものではない。スミスとゲイリー・ロジャーズ捜査官は、もう何カ月も顔をあわせていない旧友、ロン・ウィリアムスンとの交遊関係についてフリッツにたずねた。最初のうちこそ質問は事務的だったが、しだいに責めたてるような雰囲気になってきた。

「十二月七日の夜はどこにいた?」――すぐには思い出せません、考える時間をください。

「デビー・カーターを知っているか?」――いいえ。

そういったやりとりがつづいた。一時間後、警察署をあとにしたフリッツは、自分は捜査対象にまでなっているのだろうかと多少不安になっていた。

デニス・スミスは再度電話をよこし、嘘発見器によるテストを受けてもらえるかとフリッツにたずねた。職業柄、科学知識があったフリッツは、嘘発見器の信頼性がかなり低いことを知っていたので、テストを受けたくはなかった。ただ一方では、デビー・カーターにいちども会っていないことをスミスとロジャーズに証明したい気持ちもあった。結局フリッツは不本意ながらも同意、テストはオクラホマシティにあるオクラホマ州捜査局のオフィスでおこなわれることになった。当日が近づくにつれ、フリッツの緊張は増した。そして神経を落ち着かせるため、テストの直前に精神安定剤のヴァリウムを服用した。

テストはオクラホマ州捜査局のラスティ・フェザーストーン捜査官が担当し、デニス・スミスとゲイリー・ロジャーズも近くで見守った。テストがおわると、警官たちは集まってグラフ用紙をのぞきこみ、思わしくない結果に深刻な表情でかぶりをふった。

フリッツは、テストは〝大幅に不合格〟だと告げられた。

「ありえない」というのがフリッツの第一声だった。

おまえはなにか隠しているな、と警官たちはいった。フリッツは緊張していたことを認め、ついにはヴァリウムを服用したことを打ちあけた。警官たちはこの事実に気をわるくし、再度嘘発見器のテストを受けるようフリッツに迫った。フリッツは、選択の余地はないと感じた。

一週間後、フェザーストーン捜査官は嘘発見器をエイダにもちこみ、警察署の地下に設置した。フリッツは前にもまして緊張していたが、質問には正直によどみなく答えた。

フェザーストーンとスミスとロジャーズによれば、フリッツは今回も〝大幅に不合格〟で、今回の結果は前よりもなおわるいとのことだった。嘘発見器のテスト後におこなわれた尋問は、最初から激しかった。ロジャーズは〝悪玉警官〟の役を演じはじめ、罵ったり、脅したり、「なにか隠しているんだな、フリッツ」と、なんども くりかえしたりした。スミスは努めてフリッツの本当の味方のようにふるまっていたが、しょせんは学芸会レベルの演技、おまけにつかい古された手だった。

ロジャーズ捜査官はブーツをはじめ、全身をカウボーイのような服装でまとめていた。その尋問スタイルは、室内をこれ見よがしに歩きまわり、怒りをあらわにし、罵り、脅しつけ、死刑囚舎房や致死薬注射について話をし、いきなりフリッツに詰めよって胸を小突きながら、必ず口を割らせてやる、などと話しかけるものだった。お決まりの手段にはそれなりに恐怖をかきたてられたが、あまり効果的ではなかった。フリッツはくりかえし、「ほっといてくれ」といいつづけた。

やがてロジャーズ捜査官は、フリッツがレイプと殺人をしたのだろうと責めたててきた。ロジャーズは怒ってみせ、前よりいっそう乱暴な言葉づかいで自白を強要しはじめた——おまえは共犯者のロン・ウィリアムスンとふたりで被害者宅に押し入った、それから被害者をレイプして殺したんだ、さあ、いいかげんに白状しろ。

証拠がない以上、事件解決の鍵になりうるのは自白だけだったので、警察はなんとしてもフリッツから自白を引きだそうと躍起になっていた。だが、フリッツは屈しなかった。自白することはなにもなかったが、二時間も罵詈雑言《ばりぞうごん》を浴びせられると、フリッツは警察に材料のひとつも与えたくなった。そこで、この前の夏にロンとふたりでノーマンまで車で遠出をしたときのことを話した。一夜、ふたりは羽目をはずして酒場をまわり、遊び相手の女を探したのだ。フリッツの車の後部座席に乗ってくれた女がいるにはいたが、フリッツに女を降ろす気がないとわかるとヒステリーを起こしはじめた。結局女は車から飛び降りて走り去り、警察に通報した。ロンとフリッツは警察に見つからないように、駐車場に停めた車のなかで眠った。告訴手続はとられずにおわった。

この話をきくと――わずか数分間のこととはいえ――警察の怒りは多少鎮まったようだった。警察は明らかにロン・ウィリアムスンに焦点を絞っており、ロンとフリッツがつきあいのある飲み友だちだという証拠がいま追加されたのだ。それがカーター殺害事件にどう関係するのかフリッツにはよく理解できなかったが、考えてみれば、警官たちのいうことは、ほとんどわけがわからなかった。フリッツは自分の無実を知っているが、スミスやロジャーズが自分を追及しているとしたら、真犯人は枕を高くして寝ていられそうだ。

三時間にわたってあの手この手をつくしたあと、警察はようやく切りあげた。警察はフリッツの関与に確信をもっていたが、自白が得られなければこの事件は解決しない。となれば、警察お得意の仕事が必要になる。かくして警察はフリッツを監視し、街なかで尾行し、理由もなく呼びとめたりした。フリッツが朝起きると、家の前にパトカーが停まっていることがなんどもあった。

フリッツは毛髪と血液と唾液のサンプルを自発的に提供した。すべてを与えてなにがまずい？　なにも恐れることはなかった。弁護士に相談しようかと考えないでもなかったが……

いや、わざわざそんなことをする必要はない。完全に潔白なのだし、警察もすぐに納得するに決まっている。

スミス刑事はフリッツの過去を徹底的に調べあげ、一九七三年にデュラントの街でマリファナを栽培した罪で有罪判決を受けた事実を掘りあてた。この情報を携えて、エイダ警察の警官がフリッツの勤務先であるノーブルの中学校に連絡をとり、フリッツがもっか殺人容疑で捜査中であるばかりか、過去には麻薬事件で有罪判決を受けていること、しかも教職への応募にあたって、その事実をあえて隠していたことまでも学校当局に知らせた。フリッツはすぐさま解雇された。

三月十七日、オクラホマ州捜査局のスーザン・ランドは、〝フリッツおよびウィリアムスンのものと確認されている頭皮と陰毛〟をデニス・スミス刑事から受けとった。

三月二十一日、ロンは警察署へ出頭し、嘘発見器のテストを任意で受けた。テストをおこなったのは、やはりオクラホマ州捜査局の技官、B・G・ジョーンズだった。ジョーンズはテスト結果について、決め手にはなりえないと言明した。ロンは唾液のサンプルも提供した。一週間後、このサンプルはデニス・フリッツのサンプルとともに、オクラホマ州捜査局に提出された。

三月二十八日、オクラホマ州捜査局のジェリー・ピーターズによる指紋分析が完了した。ピーターズはその分析結果報告書で――留保条件もただし書きもなく、曖昧な言葉はいっさいつかわずに――石膏ボードに残された掌紋はデビー・カーター、デニス・フリッツ、ロン・ウィリアムスンのいずれのものでもないと断定した。本来なら、これは警察にとっていいニュースのはずだった。この掌紋と一致する人物を探せば、殺人者をつかまえられるからだ。

ところが警察はその線を追わず、遺族であるカーター家にロン・ウィリアムスンが最有力の容疑者であることを秘密裡に知らせた。物的証拠はまだ充分ではないが、警察はすべての手がかりを追い、着実かつ入念にロンの容疑を固めている、と。ロンはたしかに疑わしい人物だった――奇行が目立ち、生活時間はめちゃくちゃ、いい年をして母親とまだ同居している無職の男、女性を困らせるという噂があり、安酒場に入りびたりだ……なにより決定的なのは、殺害現場の近くに住んでいる点である。路地裏を通り抜ければ、数分でデビー・カーターのアパートへ着けるはずだ！

加えてロンは、タルサで二件のトラブルを起こしてもいる。当時の陪審がなんといおうが、この男はレイプ犯にちがいない。

殺害事件からほどなくして、デビーの伯母のグレンナ・ルーカスは匿名の電話を受けた。電話からきこえてきたのは男の声で、「デビーは死んだ。つぎはおまえが死ぬ」といった。グレンナは恐怖とともに、マニキュア液の殴り書きを思い出した――《つぎはジム・スミスが死ぬ》。両者があまりに似かよっているのでグレンナはパニックに陥ったが、警察に知らせるかわりに、地区首席検事に連絡をとった。

ビル・ピータースンは、エイダの名家出身の体格のいい青年で、三年前から地区首席検事をつとめていた。管轄区はポントトック、セミノール、ヒューズの三郡。オフィスはポントトック郡裁判所内にあった。ピータースンはカーター一家とは顔見知りであり、小さな街の検察官の例に洩れず、ぜひ容疑者を見つけて事件を解決したいと願っていた。デニス・スミスとゲイリー・ロジャーズは、定期的に最新の捜査情況をピータースンに知らせていた。

グレンナはビル・ピータースンに匿名の電話のことを説明した。おそらくロン・ウィリアムスンが電話の主であり、殺人者だろうという点で、ふたりの意見が一致した。ウィリアムスンのガレージの自室からは、路地裏へ何歩か進むだけでデビーのアパートが見えるし、母親の家のドライブウェイを何歩か行けばグレンナの家が見える。つまり現場のまっただなかにいるではないか――あの無職の男、妙な時間にうろついては、近所のようすをながめているばかりのあの変人、ロン・ウィリアムスンは。

ビル・ピータースンはグレンナの電話に録音装置をセットするよう手配したが、ふたたび電話がかかってくることはなかった。

グレンナの娘のクリスティは八歳、家族に災難がふりかかっていることはわかっていた。グレンナは娘から目を離さず、決してひとりにしたり電話をつかわせたりせず、学校でも身辺に目を光らせてもらえるようにはからった。

近所でも家族のあいだでも、ロン・ウィリアムスンのことがささやかれた。デビーを殺した動機は？　警察はなぜ手をこまねいているのか？

噂話やゴシップはなおもつづいた。恐怖がたちまち近所に広がり、街全体にまで広がった。殺人犯が野放しになっている……だれもがその姿を目にしていて、だれもが名前を知っている。それなのに警察はなぜ、この男をつかまえて往来からつまみ出さないのだろう？

スノウ医師の診察をさいごに受けてからすでに一年半、ロンはたしかに往来に出せる状態ではなかった。施設での長期的な治療がぜひ必要だった。一九八三年六月、ロンは今回も母親にせきたてられ、おなじみになった道を歩いて、エイダの心療内科クリニックへ行き、またしても鬱状態でまともに行動できないと訴えて助けを求めた。そこで前とはべつのクッシングにある施設を紹介され、リハビリテーション・カウンセラーのアル・ロバーツの診察を受けた。ロバーツはロンのＩＱが百十四で《知的機能のレベルとして正常で聡明な範囲にある》と記録しているが、アルコール依存症の影響で脳の機能がいくぶん損なわれている可能性もあると警告した。

ロバーツは、《患者は助けを求める叫び声をあげているのかもしれない》と記している。当時のロンは精神的に不安定で緊張状態にあり、不安にさいなまれ、神経がたかぶり、無気力そのものだった。

患者は社会規範から大幅に外れており、権威への憤慨がみられる。行動は一定しない傾向にあって予測ができない。衝動の抑制の点で問題あり。周囲の人間にきわめて強い猜疑心《さいぎしん》を抱き、容易には信用しない。社交性に欠け、社交の場では強い不安を感じる。自分の行動の責任はほとんど認めないタイプであり、傷つけられることへの防御として、怒りや敵意から攻撃的になる可能性がある。周囲の世界を危険きわまる恐ろしい場所と考え、敵対的な姿勢をとるか内面に引きこもることで自分を防御する。ロンはかなり未成熟に見うけられ、物事に無頓着な人間の典型といえよう。

ロンはエイダのイースト・セントラル大学の職業訓練プログラムに応募し、そのさい、化学で学位をとるか、あるいはスポーツのコーチができるよう体育で学位をとりたいという希望を述べた。一連のテストを利用した、さらに徹底した心理学的鑑定を受けることにも同意した。鑑定官は社会復帰支援センターの臨床心理アシスタント、メルヴィン・ブルッキングだった。

ブルッキングは、ロンやウィリアムスン家の人々をよく知っていた。知りすぎていたといえるかもしれない。ブルッキングは行動観察記録に多くの逸話を盛りこみ、ロンのことは〝ロニー〟と愛称で表現した。

ロンのアスリート生活については、ブルッキングはこう書いている。《高校時代のロニーがどんな生徒だったかは知らないが、傑出したアスリートだったことはわかっている。ただし、コートの内外でおりおりに癇癪《かんしゃく》を起こし、大体において粗野で未熟なふるまいをし、極度に自己中心的で傲慢な態度をとるといった欠点も抱えていた。自分が大将でないと気がすまず、他人と歩調をあわせるのが下手で、ルールや規範を軽視するため、ロニーはどこへいっても不適格なプレーヤーだった》

家族については、こう述べている。《ロニーの母親は、これまでずっと勤勉に働いてきた。長年、ダウンタウンで美容院を経営している。ロニーは数多くの危機に直面したが、母親と父親はつねにロニーを支援してきた。母親はいまでもロニーを支援しているようだが、精神

面でも、肉体面でも、さらには経済面でも疲弊しきった状態に近い》
破局を迎えた結婚生活については、こう書いている。《ロニーはとても美しい女性と結婚した。元ミス・エイダの女性だ。しかしこの女性は、ロニーの極端なむら気や生活力のなさにとうとう我慢できなくなって離婚した》
ロンがアルコール依存症と薬物の濫用を率直に認めたのは明らかである。ブルッキングがつぎのような所見を述べているのだ。《これまでロニーはアルコール依存と薬物濫用という深刻な問題を抱えてきた……重度の薬物常用者だ。ロニーの薬物使用は、そのほとんどが深刻な憂鬱状態から抜けだそうとする試みのようだ。本人は、いまはもう酒も薬物も断ったといっている》
ブルッキングは、まずロンを双極性障害と診断し、つぎのように説明している。

双極性障害ということは、この若者が度を越す気分変動に苦しみ、躁状態と無感覚に近い鬱状態という高低を行き来しているということだ。わたしの診断は鬱状態へのものになるが、それは、ロニーがほぼその状態にあるという特徴的な傾向があるからだ。ロニーの躁状態はおおむね薬物によって惹起《じゃっき》され、長つづきしない。過去三、四年にわたって、ロニーは深刻な鬱状態にある——母親宅の裏の部屋で暮らし、ほとんど眠ってばかり、ごくわずかしか働かず、生活をまわりの者たちに完全に依存してきた。これまで三、四回は家を出て、自身にリハビリをほどこすかのような思いきった行動もとったが、一度もうまくいかなかった。

ブルッキングはまた、ロンを妄想性人格障害とも診断した。ロンが《あらゆる場面でいわれなき疑いを他人にむけて、人を信用せず、感覚過敏で情緒が限定的》だからだった。

さらにブルッキングは、おまけとしてアルコールと薬物の依存症にもふれた。ブルッキングの予後診断は〝慎重な〟もので、つぎのように締めくくられていた。《この若者は、十年以上前に家を出て以来、落ち着いた生活ができていない。その人生は、問題や破滅的な危機の連続である。いまなお地に足をつけようという努力をつづけているが、これまでのところまったく成功していない》

ブルッキングの仕事はロンを診察することで、治療することではなかった。一九八三年の夏のおわりごろにはロンの精神状態はさらに悪化しつづけていたが、必要な助けは得られていなかった。施設での長期的な心理療法が必要だった。一家には金銭的な余裕がなかったし、州当局はその種のサービスを提供できず、いずれにしてもロン本人が同意しなかった。

イースト・セントラル大学のプログラムの応募にあたって、ロンは同時に学資援助の要請もしていた。要請は認められ、大学の事務局で小切手が受けとれるとの知らせが届いた。受けとりにあらわれたロンは、伸び放題の長髪と口ひげという、いつものだらしない格好だった。ロンにはふたりの怪しげな人物が同行していた――ふたりとも、ロンが金を手に入れられるかどうかに興味津々のようすだった。小切手はロン宛に振り出されていたが、加えて学校職員のひとりも受取人に指定されていた。ロンは急いでいたが、長い列に並んで待てといわれた。金を受けるのは正当な権利だと感じられたし、待つ気にもなれなかった。ふたりの仲間も、金を心待ちにしていた。そこでロンは、学校職員の署名をすばやく偽造した。

ロンは三百ドルを手にして立ち去った。

この偽造行為を目撃していたのが、ロンの幼馴染でエイダ警察の警官であるリック・カースンの妻、ナンシー・カースンだった。ナンシーは大学の事務局で働いており、ロンのことはずっと前から知っていた。ナンシーは目撃したことに愕然として、夫に電話で知らせた。

大学の職員のひとりに、ウィリアムスン一家を知る者がいた。この職員が直接ファニータの美容院へ行って、ロンの偽造行為を伝えた。ファニータが大学に三百ドルを弁償するなら、刑事責任は問わないとのことだった。ファニータはただちに弁償のための小切手を書き、息子を探しにいった。

翌日、ロンは偽造小切手使用の罪で逮捕された。最高で八年の懲役刑をともなう重罪だった。ロンはポントトック郡拘置所に収監された。自分では保釈金を払えず、家族にもロンを助けられなかった。

殺害事件の捜査の進みぐあいは遅々としたものだった。最初に提出した指紋と毛髪と唾液のサンプルについて、オクラホマ州捜査局からはいまだになんの連絡もなかった。ロン・ウィリアムスンとデニス・フリッツをはじめ、エイダ在住の三十一人の男性のサンプルが処理中だった。この時点で、グレン・ゴアはまだ毛髪と唾液の提供を求められていなかった。

一九八三年九月になっても、すべての毛髪のサンプルは、オクラホマ州捜査局の毛髪分析の専門家であるメルヴィン・ヘットの、未処理サンプルが山と積まれたデスクの上にあった。

十一月九日、収監中のロンはふたたび嘘発見器のテストを受けた。このときもテストの担当者は、オクラホマ州捜査局のラスティ・フェザーストーン捜査官だった。テストには二時間がかけられ、ロンは数々の質問を受けてから嘘発見器にかけられた。ロンは殺人事件には関与していない、そもそもなにも知らないと、一貫して強く主張した。テストの結果は、今回も決定打にはなりえないと判断された。この事情聴取のようすは、一部始終がビデオテープに録画された。

ロンは鉄格子のなかの生活に順応してきていた。アルコールと薬物は断たざるをえなかったが、相変わらず一日二十時間眠りつづける毎日だった。しかし、いかなる種類の投薬も治療も受けていなかったので、精神状態はゆっくりと悪化しつづけた。

十一月の後半、ロンとおなじ拘置所に収監されていたヴィッキ・ミシェル・オーエンズ・スミスが、ロンに関する奇妙な話をデニス・スミス刑事に伝えた。デニス・スミスは以下のような報告を作成している。

土曜日の午前〇三〇〇時、あるいは〇四〇〇時に、ロン・ウィリアムスンが自房の窓から外を見ているときにヴィッキを目にした。ウィリアムスンは大声を張りあげた――ヴィッキは魔女だ、自分をデビー・カーターの家に連れていったのは魔女だ、魔女がこんどはデビーの霊を房へ連れてきた、その霊が自分にとりついて離れない、などとわめいたのだ。ウィリアムスンはまた、かん高い声で母親に許しを求めてもいた。

殺人事件から一年後の十二月、グレン・ゴアは、警察署に出頭のうえ供述するように求められた。ゴアはデビー・カーターの死について、いっさいの関与を否定した。ゴアは殺害される数時間前のデビーを〈コーチライト〉で見かけたといい、さらに新たな情報として、自分はデビーからダンスに誘われた、というのも、デビーがロン・ウィリアムスンに不愉快な思いをさせられたからだ、と述べた。〈コーチライト〉にいたほかの客のだれひとり、ロンを見かけた証言はしていなかったが、この事実は重要でもなんでもないようだった。

だが、警察がどれほどロンの容疑を固めたいと望もうと、証拠の乏しさはいかんともしがたかった。デビーのアパートから採取された指紋のうち、ロンかデニス・フリッツの指紋と一致するものはひとつもなかった。長時間の激しい暴行のあいだ、ふたりが現場にいたという警察の仮説には、大きな穴があいていることになる。目撃者はいなかったし、その夜に物音をきいた人間もいない。毛髪分析は、そもそもが信頼性の低いものであるうえに、いまだにオクラホマ州捜査局のメルヴィン・ヘットのオフィスで未処理サンプルの山にはばまれて進んでいなかった。

ロンに不利な事実といえば、〝決め手にはなりえない〟嘘発見器のテスト二回の結果、悪評、被害者宅からそう遠くないところに住居があること、およびグレン・ゴアが遅まきながらもたらした、あやふやきわまる目撃情報だけだった。

デニス・フリッツの容疑は、それ以上に根拠が薄弱だった。事件から一年のあいだに捜査陣があげた具体的な成果は、九年生の理科教師を解雇に追いやったことだけだった。

一九八四年一月、文書偽造容疑で起訴されたロンは容疑事実を認め、三年の実刑判決をいいわたされた。ロンの身柄はタルサ近くの刑務所に移され、ほどなくしてその奇行がスタッフの注目を集めるようになった。そこでロンは、精神衛生専門の中間施設に移されて検査されることになった。ロバート・ブリオディ医師は二月十三日の朝にロンと面談して、《おおむね落ち着いており、自分の行動を制御しているようだ》と書きとめている。しかし同日の午後の面談で、ブリオディ医師が目にしたのは、まったくの別人だった。ロンは《軽い躁状態で、騒々しく、怒りっぽく、興奮しやすく、連合弛緩、観念奔逸、非論理的思考、妄想様観念などの症状を呈していた》のだ。さらなる診察が提案された。

社会復帰支援のための中間施設では、警備があまり厳重ではなかった。ロンは近くに野球場があるのを見つけて夜間にこっそり抜けだし、ひとりの時間を楽しんだ。あるときひとりの警官がグラウンドで居眠りをしているロンを見つけて、施設に送り届けた。スタッフはロンを軽く叱責して、始末書を書かせた。ロンの始末書にはこう書かれている。

この前の晩、気が滅入っていていろいろ考える時間が必要だった。野球場にいるといつも穏やかな気持ちになれる。野球場の南東の角までぶらぶら歩いて、年寄りのブルーティックハウンドみたいに、日よけの木の下で丸まって寝た。何分かしたら、警官にCTCの建物にもどれといわれた。グラウンドを半分ほどいったところでブレンツと出会い、いっしょに正面玄関からなかにはいった。おれが悪事を企んでいたのではないとわかると、ブレンツは大目に見るといった。しかし、この文書が示すように、おれは始末書を書かされた。

最有力容疑者が刑務所内にいることで、デビー・カーター殺害事件の捜査は実質的に立ち往生した。なんの進展もないまま、数週間が過ぎていった。デニス・フリッツは短期間だけ老人ホームで働いたのち、その後は工場で働いていた。エイダ警察はときおりフリッツにいやがらせめいたことをしたが、やがて興味をうしなった。グレン・ゴアはまだ街にいたが、警察はほとんど関心を示さなかった。

警察は苛立ち、緊張が高まっていた。さらにまもなく、プレッシャーが劇的に増大した。一九八四年四月、エイダでまたしても若い女性が殺害されるという事件が発生した。この女性の死はデビー・カーターの死となんの関係もなかったが、やがてロン・ウィリアムスンとデニス・フリッツの人生に多大な影響をおよぼすことになった。

二十四歳のイースト・セントラル大学の学生、デニース・ハラウェイは、エイダの東端にあるコンビニエンスストア〈マカナリーズ〉でアルバイトをしていた。街の有名な歯医者の息子で、おなじくイースト・セントラル大学の学生であるスティーヴ・ハラウェイと結婚して八カ月になるところだった。新婚のふたりは、ハラウェイ医師の所有する小さなアパートに住み、働きながら大学に通っていた。

四月二十八日の土曜日の夜八時三十分ごろ、〈マカナリーズ〉にはいろうとした客が、ちょうど店から出てきた魅力的な若い女と出くわした。女は若い男といっしょだった。男の片腕が女の腰にまわされ、どこにでもいるカップルのように見えた。ふたりはピックアップ・トラックに歩いていき、女が先に助手席に乗りこんだ。つづいて男も乗りこんでドアを閉め、数秒後にはエンジンが始動した。ふたりは出発し、街とは反対の東のほうへむかった。トラックは古いシボレーで、グレーの下塗りをした塗装にはむらが目立っていた。

客がはいっていくと、店内は無人だった。レジの抽出があいており、中身はすっかり空《から》になっていた。灰皿には、火のついたままのタバコがあった。隣にはタブのあいたビールの缶があり、カウンターの裏には茶色のハンドバッグとひらかれた教科書があった。客は店員の姿を探したが、店はもぬけのからだった。客は強盗事件が起こったのかもしれないと判断し、警察に通報した。

警官が茶色のハンドバッグを調べると、デニース・ハラウェイの運転免許証が見つかった。免許証の写真を見せられた客は、顔に見おぼえがあると話した。つい二、三十分前に、店に

デニース・ハラウェイ。1984年４月28日に誘拐された。

はいるときにすれちがった若い女だった。客はよく〈マカナリーズ〉に立ち寄って顔を覚えていたので、さっき見た女がデニース・ハラウェイだという確証があった。

電話で知らせを受けたとき、デニス・スミス刑事はすでにベッドにはいっていた。スミスは、「犯罪現場のように扱え」と指示して、また眠りについた。しかし、スミスのこの命令は守られなかった。近くに住んでいた〈マカナリーズ〉の店長が、すぐ店にやってきた。店長は金庫を調べたが、これはあけられていなかった。カウンターの下には金庫に移される予定の現金四百ドルがあり、べつの現金用抽出には百五十ドルがあった。刑事の到着を待つあいだ、店長は店内をきれいに片づけた。一本だけ残っていた吸殻もろとも灰皿の中身をあけ、ビールの缶を捨てた。警察はこれをとめなかった。指紋が残っていたとしても、これでうしなわれてしまった。

スティーヴ・ハラウェイは、〈マカナリーズ〉が午後十一時に閉店して妻が帰ってくるのを待ちがてら勉強していたところに警察からの電話を受けて仰天、すぐさま店へ出むいて、車と教科書とハンドバッグがまちがいなく妻のものであることを確認した。スティーヴは妻の人相を説明し、身に着けていたものを思い出そうとした――ブルージーンズとテニスシューズ、それに――よくは覚えていなかったが――ブラウスだった。

日曜日の朝早く、三十三人からなるエイダの警官隊の全員に出動命令がくだった。近隣区域から、州警察官もやってきた。スティーヴの所属する大学の友愛会のメンバーを含め、地元の数多くの団体が捜索への協力を申しでた。オクラホマ州捜査局のゲイリー・ロジャーズ捜査官が州レベルの捜査を指揮する役目に任命され、デニス・スミスは今回もエイダ警察の指揮にあたった。警察では郡をいくつもの区画にわけて、あらゆる街路や幹線道路、それ以外の道路、川、側溝、野原などのすべてにチームを割りふった。

〈マカナリーズ〉から一キロ足らずのところにあるコンビニエンスストア、〈JP〉の女性店員が名乗りをあげ、不審なふたりの若い男のことを警察に話した。ふたりの男はデニースが姿を消す少し前に〈JP〉に立ち寄り、店員に怖い思いをさせたという。男たちはどちらも二十代前半で、長髪、荒っぽいふるまいだった。ふたりはビリヤードを一ゲームしてから、古いピックアップ・トラックで立ち去っていた。

〈マカナリーズ〉の客が目撃したとき、店を出るデニースの連れの男はひとりだけだったし、デニースに男を怖がっているようすはなかった。男の大まかな人相は〈ＪＰ〉にいた不審なふたり組の大まかな人相とある程度一致したので、警察にとってはてがかりのひとつとなった。こうして警察は、二十二歳から二十四歳の白人の男ふたり——身長百七十五センチ前後でブロンドの髪を耳の下まで伸ばした色白の男と、薄茶の髪を肩まで伸ばしている痩せ型の男——を探しはじめた。

日曜日に総力をあげておこなわれた一斉捜索でも成果はあがらず、手がかりはひとつも得られなかった。デニス・スミスとゲイリー・ロジャーズは日暮れとともに捜索を打ちきり、翌朝早くにふたたび捜索隊を集める計画を立てた。

月曜日に警察は大学からデニースの顔写真を入手し、美しい顔と大まかな特徴を載せたビラを作成した——身長百六十五センチ、体重五十キロ、茶色の瞳、ダークブロンドの髪、色白。ビラには同時に、〈ＪＰ〉で目撃されたふたりの若い男と、古いピックアップ・トラックに乗っていた男の人相も掲載された。ビラは警察とボランティアの手によって、エイダの街や周辺地域のあらゆる商店の店先に貼りだされた。

警察の似顔絵画家は〈JP〉の店員の証言をもとに、ふたりの男の似顔絵を描きあげた。この似顔絵を見せられた〈マカナリーズ〉の客は、このうちのひとりがすくなくとも〝野球場にいた〟ことだけはたしかだ、といった。二枚の似顔絵は地元のテレビ局にもまわされた。容疑者となりうる二名の顔が街の人々の目に初めて触れると、警察署に電話が殺到した。

当時エイダにいた刑事は四人——デニス・スミス、マイク・バスキン、D・W・バレット、ジェイムズ・フォックス——だった。四人はたちまち、寄せられる大量の電話をさばききれなくなった。かかってきた電話は百件を超え、容疑者の可能性がある人物も二十五人ほどあがっていた。

そのなかに、目立つ名前がふたつあった。三十人ほどの情報提供者が名前をあげたビリー・チャーリーが事情聴取を求められた。ビリーは両親とともに警察署へ出頭した。両親は息子について、土曜日は朝から晩まで自分たちと自宅にいたと証言した。

もうひとり、三十人ほどが名前をあげていたのはトミー・ウォードという地元の住民で、警察にもおなじみの男だった。公共の場での酩酊や少額窃盗といった微罪でなんどか逮捕されていたからだが、暴力がらみの犯罪歴はなかった。エイダのいたるところに、トミーの親族がいた。ウォード一族の面々は勤勉に働いて自分たちの仕事に専念している、概して善良な人々として知られていた。トミーは二十四歳、八人兄弟の下から二番めで、高校を中退していた。

トミー・ウォードは自分から進んで事情聴取を受けにきた。スミス刑事とバスキン刑事は、前の週の土曜日の夜のことをたずねた。その日、トミーはカール・フォンテノットという友人と釣りに出かけた。それからパーティーにいって午前四時まで夜遊びをし、歩いて帰った。トミーは車をもっていなかった。刑事たちは、トミーのブロンドの髪がかなり短く切られていることに気づいた。いかにもやっつけ仕事のように毛先がふぞろいで、どう見てもプロの手によるものではなかった。刑事たちはトミーの後頭部のポラロイド写真を撮影し、五月一日と日付を入れた。

似顔絵の容疑者はふたりとも長髪、髪は明るい色だった。

バスキン刑事は、これまで面識のなかったカール・フォンテノットを探しだすと、警察署へ出頭して事情聴取に応じるよう求めた。フォンテノットはこれに同意したが、結局姿をあらわさなかった。バスキン刑事はそれ以上追及しなかった。フォンテノットは、長く伸ばした黒髪のもちぬしだった。

非常に切迫した空気のなか、ポントトック郡とその周辺地域でデニースの捜索が進められていく一方、デニース・ハラウェイの名前や特徴が全国の警察諸機関の関係者に広められた。あらゆる場所から電話が寄せられたが、有益な情報はひとつもなかった。デニースは手がかりひとつ残さず消えてしまっていた。

夫のスティーヴ・ハラウェイは、ビラを配ったり車で裏通りを探しまわったりするとき以外、数人の友人たちとアパートに引きこもっていた。電話はひっきりなしに鳴った。呼出音が鳴るたびに、一瞬だけ希望が訪れた。

デニースが自分から逃げだす理由はなかった。結婚してまだ一年もたっていないし、いまも変わらず深く愛しあっていた。ともにイースト・セントラル大学の最上級生で、卒業したらエイダを出てほかの土地で生活をはじめることを楽しみにしていた。デニースが意思に反して連れ去られたことを、スティーヴは確信していた。

一日、また一日と過ぎていくたびに、デニースが生きて発見される可能性はますます低くなっていった。かりにレイプ犯によって捕らえられたのなら、暴行のあとで解放されているだろう。誘拐されたのなら、身代金の要求が来ているだろう。昔の恋人がテキサスにいるという噂が立ったが、すぐに消えた。麻薬の密輸業者がらみの噂も出たが、そもそも奇怪な事件なら、その手の噂のひとつやふたつはつきものだった。

この事件に、エイダはまたしても衝撃を受けた。デビー・カーターが殺害されてから一年五カ月、街は悪夢のような事件からようやく抜けだし、落ち着いてきたところだった。どこの家も玄関のドアには二重に錠をおろし、ティーンエイジャーたちの門限はいっそう厳しくなった。地元の質屋では銃がよく売れるようになった。どの交差点にもひとつやふたつは教会がある住み心地のいい大学街のエイダに、いったいなにが起こっているのか？

数週間もすると、ほとんどのエイダ住民の生活はゆっくりと平常に復していった。まもなく季節は夏になり、子どもたちは学校が休みになった。噂は静まりつつあったが、完全に消えてはいなかった。テキサスのある事件の容疑者が十人の女を殺したとうそぶくと、エイダ警察は大急ぎで事情聴取におもむいた。ミズーリ州で女性の死体が発見されたが、両足にタトゥーがあった。デニースにはタトゥーはなかった。

そうして夏が過ぎ、秋が訪れた。デニース・ハラウェイの遺体発見につながる新情報や物的証拠はこれっぽちも得られていなかった。

同様に、カーター事件の捜査もまた進展がなかった。世間に衝撃を与えた二件の殺人事件が未解決のままになっているため、警察をとりまく空気は重く、張りつめていた。多くの時間を費やしての捜査にもかかわらず、それに見あう成果はあがっていない。古い手がかりを洗いなおしてみても、結果は同様だった。デニス・スミスとゲイリー・ロジャーズの生活は、この二件の殺人事件に塗りつぶされていた。

ロジャーズにとって、プレッシャーはいっそう大きかった。デニース・ハラウェイが失踪する一年前、エイダから北に五十キロ足らずのセミノール郡でも、類似の事件が起こっていたからだ。パティ・ハミルトンという十八歳の女性が、終夜営業のコンビニエンスストアでの勤務中に行方不明になったのだ。ひとりの客が入店したところ店はまったくの無人で、レジは空《から》になっており、カウンターにはタブのあいた清涼飲料の缶が二本置いてあった。争った形跡はなかった。店の外で、ロックされたままのパティの車が見つかった。パティは手がかりひとつ残さず消え、警察はこの一年、パティが誘拐されて殺害されたと考えてきた。

オクラホマ州捜査局でパティ・ハミルトンの事件を担当していたのは、ゲイリー・ロジャーズだった。デビー・カーター、デニース・ハラウェイ、パティ・ハミルトン——いまやロジャーズ捜査官のデスクには、三件の若い女性の殺人事件が、未解決のまま積みあげられていた。

オクラホマがまだ正式な州ではない準州だったころ、エイダは〝ガンマンや無法者にひらかれた安息地〟だという、多少の誇張はあれど、大いに根拠のある悪評を馳せていた。もめごとは六連発拳銃で解決され、だれよりもすばやく拳銃を抜ける者は、どんなことをしても行政当局から罰せられる心配はいっさいなかった。エイダには銀行強盗や牛泥棒が流れついた——ここがまだアメリカ先住民の領土であり、正式に合衆国の一部ではなかったからだ。たとえ保安官になる者がいても、エイダとその周辺に居着いたプロ犯罪者の前には敵ではなかった。

しかし、無法の地という悪評が一変したのは、一九〇九年のことだった。住民たちが、恐怖にふるえる暮らしについに不満を爆発させたことがきっかけだった。ガス・ボビットという尊敬されていた牧場主が、ライバル関係にある地主の雇った殺し屋に撃ち殺されるという事件が起こった。殺し屋と三人の共謀者が逮捕されると、絞首刑を求める熱い世論が巻き起こって、あっという間に町じゅうを席巻した。一九〇九年四月十九日、エイダ住民でも正義感が強いフリーメーソンのメンバーに率いられて、私刑《リンチ》を求める群衆が朝早くから集まった。エイダのダウンタウン、ブロードウェイ十二番地のフリーメーソン会館から四十人のメンバーがあらわれて、いかめしく行進、数分後に拘置所に到着した。彼らは保安官を静かにさせると、四人の凶悪犯を監房から引っぱりだし、路上を引きずって、処刑場に選ばれた貸し馬屋に連れていった。四人は荷造り用のワイヤで手首と足首を縛られたのち、おごそかに絞首刑に処せられた。

翌朝早く、ひとりの写真家が刑場となった納屋にカメラを設置し、何枚かの写真を撮影した。そのうち一枚が、あとあとまで残ることになった。色あせた白黒写真には、ロープで吊るされて、ぴくりとも動かない四人、安らかとさえいえそうな雰囲気で死んでいる四人が写っていた。何年かのち、その写真から絵葉書が作成され、商工会議所で配布された。

数十年のあいだ、私刑はエイダが誇りとする瞬間だった。

5

デビー・カーター殺害事件については、デニス・スミスとゲイリー・ロジャーズの手もとには検死結果があり、毛髪のサンプルがあり、〝怪しい〟嘘発見器のテスト結果があった。さらにふたりは、すでに殺人犯をおさえているという自信もあった。ロン・ウィリアムスンは一時的に服役中だが、いずれは出てくる。逮捕は時間の問題だった。

しかし、デニース・ハラウェイ殺害事件では、死体も目撃者も確固とした手がかりも、まったく得られていなかった。警察の画家が描いた似顔絵には、エイダの若い男の半数が該当してしまうのが現実だった。だがいま警察に突破口が訪れようとしていた。

その突破口が前ぶれもなく出現したのは、一九八四年十月初旬、ジェフ・ミラーという男がエイダ警察署にやってきて、デニス・スミス警部と話がしたいといったときだった。ミラーは、デニース・ハラウェイ事件についての情報を知っている、といった。

ミラーは地元生まれで犯罪歴はなかったが、警察には知られていないわけではなかった。毎日のように夜遊びをして、もっぱらあちこちの工場を転々としている腰のすわらない多くの軽薄な若者のひとりだったからだ。ミラーは椅子をデスクに引きよせて、話をはじめた。

デニース・ハラウェイが行方不明になったその夜、ブルーリヴァー近郊、エイダから南へ四十キロほど離れたところでパーティーが開かれていた。ジェフ・ミラー自身は行かなかったが、知りあいの若い女がふたり出席していた。パーティー後しばらくして、ふたりから——ミラーは両名の名前をスミスに伝えている——トミー・ウォードがパーティーにいたことを教わった、とミラーは語った。ふたりの女によると、パーティーがはじまって間もないというのに、酒が足りなくなったらしい。トミーは車をもっていなかったが、ビールを買ってこようと申し出て、ジャネット・ロバーツという女のピックアップ・トラックを借りた。トミーはひとりでピックアップ・トラックに乗って出かけたが、二、三時間しても帰ってこなかった。やがて、ビールも買わずに帰ってきたが、その時はかなりうろたえ、涙を流して泣いていた。どうして泣いているのかとたずねられたトミーは、とんでもないことをしてしまったと答えた。なにをしたのかというパーティー出席者の質問に、トミーはこう答えた。何軒もの酒屋の前を素通りして、なぜかわざわざエイダまで引き返し、いつのまにか東の街はずれにある〈マカナリーズ〉にたどりついた……この店で自分は若い女店員を拉致、そのあとレイプして殺し、遺体を捨てた……いまは生きた心地もしない、と。

たまたま集まっていただけの大酒飲みやマリファナ常用者たちを前に、このような由々しき告白をすることが、トミー・ウォードにとっては筋の通った行動だったようだ。

女たちが――警察ではなく――ミラーにその話をきかせる気になった理由について、ミラー本人はなにもいわなかった。また、女たちが五カ月もたってから打ち明けた理由についても、ミラーは説明ひとつしなかった。

あまりにも馬鹿げた話だったが、デニス・スミスは追跡捜査にかかった。まず女たちを捜しだそうとしたが、あいにくふたりはもうエイダから引っ越してしまっていた（一カ月後にスミスが行方を突きとめたとき、ふたりの女は、そのパーティーに出席したことや、そのパーティーで――あるいはほかのパーティーで――トミー・ウォードに会ったことを否定し、若い女店員が誘拐されて殺された話はきいたことがない、店員以外でも若い女がらみの話はいっさいきいていないと、ジェフ・ミラーの〝告白〟のすべてを否認した）。

デニス・スミスは、ジャネット・ロバーツの居場所を突きとめた。ジャネットは夫のマイク・ロバーツとともに、エイダから百十キロあまり離れたノーマンの街で暮らしていた。十月十二日、スミスはマイク・バスキン捜査官とともに車でノーマンに行き、予告なくジャネットを訪ねた。ふたりが二、三質問したいので署まで同行願えるかとたずねると、ジャネットは不承不承ついてきた。

ジャネットは事情聴取で、自分とマイクとトミー・ウォード、およびカール・フォンテノットをはじめとする大勢の仲間がブルーリヴァーの近郊でたびたびパーティーをひらいていたことは認めた。しかし、デニース・ハラウェイが行方不明になった土曜の夜には、パーティーはなかったと断言した。トミー・ウォードにはよくピックアップ・トラックを貸したが、トミーがそれに乗ってブルーリヴァーでのパーティーを（あるいはほかのどのパーティーであれ）途中で抜けだしたことはないし、トミーがうろたえて泣いているところなど見ておらず、若い女をレイプして殺したことを涙ながらに告白するのをきいたことなどない。そんなことはまったくなかった。そう答えるジャネットは自信に満ちていた。

トミー・ウォードがロバーツ夫妻と同居し、夫のマイクとおなじ職場で働いているのは、ふたりの刑事にとってうれしい発見だった。ふたりは外壁張りの下請け業者に雇われて、ほぼ毎日、それもたいていは日の出から暗くなるまでの長い時間働いていた。スミスとバスキンの両刑事は、ウォードが仕事から帰るまでノーマンにとどまり、話をきくことにした。

トミーとマイクは寄り道をしてビールの六缶パックをあけてから、ようやく帰宅した。ビールがはいっていれば、刑事と話をしない口実になる。しかし、それ以上に警察がきらいだったトミーは、ノーマンの警察署に出むくのを渋った。数カ月前に例の殺人がらみでエイダ警察に質問ぜめにされたが、トミーはそれでこの件はおわったものと思っていた。エイダを離れたのは、警察がつくった容疑者の似顔絵に似ていると人にさんざんいわれて、うんざりしたせいもある。自分でもその絵をなんども見たが、どこが似ているのかはさっぱりわからなかった。しょせん容疑者を見たこともなければ、今後見ることもない警察の似顔絵描きがでっちあげた絵、エイダ在住のだれかかれに似ているといいたくてうずうずしている住民にむけて、公共の電波に乗せるために作成されたしろものにすぎない。だれもが事件解決のため、警察に協力したがっていた。小さい街のこと、失踪は大事件だ。トミーの知人たちもこぞって、容疑者の正体についての推理を披露していた。

トミーはこれまでになんどか、エイダ警察の厄介になっていた。重大事件や暴力事件こそなかったが、警察とは知りあっている仲だった。そんなわけで、できればスミスやロジャーズと顔をあわせずにすませたいと思ったのだ。

隠すことがなければ、警察署に出むいてデニス・スミスやマイク・バスキンと話をしても心配はない、というのがジャネットの意見だった。デニース・ハラウェイという女とはなんの関係もなかったが、トミーは警察を信用していなかった。一時間ばかりの押し問答の末、トミーはマイクの車でノーマン警察署に送ってもらった。

スミスとバスキンはビデオカメラを備えた地下室にトミーを連れていき、事情聴取を録画したいといった。不安はあったが、トミーは承諾した。録画スイッチが入れられたのち、ふたりは被疑者の権利を説明するミランダ準則を読みあげ、トミーは黙秘権などの権利をみずから放棄する自己負罪免除権の放棄書に署名した。

事情聴取はとりあえず礼儀正しくはじまった。ごく形式的な事情聴取だ、たいしたことはない。ふたりはトミーに、前回の五カ月前におこなわれた事情聴取を覚えているかとたずねた。もちろん、覚えていた。そのときは真実を話したのか？　はい。いまも真実を話しているか？　はい。

開始数分にしてスミスとバスキンがばらばらに質問しはじめ、トミーの頭の中で問題の四月の週の何日かがごちゃごちゃになってきた。デニース・ハラウェイが失踪した日、トミーは母親の家の配管を修理し、そのあとシャワーを浴びて、エイダのロバーツ家のパーティーに出かけた。午前四時に辞去し、家までは歩いて帰った。ところが五カ月前には、トミーはこれを失踪前日のことだと話していた。

「日付がごっちゃになっただけです」トミーはそう弁解したが、刑事たちは信じようとしなかった。

ふたりの刑事はトミーにこういいかえした。「自分が真実を語っていないと気づいたのはいつだ？」……「では、いまは真実を話しているのか？」……「いいか、自分をどんどんまずい立場に追いこんでいるんだぞ」

刑事たちは、厳しく責めたてる詰問口調になっていった。さらにスミスとバスキンは嘘をついた——あの土曜日の夜にブルーリヴァーでのパーティーにトミーが出席していたことや、ピックアップ・トラックを借りて出かけていったことを証言する目撃者が複数いる、とトミーを揺さぶったのだ。

日付をまちがえた。トミーはそう主張してゆずらなかった。金曜日には釣りに行った。土曜日にはロバーツ家のパーティーに行った。ブルーリヴァーのパーティーに行ったのは日曜だ、と。

なぜ刑事たちは嘘をつくのか？　トミーは首をひねった。自分は真実を知っている。嘘はさらにつづいた。「〈マカナリーズ〉には、最初から強盗のつもりで行ったんじゃないのか？　こっちにはそのことを証言する用意のある証人もいるんだぞ」

トミーはかぶりをふって自分の立場を守ったが、かなりの不安もおぼえた。これほどあっさりと嘘をつく警察なら、ほかになにをするかわかったものではない。

やがてデニス・スミスはデニース・ハラウェイの大判の写真を取りだし、トミーの目の前に突きつけた。「この娘を知っているか？」

「知りません。見たことはあります」

「おまえがこの女を殺したのか？」

「いえ、殺してません。人の命を奪おうなんて思ってもいません」

「じゃ、だれがこの女を殺した？」

「知りません」

スミスは写真を突きつけたまま、美人だと思うかとたずねた。「家族はこの女性をきちんと葬ってやりたがっている。だからこそ、いまの居場所を知りたがっているんだ」

「知りませんよ」写真を見つめながら、トミーは答えた。なぜそんなことをきかれるのかがわからなかった。

「想像力を働かせるんだ」スミスはいった。「ふたりの男がこの女を連れだし、ピックアップ・トラックに乗せて連れ去った。男たちは遺体をどうしたと思う?」

「わかりません」

「想像力を働かせろ。さあ、どう思う?」

「この人が死んでいるのかどうかも知らないんですよ。刑事さんたちも、いや、ほかのだれにだってわからないのでは?」

スミスは写真を突きつけたまま、さらに質問をつづけた。トミーがなにを答えても、刑事たちは即座に無視するか、嘘と決めつけるか、あるいは聞こえないふりをするばかりだった。ふたりはくりかえし、この女は美人だと思わないか、とたずねた。襲われたときは悲鳴をあげたと思うか?　家族がきちんとこの女を葬れるようにするべきだとは思わないか?

「トミー、この件で神に祈ったことはないのか?」スミスはそうもたずねた。

ようやく写真を置いたスミスは、トミーに精神状態や例の似顔絵のことや、学歴についての質問をした。それからまた写真を取りあげてトミーの顔の前に突きつけ、被害者の殺害や遺体の隠蔽についての質問にもどり、またぞろ美人だと思わないかと質問した。

マイク・バスキンは、デニースの家族の苦しみを語って同情を誘う係だった。「ご家族の苦しみを和らげるには、デニースがいまどこにいるのかをいうしかないんだよ」

トミーはそれには同意したが、デニースの所在については見当もつかない、と答えた。

ようやく、ビデオのスイッチが切られた。事情聴取は一時間四十五分におよんだが、トミー・ウォードの発言はいちども揺らがなかった。デニース・ハラウェイの失踪についてはなにも知らない。取り調べには大変動揺させられたが、トミーは数日後の嘘発見器によるテストを受けることに同意した。

同居先のロバーツ夫妻宅はノーマン警察署からほんの数ブロックだったので、トミーは歩いて帰ることにした。外の空気はすがすがしく爽快だったが、刑事たちから粗暴きわまる扱いを受けたことに腹が立ってならなかった。刑事たちからは、あの娘を殺した犯人だと責めたてられた。しかもあいつらは、こちらの足もとをすくうつもりか、なんども嘘をついていた。

一方、エイダに帰る車中にあったスミスとバスキンは、ついに目的の人物を捜しあてたことを確信するにいたった。まずトミー・ウォードは、問題の土曜の夜〈JP〉の店に立ち寄って不審な行動をとったふたりの若者のうち、片方の似顔絵そっくりだ。また、デニースがいなくなった夜の自分の所在についての発言を変えた。おまけに、いまおわったばかりの事情聴取でも、ずっと落ち着かないようすだった。

嘘発見器のテストを受けることになって、当初トミーは胸を撫でおろしていた。真実を話し、テストがそれを証明すれば、刑事たちもいやがらせをやめてくれるだろう。しかし、トミーは悪夢にうなされるようになった——殺人、警察によるいいがかり、似顔絵の男に似ているという噂、そしてデニース・ハラウェイの愛らしい顔と家族の苦悩。なぜ自分が犯人扱いされているのか?

警察は自分が犯人だと信じこんでいる。いや、おれを有罪にしたがっているのだ! 嘘発見器のテストがなぜ信用できる? 弁護士に相談したほうがいいのでは?

トミーは母親に電話をして、警察や嘘発見器に不安を感じていることを話した。「いってはいけないことを、うっかりいわされるのが心配なんだよ」本当のことをいえばいい、そうすれば心配することはなにもない、というのが母親のアドバイスだった。

十月十八日木曜日の朝、トミーはマイク・ロバーツの運転する車で、二十分ほどの距離のオクラホマシティにあるオクラホマ州捜査局にやってきた。テストは一時間程度という話だったので、マイクは駐車場で待つことにした。おわったら、ふたりでそのまま仕事にいく予定だった。上司に頼んで、二時間ほど休みをもらっていたのだ。建物に足を踏み入れるトミーを見おくっていたマイク・ロバーツが知るよしもなかったが、この数歩こそトミーが自由な世界を歩いたさいごの数歩になった。この日を境に、トミーはおわりなき獄中生活を送ることになる。

デニス・スミスは、満面の笑みと温かな握手でトミーを迎えた。スミスに案内された部屋でトミーはただひとり、三十分待たされた。容疑者の不安をつのらせるための警察の常套手段である。十時三十分、トミーはべつの部屋に連れていかれた。この部屋にはラスティ・フェザーストーン捜査官と、その頼りになる相棒の嘘発見器が待っていた。

スミスは姿を消した。フェザーストーンはまず機械の仕組みを――というよりも、建前上の仕組みを――説明してから、トミーの体をベルトで固定し、電極をつけた。質問がはじまったときには、トミーは早くも汗をかいていた。最初の一連の質問は簡単だった――家族のことや学校、仕事など、だれもが事実をありのままに知っていることばかりで、機械もそのように反応した。これなら楽勝だ――トミーはそう思いはじめた。

十一時五分、フェザーストーンがトミーにミランダ準則を読みあげて、いよいよデニース・ハラウェイ事件についての質問がはじまった。拷問のような質問ぜめは二時間半にわたってつづいたが、トミーは敢然と真実に固執しつづけた。デニース・ハラウェイについては、なにも知らない。

一度の休憩もはさまずにテストがつづき、ようやく一時三十分になってフェザーストーンが機械の電源をすべて切り、部屋を出ていった。トミーはほっとした。それどころか、つらい試練がおわって、天にも昇る心地にさえなった。テストは完璧だ。これで刑事たちも、自分を解放するだろう。

フェザーストーンは五分後に部屋にもどってきて、グラフ用紙に目を凝らし、結果を調べてから、トミーにどう思うかとたずねた。合格したことはわかっている、だからこの件はおわりだ、それに仕事にも戻らなくてはいけない――トミーはそう答えた。

気が早すぎるな――フェザーストーンはいった――きみは不合格だ。

トミーは自分の耳を疑った。しかしフェザーストーンは、トミーが嘘をついていることは明白だし、ハラウェイの拉致に関わっていることは明らかだ、といった。さてそろそろ正直に話す気になったか？

話す……何を話せと！

嘘発見器は嘘をつかない――グラフ用紙の検査記録を指さしながら、フェザーストーンはいった。きみは殺人についてなにか知っているね、となんどもくりかえす。思いきって白状すればずっと楽になるぞ、なにがあったかを話せ、真実を話すんだ。フェザーストーンはいかにも親身な警官らしく、トミーをなんとか助けたい、といった。しかし、きみがぼくの親切を拒むのなら、きみをスミスとロジャーズにゆだねるしかない……ふたりとも性質《たち》のわるい刑事だし、いまはきみに襲いかかろうと手ぐすね引いて待っているよ。

さあ、事件のことを話そう——フェザーストーンは、そうトミーに迫った。

話すことはなにもない——トミーはそういって譲らなかった。嘘発見器に仕掛けがしてあったにちがいない、おれは真実を話していたのだから——トミーはなんどもそう主張したが、フェザーストーンはとりあわなかった。

トミーはテストの前に緊張していたことや、仕事に遅れていたのでテスト中は不安だったことは認めた。また、六日前のスミスとロジャーズによる事情聴取で動揺していたので、夢を見たことも認めた。

どんな夢かな？　フェザーストーンはたずねた。

トミーは夢の説明をした。ビール・パーティーにいたと思ったら、ピックアップ・トラックの車内にいた。同乗者は、男ふたりと女ひとり。場所は、エイダ近郊の古い発電所のそば、子ども時代に住んでいたあたりだった。男のひとりが女にキスを迫った。女は拒んだ。トミーは男に、その女にかまうなといい、もう帰りたいといった。男のひとりが、「もう帰ってるじゃないか」といった。そこで窓から外を見ると、いきなりそこは自宅だった。目が覚める直前には、シンクの前に立ち、手を汚している黒っぽい液体を一生懸命、しかしむなしく洗い流そうとしていた。女がだれだかはわからなかったし、ふたりの男の名前もわからなかった。

筋の通らない夢だ――フェザーストーンはいった。

ほとんどの夢はそんなものだ――トミーはいいかえした。

フェザーストーンは冷静な落ち着いた態度を変えないままだったが、白状してしまえ、事件について知っていることを洗いざらい話せ、とトミーに迫りつづけた。とりわけ、遺体のありかを教えろとしつこく食いさがった。また、あとは隣の部屋で待機している〝ふたりの刑事〟に引きつぐぞ、とトミーを脅しつけた――そうなれば、果てしない拷問が待っている、といわんばかりに。

トミーは、ショックで頭が混乱し、心の底からふるえあがった。トミーが自供を拒むと、この〝親身な警官〟は、トミーをスミス刑事とロジャーズ捜査官に引きわたした。ふたりは早くも怒り、すぐにでもパンチを見舞いかねなかった。フェザーストーンもその部屋にとどまった。ドアが閉まると同時に、スミスは怒声でトミーに食ってかかった。「おまえはカール・フォンテノットとオデル・ティッツワースといっしょに、あの女を拉致して発電所に連れていき、レイプして、殺したんだろう？」

やってません――思考を明晰に保ってパニックを起こさぬよう努めながらトミーは答えた。

白状しろ、このちんけな嘘つきの下衆《げす》野郎――スミスは険悪な声でいった。嘘発見器でお見通しなんだよ。嘘をついていることはバレてるんだ。あの女を殺したことはわかってるんだぞ！

オデル・ティッツワースというのはだれだったか、とトミーは考えていた。名前にこそき覚えはあったが、会ったことはない。たしか、エイダの近くに住んでいたはずだ。よからぬ評判はきいていたが、会った記憶はなかった。一、二度見かけたかもしれないが、この場では思い出せなかった。なにしろスミスが指を突きつけながら怒鳴りたて、いまにも殴りかかってきそうな剣幕だったからだ。

スミスは三人の男が被害者を拉致したという推理をなんどもくりかえしたが、トミーは否定した。いえ、自分は関係していない。「だいたい、オデル・ティッツワースなんて男は知りません」

いいや、知っているね。スミスはいいなおした。いいかげんに嘘はやめろ。

警察の仮説にカール・フォンテノットの名前が出てくるのはわからないでもなかった。この二年ばかり、トミーとはつかず離れずで親しくしていたからだ。しかしトミーは、いわれない非難を浴びせかけられて動揺し、スミスとロジャーズの居丈高な決めつけの姿勢に恐れをなした。ふたりの刑事は、代わる代わる脅しと言葉の暴力をくりかえした。言葉づかいはどんどん荒っぽくなり、ありとあらゆる罰あたりな言葉や卑語が飛びだしてきた。

トミーは汗をかき、眩暈《めまい》を感じながら、なんとか筋道立てて考えようと必死だった。簡潔な答え方を心がけた。いいえ、やってません。いいえ、関係ありません。皮肉をいいたい誘惑に駆られたこともあったが、怖くて口にできなかった。スミスとロジャーズは頭から湯気を噴きあげるほど怒っているうえに、武器をもってもいる。そんなふたりに加えて、フェザーストーンもいる部屋に閉じこめられているのだ。尋問がおわる気配はまったくなかった。

フェザーストーンとの冷や汗をかきどおしだった三時間につづいて、スミスやロジャーズから一時間にわたって責められつづけたトミーは、深刻に休憩が必要になってきた。洗面所に行き、タバコを一服して頭をすっきりさせたくてたまらなかった。このときトミーには助けが、さらにはいまなにが進行中なのかを説明する人間が必要だった。

ひと休みさせてもらえますか——トミーはたずねた。

あとちょっとの辛抱だ。

トミーは、そばのテーブルにビデオカメラがあることに気づいた。しかし電源は切られたままで、いま進行中の言葉の暴力はいっさい記録されていなかった。これが警察の正式な取り調べ手順であるものか、とトミーは思った。

スミスとロジャーズはくりかえし、オクラホマ州は殺人犯の死刑に致死薬注射を採用している、と告げた。このままだとおまえは死ぬ、死刑はまちがいない。しかし、死刑を避ける方法がないわけではない。正直に自白して、事件のいきさつを話し、遺体のありかを教えろ。そうすれば、司法取引ができるように話をつけてやろう。

「やってないんだ」トミーはいいつづけた。

この男は夢を見たと話していたぞ――フェザーストーンは、そうふたりの同僚に教えた。

そこでトミーは夢の話をくりかえしたが、このときも一蹴されただけだった。三人の刑事は口をそろえて筋の通らない夢だといい、トミーはこの言葉にこんども、「ほとんどの夢はそんなものだ」といいかえした。

しかし、この夢は、刑事たちに〝どっかかり〟を与えた。三人は、夢に新たな要素をつけ加えはじめた。トラックに乗っていたふたりの男は、オデル・ティッツワースとカール・フォンテノットだな？

ちがう――トミーはいいはった。夢の男たちがだれだかは知らない。名前のない男たちだ。

とぼけるな。若い女はデニース・ハラウェイだったんだな？

ちがう、夢に出てきた女がだれかはわからない。

とぼけるな。

それから一時間、刑事たちはトミーの夢に必要な肉づけをほどこしていった。新しく追加された事実を、トミーはことごとく否定した。ただの夢だ――トミーはなんどもなんどもそうくりかえした。

ただの夢だ、と。

とぼけるな――刑事たちはいった。


二時間ぶっつづけで厳しく責めたてられたすえ、トミーはついに屈した。恐怖のもたらす圧力に屈したのだ。スミスとロジャーズは完全にいきり立ち――さすがに発砲することこそなかったが――いまにも鉄拳をふるいかねない剣幕だった。また、死刑囚舎房で処刑の日をただ待ちながら、命をすり減らすだけの目にあうのを恐れる気持ちもあった。

刑事たちになにかをくれてやらないかぎり、ここから出してもらえないことも明白だという事情もあった。五時間ずっとおなじ部屋に拘束されて、トミーは消耗しきっていた。頭は混乱し、恐怖で感覚がほとんど麻痺していた。

トミーが犯したまちがいはたったひとつ。そしてそのまちがいにより、トミーは死刑囚舎房に送りこまれ、やがて生涯にわたって自由を剥奪されることになった。

刑事たちの話に調子を合わせることにしたのだ。自分がまったくの無実だったので、カール・フォンテノットとオデル・ティッツワースも無実だろうと決めこみ、刑事たちが欲しがるものをくれてやってもかまわない、と考えてしまった。こいつらの作り話につきあってやろう。なに、真実はすぐ明らかになる。明日か明後日《あさって》には、刑事たちにもこの話が事実無根だとわかるだろう。刑事たちに話をきかれれば、カールも真実を話すだろう。警察に訪ねてられれば、オデル・ティッツワースはこの話を一笑に付すに決まっている。

話を合わせてやろう。優秀な警察なら真実を見つけるはずだ。

だいたい、夢の自白が馬鹿馬鹿しければ、だれもまともに信じるものか。

最初に店にはいったのはオデルなんだな？

そうです――トミーはいった。かまうものか、どうせ夢なんだし。

刑事たちは、ようやく足がかりを得つつあった。ほら、おれたちの巧みな作戦の甲斐《かい》あって、この若造がついに口を割りだしたぞ。

強盗が目的だったんだな？

ええ――どうでもいい、どうせ夢なんだ。

その日午後いっぱい、スミスとロジャーズはトミーの夢にどんどん創作を足していき、トミーは調子をあわせた。

どうせ、たかが夢ではないか……。

この奇々怪々な〝自白〟のさなかですら、警察はみずからが深刻な問題点をかかえていることに気づけたはずだった。マイク・バスキン刑事はエイダ警察で待機していた――できれば事態の中心であるオクラホマ州捜査局にいたかったとの願いに胸を焦がしつつ、電話の近くにじっとすわっていたのだ。午後三時ごろ、ゲイリー・ロジャーズが電話で大ニュースを伝えてきた――トミー・ウォードが口を割りはじめたぞ！　車で街の西にある発電所に行って、遺体を探してくれ。捜索はすぐおわるはずだと思いながら、バスキンは気負いこんで出発した。

しかし、なにも発見できなかった。徹底的な捜索のためには、もっと人手がいる。バスキンがいったん警察署に戻ったところに、また電話があった。自白の内容が変わった。発電所に行く途中の右手に、火事で焼けたままの古い家がある。遺体はそこだ！

バスキンはふたたび出発し、問題の家を見つけて瓦礫《がれき》のあいだを調べた。しかしなにも見つからず、やむなく街に戻った。

ロジャーズから三本めの電話がかかり、バスキンはなおもふりまわされた。自白の内容がまた変わった。発電所と焼け跡にはさまれた一帯のどこやらに、コンクリートの掩蔽壕《えんぺいごう》がある。犯人たちが死体を隠したのはそこだ。

今回バスキンはふたりの巡査を引き連れ、さらに投光器も用意して出発した。一同はコンクリートづくりの掩蔽壕を発見したが、捜索途中で日が落ちてきた。

なにも発見できなかった。

バスキンからの結果報告の電話のたびに、スミスとロジャーズはトミーの夢に修正を加えていった。じりじりと時間が過ぎていき、容疑者の疲労はすでに限界を超えていた。刑事たちのタッグチームは連携して〝善人の刑事と悪人の刑事〟の芝居をしていた――穏やかな思いやりのある言葉をかけたかと思うと、いきなり怒声を浴びせて罵り、脅しつけたのだ。ふたりが愛用したのは、「このちんけな嘘つきの下衆野郎！」という文句だった。トミーはこの言葉を、数えきれないほど投げつけられた。

「マイク・バスキンがここにいなくてよかったと思え」スミスはいった。「あいつがいたら、おまえは脳味噌を銃で吹き飛ばされただろうよ」

その言葉のとおりに頭を撃たれたとしても、トミーはもはや驚かなかっただろう。

夜になって、とても今日のうちに遺体を見つけるのが無理だとわかると、スミスとロジャーズは自白をまとめる作業にかかった。ビデオカメラのスイッチを切ったまま、ふたりがつくった話を最初からトミーにくりかえさせた。まず最初は、三人の殺人犯がオデル・ティッツワースのピックアップ・トラックに乗りこむところ。つづいては、強盗の計画を立てたことと、顔を見ているデニースからあとあと犯人だと名指しされる危険があることに気づいて、デニースを店から拉致し、レイプしたうえで殺そうと決めたこと。遺体の所在についての詳細は曖昧なままだったが、刑事たちは発電所の近くのどこかに隠されていると確信していた。

トミーの脳は活動停止に追いこまれ、いまでは低い声でつぶやくようにしゃべるのがやっとだった。刑事たちの作り話を復唱しようとしても、いろいろな事実を混同してばかりいた。スミスとロジャーズが話をやめさせて、自分たちの作り話を改めてきかせ、トミーに最初から復唱しなおさせた。リハーサルを四回くりかえしてもほとんど進歩はみられなかったばかりか、主演男優がみるみるうちに消耗してきたので、刑事たちはついにカメラを回すことにした。

よし、本番だ——刑事たちはトミーにいった——ちゃんとやれ、夢がらみのおふざけはやめるんだぞ。

「でも、この話は事実じゃない」トミーはそういった。

とにかくしゃべれ——刑事たちは迫った——あとで事実ではないという証明を手伝ってやるから。

そして、夢がらみの話はおふざけでなくなった。

午後六時五十八分、トミー・ウォードは、カメラを見すえて自分の名前を口にした。この段階で尋問は八時間半におよび、トミーは肉体的にも精神的にも消耗しきっていた。トミーはその日の午後初めて吸うタバコをふかしており、目の前にはソフトドリンクの缶があった——ついさっきまで刑事たちと仲よく歓談していたような雰囲気、いたってなごやかで不快なことなどなにもないという雰囲気だった。

トミーは事件について話した。カール・フォンテノットとオデル・ティッツワースのふたりとともに、デニース・ハラウェイを店から拉致して、町の西側にある発電所まで車を走らせた……そこでデニースをレイプしたのち殺害、遺体はサンディクリーク付近のコンクリートづくりの掩蔽壕近くに捨てた。殺害につかった凶器は、ティッツワースの折りたたみナイフだ。

すべて夢で見たことだ——そうトミーはいった。いや、いおうと思っただけかもしれないし、いったと思いこんでいただけかもしれない。

〝ティッツデール〟といいまちがえたこともなんどかあった。そのたびに刑事たちは話を中断させ、〝ティッツワース〟ではないのか、と親切に助け船を出した。トミーは訂正してから、ぼそぼそと話を再開した。そのあいだも、ずっとこんなふうに考えていた――どんなに頭の鈍い刑事でも、おれの話が嘘だとわかるはずだ、と。

三十一分後、ビデオカメラのスイッチが切られた。トミーは手錠をかけられて車でエイダに連行され、拘置所に入れられた。このときマイク・ロバーツは、まだオクラホマ州捜査局の駐車場でトミーを待っていた。待ち時間は、かれこれ九時間半になっていた。

翌朝、スミスとロジャーズは記者会見をひらいて、デニース・ハラウェイ事件を解決したと発表した。エイダ在住の二十四歳の男性、トミー・ウォードが自供した。ほかに男性二名の共犯者がいるとのことだが、共犯者二名の身柄の確保はまだである。つづいてふたりは、残りの容疑者の逮捕まで、あと二、三日は報道情報を控えるようマスコミ各社に要請した。新聞はこれに応じたが、テレビは応じなかった。ニュースはただちに、オクラホマ州南東部一帯に放送された。

数時間後、カール・フォンテノットがタルサ近郊で逮捕され、エイダに連行された。トミー・ウォードの取り調べを成功させたばかりのスミスとロジャーズが尋問を担当した。ビデオカメラの準備があったが、尋問のようすは記録されていない。

カールは当時二十歳。十六歳のときからひとり暮らしをしていた。エイダで過ごした子ども時代には、困窮で苦しんでいた。父親はアルコール依存症であり、母親はカールの目の前で交通事故で死んでいた。感受性の強い若者で、友人はごくわずか、家族はいないも同然だった。

カールは、自分は無罪だ、ハラウェイ失踪事件のことはなにも知らない、と主張した。しかし、トミーに比べれば、カールはあっけないほどあっさりと落ちた。二時間もたたないうちに、スミスとロジャーズは二本めの自白ビデオを入手していた——トミー・ウォードの自白ビデオと怪しいまでに内容が似通っていた。

カールは勾留直後に自白の内容を否定、のちにこう述べている。「それまでぼくは留置場に入れられたことも、逮捕歴もありませんでした。おまえはきれいな女の人を殺したとか、このままだとおまえは死刑だぞなどと、だれかに面とむかっていわれたのも初めてでした。だから、話せば勘弁してくれるだろうと思って、あんなことを話したんです。たしかに供述を録画しおえると、あの人たちは勘弁してくれました。供述を書面にするのとビデオで録画するのとどちらがいいか、と質問されました。供述とか自白という言葉の意味も知らなかったのでそう打ち明けたら、ようやく説明してくれました。つまり事実でもなんでもないことを話してしまった理由は、あの人たちに勘弁してほしかったからなんです」

警察はマスコミに情報が行きわたるべく確実を期した。トミー・ウォードとカール・フォンテノットは一部始終を自白した……デニース・ハラウェイ事件の解決はほぼ目前であり、警察は目下オデル・ティッツワースを捜索中……数日中には三人全員を殺人罪容疑で起訴する手続にかかれる見通しである。

火事で焼け落ちた家の位置が確認され、警察はあごの骨とおぼしきものの残骸を発見した。このことはただちに、エイダ・イブニング・ニュース紙で報じられた。

入念な演技指導にもかかわらず、カールの自白は支離滅裂だった。カールが語る犯行のいきさつは、トミーの話とあちこちで、大きく食いちがっていた。両者の話がまっこうから対立していたのは、たとえば、三人がデニースをレイプした順番や、レイプした時点でデニースがすでに刺されていたのかどうかという点、刺し傷の位置や数、押さえこまれる前にデニースが身をふりほどいて、数歩ばかり走ったかどうか、死んだのはいつか……という点である。もっとも大きく食いちがっていたのは、殺害方法と遺体の処分方法だった。

トミー・ウォードの話では、デニースはオデルの所有するピックアップ・トラックの後部座席で輪姦されている最中にナイフで数カ所を刺されたことになっていた。デニースは車中で死亡、三人で遺体をコンクリートづくりの掩蔽壕付近の排水路に投げこんだという。ところが、カールの話はちがった。デニースを廃屋に連れこんで、オデルが刺殺した。そのあと死体を床下に押しこんでガソリンをかけ、家ごと燃やしたという。

オデル・ティッツワースにかんする部分だけは、ふたりの話がほぼ一致していた。オデルこそが事件の首謀者であり主犯だ、トミーとカールをピックアップ・トラックでのドライブに誘ったのはオデルだし、ビールを飲んでマリファナを吸ううちに、〈マカナリーズ〉に強盗にはいろうといいだしたのもオデルだ、という点である。三人で襲う店を決めると、オデルが店にはいって金を奪い、女を拉致した。あとで犯人だと指さされたくなければ、女を殺さなければならないと仲間にいったのはオデルだ。発電所まで車を運転していったのもオデル。輪姦を指示し、最初にレイプしたのもオデル。凶器である刃渡り十五センチの折りたたみナイフを取りだしたのもオデル。被害者を刺したのもオデルで殺したのもオデルだが、はたしてこの男が遺体を焼いたのかどうかは、ふたりの話からははっきりしなかった。

トミーとカールのふたりは犯行に関わったことこそ認めたが、真の責任者は――苗字がティッツワースだかティッツデールだかはともかく――オデルだ、ということだった。

十月十九日の金曜日の午後遅く、警察はティッツワースを逮捕して、尋問にとりかかった。ティッツワースは重罪で四度の有罪判決を受けたことがあり、警察相手でもふてぶてしく、警官の尋問のテクニックの裏も表も知りつくしていた。尋問でも一歩もあとにひかなかった。デニース・ハラウェイ事件についてはなにも知らない。トミー・ウォードとカール・フォンテノットがなにをいおうが――ビデオに記録されていようといまいと――知ったことか。そいつらには会ったこともない。

ティッツワースの尋問は録画されていない。拘置所に移されてすぐに、ティッツワースは四月二十六日に警官との喧嘩で腕を骨折したことを思い出した。その二日後、つまりデニースが行方不明になった日は交際相手の女の家を訪ねたが、そのときは腕に重いギプスをはめられていたし、激しく痛んでもいた。

トミーとカールの自白では、事件当日のティッツワースはTシャツを着ており、両腕は一面タトゥーに覆われていた、とされていた。しかし、じっさいには左腕はギプスに覆われ、本人は〈マカナリーズ〉から離れた場所にいたのだ。デニス・スミスの捜査で、オデルの話をはっきり裏づける記録が病院と警察双方で見つかった。スミスが担当の医師から聞いたところでは、肘と肩のあいだの螺旋骨折で、かなり激痛を伴う骨折だという。そんな骨折のわずか二日後であれば、遺体を運んだり激しい暴力をふるったりすることは考えられない。片腕にギプスをはめられ、その腕を三角巾で吊っていたのだ。ありえない。

トミーとカールの自白からは、どんどんほころびが見つかっていった。警察が焼けた家の瓦礫を調べているときに、家の所有者があらわれて、なにをしているのかとたずねた。ハラウェイという若い女の遺体を探しているところだ、容疑者のひとりが遺体を家ごと燃やした

公判のため連行されるトミー・ウォードとカール・フォンテノット。

と自供している、ときかされると、所有者はそんなことはありえない、と答えた。ここにあった古い家を燃やしたのは自分だし、しかもそれは一九八三年六月のことだ、というのだ——つまりデニース・ハラウェイの失踪の十カ月も前だ。

あごの骨の分析をおえた州の監察医は、それがフクロネズミ《オポッサム》の骨だという結論を出した。この情報はマスコミにも伝えられた。

しかし、焼け落ちた家の件やオデル・ティッツワースの腕の骨折の件、トミー・ウォードとカール・フォンテノットがすぐに自白を否認した件などは、いっさいマスコミに明かされなかった。

拘置所のトミーとカールの両名は頑として無実を主張しつづけ、話をきいてくれる人間にはだれにでも、あの自白は脅迫と甘言で無理やり引きだされたものだ、と語った。ウォード家の人々はなけなしの金をかき集めて、どうにか腕のいい弁護士を雇うことができた。トミーはその弁護士に、尋問でスミスとロジャーズがどんなテクニックを駆使したかをつぶさに説明した。ただの夢の話だった——トミーは千回もそうくりかえした。

カール・フォンテノットには、そんなことをしてくれる家族はいなかった。

デニース・ハラウェイの遺体の捜索は懸命につづけられた。多くの人が感じていたのは、「あのふたりが自供したのなら、警察はなぜ遺体の埋められた場所を見つけられないのだろう?」というわかりきった疑問だった。

アメリカ合衆国憲法の修正第五条は、自己に不利益な供述を強要されない権利を保障している。また自供は事件解決のためのもっとも安直な手段であるため、尋問にあたっての警察の職務範囲には、委細をつくした多くの法律という枠がはめられている。こうした法律の大多数は、一九八四年以前に制定されていた。

百年前の一八八四年、連邦最高裁判所は〈ホプト対ユタ州裁判〉において、被疑者の期待や恐怖に基づいた誘導によって引きだされた自白や、被疑者が自発的供述をするために必要な自由意志と自制心を剥奪されたうえでの自白は、どちらも証拠として認められない、という判断をくだした。

一八九七年、〈ブラム対合衆国政府裁判〉において連邦最高裁は、供述は自由かつ自発的でなければならず、たとえわずかでも、脅迫や暴力や約束によって引きだされてはならないと明言した。また、脅迫された被疑者から得られた自白には証拠能力はないとされた。

一九六〇年の〈ブラックバーン対アラバマ州裁判〉で連邦最高裁は、「強要には、身体的なものだけではなく、精神的なものも含まれる」と述べた。自白が警察によって心理的に強要されたものかどうかを検証する場合、以下の要因が非常に重要となる。（一）尋問の所要時間、（二）内容面からの尋問の有無、（三）尋問がおこなわれた時間が昼間だったか、あるいは夜間だったか（夜間の自白には疑わしい点が多々あるからである）、（四）被疑者の心理的特徴——知性、教養、教育など。

そして、自己負罪に関係する判例中、もっとも有名な〈ミランダ対アリゾナ州裁判〉で、連邦最高裁は被疑者の権利保護の手続を定めた。被疑者には、自白を強要されない憲法上の権利がある。また（一）黙秘権があること、（二）いかなる発言であれ、公判において本人に不利に利用される可能性があること、（三）金銭的な余裕の有無にかかわらず弁護人を依頼する権利があること——この点を被疑者が充分に理解していることを警察と検察が証明できないかぎり、取り調べ中のいかなる発言も、公判で証拠として用いられるべきではない。

取り調べ中に被疑者が弁護人の立ち会いを求めた場合、尋問はただちに中止される。

一九六六年に出されたこのミランダ判決は、ただちに世に知られるようになった。多くの警察署はこの判決を無視したが、やがて有罪の犯罪者が権利を正当に告知されなかったことを理由に釈放される事態が発生して、無視できなくなった。法と秩序を重んじる人々からは、裁判所が悪人を不当に甘やかしているという激しい批判の声があがった。やがてこの規則はアメリカ文化に浸透し、テレビドラマで犯人を逮捕する刑事がこぞって、「おまえには黙秘権がある」と吐き捨てるようにいうまでになった。

ロジャーズもスミスもフェザーストーンも、このルールの重要性は知っていた。だからこそ、トミーにミランダ準則を読んできかせるところが録画されていることを確認したのだ。ただし、ビデオに記録されていないこともあった——五時間半におよぶノンストップの脅迫と言葉の暴力である。

トミー・ウォードとカール・フォンテノットの自供は憲法違反のきわみだったが、一九八四年十月の時点では、刑事たちはいずれ遺体が見つかることや、そこからなんらかの決定的な証拠が得られるはずだと信じて疑わなかった。どのみち、公判までは数カ月の余裕がある。だったら、ウォードとフォンテノットの容疑を遺漏なく固めるための時間は充分だ——すくなくとも、刑事たちはそう思っていた。

だが、デニースは見つからなかった。トミーもカールも、デニースの遺体のありかについては見当さえつかなかったし、じっさいふたりはいくどとなく警察にそういった。数カ月が経過しても、証拠は——ほんの小さなものですら——見つからなかった。それに応じて、自白の重要性がどんどん増した。それどころか、検察側が公判で提示できる証拠は、ふたりの自白しかなかったのである。

6

ロン・ウィリアムスンは、デニース・ハラウェイ事件の展開についてはよく知っていた。ポントトック郡拘置所のベッドという特等席にいたからだ。そののちロンは刑期三年のうちの十カ月をつとめると、仮釈放でエイダに戻されて、自宅監禁下に置かれた。これは比較的自由を認められる処置だが、移動はかなり厳しく制限された。しかし――驚くにはあたらないが――制限は効力を発揮しなかった。投薬による治療を受けていなかったため、ロンが時間や日付の感覚を完全にうしなっていたからだ。

十一月、自宅での生活をつづけているあいだにロンは、《偽造証券行使の罪により矯正局から移動制限つきの自宅監禁刑を受けていたにもかかわらず、矯正局による承諾なき日時に監禁中の自宅から、故意かつ不当に脱走した》として告発された。

ロンからすれば、自宅を出てタバコを買いにいき、帰宅が心づもりより三十分遅くなっただけだった。ロンは逮捕されて拘置所に入れられ、四日後に懲罰施設からの逃走という重罪訴因で起訴された。ロンは無資力者宣誓をおこない、公選弁護人の任命を要請した。

拘置所内は、ハラウェイ事件の話題でもちきりだった。トミー・ウォードとカール・フォンテノットが、すでに移送されてきていた。ほかにすることがないので、囚人たちはひたすらしゃべりつづけた。トミーとカールが満座の注目を集めた。彼らの犯罪が最新であり、おそらくもっとも世間を騒がせていたからだ。トミーは夢を自白したことや、スミスとロジャーズとフェザーストーンがつかった策略について詳しく説明した。話をきいている面々にとっても、この三人はよく知られた存在だった。

トミーはなんどとなく、自分はデニース・ハラウェイとは無関係だと主張し、真犯人はいまもまだ自由の身で、自白したふたりの間抜けと、ふたりに自白を強いた刑事たちをあざ笑っていることだろう、と話した。

デニース・ハラウェイの遺体が発見されないため、ビル・ピータースン地区首席検事は深刻な法律上の苦境に陥っていた。手もちの材料は二本の自白ビデオだが、これを裏づける物的証拠は皆無。しかも明らかになっている事実は、自白ビデオとほとんどすべての点で矛盾しており、二本のビデオの自白内容にも、いくつもの食いちがいがあった。容疑者の似顔絵も二枚あったが、それすら問題だらけだった。片方はトミー・ウォードだと主張できなくもなかったが、もう一枚はカール・フォンテノットとは似ても似つかない顔だった。

遺体が見つからないまま十一月末の感謝祭が訪れて、過ぎていった。やがてクリスマス。

明けて一九八五年一月、ビル・ピータースンは、デニース・ハラウェイが死亡していると信じるに足る証拠があると判事を説得した。満員になった予備審問の法廷で、自白ビデオが再生された。おおよその人々はある種のショックを感じたが、トミーとカールの説明に明白な食いちがいがあることに気づいた人も多かった。にもかかわらず——死体があろうとあるまいと——公判をひらく頃合だった。

しかし、法律的な紛糾はなおつづいた。ふたりの判事がこの裁判を辞退した。捜査は次第に熱が薄れ、デニース失踪の一年後、ついに打ち切られた。エイダ住民の大多数は、トミーとカールの有罪を信じていた——そうでなければ、なぜ自白するだろうか？　しかし、証拠がないことに関して憶測が飛びかっていたのも事実だ。公判開催に、なぜこれほど手間どっているのか？

デニース・ハラウェイが行方不明になってから一年後の一九八五年四月、エイダ・イブニング・ニュース紙は、捜査の進歩具合への住民の不満を取りあげたドロシー・ホーグの記事を掲載した。《エイダの未解決凶悪犯罪》というタイトルで、ホーグはふたつの事件を要約して取りあげた。デニース・ハラウェイ事件についてホーグは、《ウォードとフォンテノットの逮捕前にも逮捕後にも捜査当局は市内各所を捜索したが、ハラウェイの足どりはまったくつかめていない。にもかかわらずデニス・スミス刑事は、この事件が解決したことを確信していると発言した》と書いた。自白とされている供述についての言及はなかった。

デビー・カーター事件についてホーグは、《殺害現場から証拠が発見されており、容疑者に関わる証拠がオクラホマ州捜査局の科学捜査研究室に送付されてからまもなく二年になるが、警察はまだ分析結果待ちだといっている》と書いた。科学捜査研究所の作業の遅れが活字になったのだ。デニス・スミスは、《この事件では警察は容疑者をひとりに絞りこむにいたったが、事件に関連した逮捕者はまだ出ていない》と述べていた。

一九八五年二月、ロンは逃走容疑での公判に出廷した。公選弁護人はデイヴィッド・モリスという、ウィリアムスン家とつきあいのある弁護士だった。ロンは有罪を認めて二年の刑をいいわたされるが、（一）精神医療のカウンセリングを完遂し、（二）トラブルを起こさず、（三）ポントトック郡内に留まり、さらに（四）断酒をすれば、刑期の大部分は執行猶予になるはずだった。

二、三カ月後、ロンはポッタワトミー郡内で、公共の場での酩酊を理由に逮捕された。ビル・ピータースンは執行猶予の取消を求める申立てで、ロンが残りの刑期をつとめることを要求した。ふたたびデイヴィッド・モリスが公選弁護人に任命されて、ロンの代理人になった。七月二十六日、ジョン・デイヴィッド・ミラー特別地区裁判所判事のもと、取消を求める申立ての審問会がひらかれた――いや、ひらかれようとしたというべきか。投薬治療を受けていなかったロンがしゃべりっぱなしだったのである。ロンはモリス弁護人といい争い、ミラー判事といい争い、警備の郡警官たちともやりあった。ロンの妨害ぶりが目にあまり、審問会は延期された。

三日後に審問会がふたたびひらかれた。ミラー判事は看守と郡警官を通じて、言動に注意するようロンに警告していた。しかしロンは入廷時から、大声でわめいたり罵ったりした。判事は再三ロンに注意したが、そのたびにロンは判事をなじった。弁護人を代えろと要求したが、判事にたずねられても、理由をひとつも挙げられなかった。

目をそむけたくなる挙動だったが、騒ぎのさなかですら、ロンが助けを必要としていることは明白だった。周囲の状況を理解しているように見えることもあったが、つぎの瞬間、いきなり支離滅裂なことをわめきちらしたりした。ロンは怒りと憎悪をかかえ、世界を糾弾していた。

何回かの警告ののち、ミラー判事はロンを拘置所に連れ戻すよう命令をくだした。審問会はまたしても延期になった。翌日デイヴィッド・モリスは、ロンの精神的な責任能力を問う審問会の開催を求めた。また、公選弁護人からの解任を求める申立ても提出した。

ロンは、おのれの歪んだ世界のなかでは自分が完璧に正常だと思っていた。だから、弁護士から精神の安定性に疑問を呈された事実が侮辱としか思えず、モリスと話すのをやめた。モリスはうんざりしていた。

精神的責任能力を問う審問会については、中立てが認められた。公選弁護人解任の中立ては却下された。

二週間後に審問会がはじまったが、すぐ中止された。ロンが前にもまして正気をなくしていたからだ。ミラー判事はロンの精神鑑定を命じた。

一九八五年初頭には、ファニータ・ウィリアムスンが卵巣癌と診断された。癌の進行は速かった。この二年半ずっと、息子がデビー・カーターを殺したという噂をきかされどおしだったファニータは、死ぬ前にぜひこの問題を解決しておきたいと思った。

ファニータは書類の整理については、非常に几帳面だった。数十年にわたって、詳細な日記を欠かさずつけてもいた。仕事の記録も完璧だった。一分あれば本人の直近五回の来店の日付をすべて正確に告げることができた。どんなものでも捨てなかった──支払ずみの請求書、精算ずみの小切手、レシート、子どもたちの成績表、そのほかの記念の品の数々。

すでに日記は百回もチェックしていたので、一九八二年十二月七日の夜、ロンが自分といっしょに家にいたことはわかっていた。警察にも一度ならず、このことを伝えた。しかし警察では、ロンが家を抜けだして路地裏を駆けぬければ、犯罪を実行して家に戻ってくるのも簡単だったはずだ、という見方をとっていた。動機は無視しろ。あの晩〈コーチライト〉でロンがデビー・カーターにしつこくからんでいるのを見たという、グレン・ゴアの嘘の証言も無視しろ。みんな枝葉末節のこと――なんといっても警察は犯人を見つけたのだ。

一方で刑事たちは、ファニータ・ウィリアムスンが大変尊敬されていることも知っていた。敬虔《けいけん》なキリスト教徒で、どこのペンテコステ派の教会でもよく知られた存在。美容院の何百人もの顧客全員に、親友のように接していた。もしファニータが証人席について、殺人のあった晩ロンは家にいたと証言したら、陪審は信じるだろう。たしかに現在は種々の問題をかかえているが、ロンがまっとうな育て方をされたことは明らかだった。

さらにファニータは、あることを思い出した。一九八二年には、レンタルビデオの人気が高まりはじめていた。ファニータの家の近くでも、この商売をはじめた店があった。十二月七日、ファニータはビデオデッキとお気に入りの映画のビデオを五本借りてきて、ロンとふたりで翌日の早朝までビデオを見ていた。そう、あの晩、ロンは家にいた、居間のソファにすわって、母親とともに古い映画を楽しんでいたのだ。ファニータの手もとには、レンタル代金のレシートが残っていた。

デイヴィッド・モリスは昔から、こまごまとした法律問題の処理をファニータが必要としたときに、力を貸してきた。ファニータを大変尊敬していたので、ロンが若気のいたりで悪さをしたときなど、模範的な依頼人とはいえないロンの弁護人を好意で引き受けたこともあった。同時にモリスはファニータの話をきき、レシートを見て、この話は嘘ではないと確信をもった。同時にモリスはほっとしていた。街の多くの人々と同様、ロンがデビー・カーター殺害事件に関わっているという根強い噂をきかされていたからだ。

もっぱら刑事事件の弁護を担当していたため、モリスはエイダ警察に敬意を抱いていないも同然だったが、警察の手口には通じていた。モリスは、デニス・スミス刑事とファニータとの会見を設定した。ファニータを車で警察まで送り、デニス・スミスにファニータが説明するあいだも、そばに付き添っていた。スミス刑事は注意深く耳を傾け、レンタルの記録を調べてから、ビデオカメラの前で供述してくれるか、とファニータにたずねた。望むところだった。

デイヴィッド・モリスが窓ごしに見まもるなか、ファニータは椅子にすわらされ、カメラにむかってスミスの質問に答えた。家に帰る道すがら、ファニータは肩の荷をおろした気分で、この問題にはこれで片がついたと信じて疑わなかった。

ビデオカメラにはテープがはいっていたのかもしれないが、そののちこのビデオを見た者はひとりもいない。またスミス刑事はこの供述の報告書を作成したのかもしれないが、その後の裁判の過程で報告書が提出されることはなかった。

拘置所でじっとすわったまま、何日も何週間も過ごしながら、ロンは母親のことを心配していた。八月には母ファアニータが危篤状態に陥ったが、見舞いの許可は出なかった。

同月、ロンは裁判所命令でまたしても検診を受けた。チャールズ・エイモス医師が数種の検査をおこなう予定になっていた。だが最初の検査で、エイモス医師はロンがどの質問の回答欄でも「はい」にチェックを入れていることに気づいた。エイモスがたずねるとロンは、「こんなテストと母さんのどっちが大事だと思う?」と答えた。鑑定は中止されたが、エイモスはこう記録している。《本検査官とウィリアムスン氏との今回の面談で、前回の一九八二年の面談と比較して情緒機能が著しく低下していることが明瞭になったことは指摘しておく必要があるだろう》

ロンは、母親がまだ生きているうちに、ぜひとも会っておきたいと警察に訴えた。アネットも嘆願を寄せた。この数年間で、アネットは拘置所の職員たちと知りあいになっていた。ロンにクッキーやチョコレートケーキを差しいれにくるときは、他の収監者や看守たちの分まで持ってきた。拘置所の厨房で全員分の食事をつくったこともあった。

病院はすぐ近くだ――そうアネットは説いた。小さな街だから、ロンやうちの家族のことはだれもが知っているし、ロンがどこからか武器を手に入れて人を傷つけるようなことは考えられない。その甲斐あってようやく話がまとまり、ロンは真夜中過ぎに手錠と鎖をかけられた姿で拘置所から連れだされ、充分に武装した郡警官たちに包囲されて、車で病院にむかった。病院に到着すると、ロンは車椅子にすわらされ、廊下を押されて進んでいった。

ファニータは、手錠をかけられている息子は見たくないとはっきり明言していた。アネットが手錠をはずすよう頼み、警察もしぶしぶ同意していた。しかし、この話はどこかで忘れ去られていた。手錠も足枷もはずされなかった。ロンは警官たちに懇願した。母と会うのはこれがさいごだから、ほんの数分でいい、でも、せめて手錠だけははずしてくれ。それはできない。おとなしく車椅子にすわっていろ。

そこでロンは、手錠と足枷を隠すために毛布をくれと頼んだ。保安上の問題になるとでも思ったのか、警官たちはためらったが、さいごは軟化した。警官たちはロンの車椅子を押して、ファニータの病室にはいった。アネットとレニーは、病室の外に出るよう指示された。家族全員がともに過ごせるさいごの機会なので病室に残りたい——ふたりはそう頼んだ。危険すぎる——それが警官たちの返答だった。廊下に出て待っているように。

ロンは母親にどれほど愛しているかを伝え、自分で自分の人生を台なしにしてしまったことや、いろいろと母親を失望させたことを詫びた。声をあげて泣きながら、母親に許しを乞うた。もちろん、母親はロンを許した。ロンは聖書の言葉を引用した。しかし、親密な触れあいは望めなかった。警官たちが病室に残って、まわりをうろついていたからだ——まさか、ロンが窓から飛びだしたり、人を傷つけたりするとでも思っていたのだろうか。

別れはあっという間だった。数分後、警官たちが拘置所にもどる時間だといって、話をやめさせた。アネットとレニーには、車椅子で運ばれていく弟の泣き声がきこえた。

ファニータは、一九八五年八月三十一日に死去した。当初警察は、ロンを葬儀に出席させてほしいという家族からの要請を退けた。しかしアネットの夫が、ふたりの元郡警官と自分のいとこふたりを雇って、葬儀のあいだロンを見張る手伝いをさせようと申しでて、ようやく警察も折れた。

劇的効果を狙ったのか、警察は葬儀へのロンの出席を、保安警備上の重要事案のように大げさに扱った。ロンが式場にはいる前に、全員がすでに着席していることを主張したのだ。さらに警察は、足枷をはずすことを拒んだ。

三百ドルの小切手の署名を偽造するような凶悪犯には、こうした警戒措置が必須とされていたらしい。

教会には人がぎっしり詰めかけていた。祭壇前に置かれた棺のふたがあけられており、ファニータのやつれた横顔が全員から見えていた。やがて背後の扉がひらいて、故人の息子が監視役に付き添われて通路を歩いてきた。といっても、両手首と同じく両足首も鎖でつながれ、さらに手足それぞれの鎖は腰に巻かれた鎖につながっていた。ロンがすり足で小股に歩くと、鎖の金属音が鳴りわたって、それでなくても乱されていた参列者の神経をさらにかき乱した。棺に横たわる母親の姿を目にすると、ロンは、「ごめんね、母さん。ごめんね」といいながら泣きはじめた。棺に近づくにつれ、すすり泣きは号泣に変わった。

ロンは座席にすわらされて、左右から監視人にはさまれた。身動きのたびに、鎖が金属音をたてた。ロンは緊張と不安に浮き足だち、しかも躁状態で、じっとすわっていることができなかった。

すわっているのはファースト・ペンテコステ・ホーリネス教会。子どものころ礼拝をしていた教会だ。アネットはいまでも毎週日曜はここでオルガンを弾き、母親はほとんど休まず教会での会合に出席していた。痩せこけた母の顔を見つめながら、ロンは涙を流した。

葬儀がおわると、教会付属の信徒会館で昼食が供された。監視役にへばりつくように付き添われて、ロンもすり足で会場にむかった。一年近くも拘置所の食事で生きのびてきたロンには、目の前にならぶ持ち寄り料理さえも大変なご馳走だった。アネットは責任者の警官に、ロンが食事できるよう手錠をはずしてくれと頼んだ。しかし、その要望は却下された。アネットは静かに食いさがった。断わる——それが返事だった。

姉のアネットとレニーが代わる代わる食べ物をロンの口に入れてやるのを、親戚や友人たちが同情の目で見ていた。

墓地で聖書の朗読と祈禱がおわると、会葬者たちは一列になって、アネット、レニー、ロンの前を通り、お悔やみと慰めの言葉をかけた。つつましやかな抱擁があり、温かな抱擁もあったが、ロンにはそれもかなわなかった。腕をあげられないため、女性には頰にぎこちなくキスをするだけ、相手が男性なら、鎖を鳴らしながらの不格好な握手をかわすのが精いっぱいだった。残暑きびしい九月だった。汗がロンのひたいを伝え落ち、頰を流れ落ちていった。ロンにはその汗も拭けなかったので、アネットとレニーがぬぐってやった。

チャールズ・エイモス医師は裁判所に報告書を提出、そのなかで、ロン・ウィリアムスンは、オクラホマ州法が規定するところの精神障害者であり、自分の告発内容を理解できず、自分の弁護士に協力する能力もないため、治療が完了しないかぎり責任能力はもちえないと述べた。さらに、治療をせずに釈放することは、本人と周囲の人間双方にとって危険である、とも述べた。

ミラー判事はエイモス医師の所見を採用し、ロンを精神的無能力者だとする裁定をくだした。ロンはさらなる鑑定と治療のため、ヴィニータにある州立東部病院に移送された。ここでロンはR・D・ガルシア医師の診察を受け、不眠症にダルメインとレストリルを、幻覚と妄想にメラリルを、統合失調症と多動、攻撃性、躁鬱病の躁病相症状にソラジンを処方された。数日後には薬が効き目を発揮して、ロンの症状は落ち着き、改善にむかいはじめた。

二週間後、ガルシア医師はこう結論づけた。《患者は非社会性人格障害者で、アルコール中毒の病歴がある。今後も、百ミリグラムのソラジンを一日四回服用しつづける必要がある。逃走のおそれはない》

ある意味でこれは皮肉な結論だった。執行猶予の取消が求められた理由は、ほかならぬ逃走だったからだ。

裁判所からの文書による質問に、ガルシア医師はこう返答している。《（一）告発の内容を理解する能力はあり、（二）弁護士に助言を求め、公判準備に充分協力することができ、（三）もはや精神障害は見られず、（四）治療やセラピー、訓練を受けずに社会に出ても、非社会性人格障害が深刻化した場合や、とりわけ大量の飲酒時など潜在的な危険と考えられる場合を除外すれば、本人や周囲の生命、もしくは安全に格別重大な脅威となることはないだろう》

ロンはエイダに戻された。執行猶予取消を求める申立てについての手続が再開される予定だった。しかしミラー判事は、鑑定結果をもとに責任能力を問う審問会をひらかず、ガルシア医師の所見をそのまま受けいれた。ひとたび裁判所の裁定で精神的無能力とされたのち、ロンが、裁判所から責任能力ありという裁定を受けたことはない。

ガルシア医師の診断結果に基づいて執行猶予が取り消され、ロンは二年の刑期の残り期間をつとめるために拘置所に戻された。州立東部病院を退院するとき、ロンは二週間分のソラジンを与えられた。

九月、トミー・ウォードとカール・フォンテノットの公判がエイダではじまった。両名の弁護人は、ふたりの裁判を個別におこなうことはもちろん、ポントトック郡以外での公判開催をひときわ強く主張してきた。デニース・ハラウェイの行方はいまだ不明のまま、人々の話題になっており、何百人もの地元の人々が捜索に協力した。義理の父は大いに尊敬されている地元の歯科医だった。トミーとカールは、すでに拘置所に十一カ月のあいだ収監されていた。十月に初めて新聞で報じられて以来、ふたりの自供はコーヒーショップや美容院での関心の高い最新の話題でありつづけている。

そんな状態で、どうすれば偏見のない陪審を選出できるというのか？　悪名を馳《は》せている公判が、毎日のようにほかの裁判地に移されているではないか。

裁判地変更の申立ては却下された。

もうひとつの公判前手続の攻防は、自供に関するものだった。トミーとカールの弁護人は供述に、なかんずくスミスとロジャーズの両刑事が供述を引きだした手法に食らいついた。ふたりの若者が話した内容は明らかに真実ではない。ふたりの供述のどこをとっても、それを裏づける物的証拠は一片もない。

ピータースンは激烈に反撃した。自白ビデオがなくなれば、手もちの材料はゼロになってしまうからだ。熱戦が長々と繰りひろげられた末、判事はビデオを陪審に見せてもいいという裁定をくだした。

検察側は、五十一人の証人を召喚したが、内容のある証言をした者はほとんどいなかった。多くは、デニース・ハラウェイがまちがいなく行方不明であり、死亡していると推定されることを証明する援軍として証人席に呼ばれただけだった。公判での驚きの要素はひとつだけ――テリ・ホランドという常習的犯罪者が証人として呼ばれたことである。この女性は、郡拘置所にいた十月にカール・フォンテノットがやってきた、と述べた。ふたりはときどき話をし、そのときカールが、自分とトミー・ウォードとオデル・ティッツワースの三人で被害者を拉致したのち、レイプして殺害したことを認めていた、という。

カールは、テリ・ホランドには会ったこともないといった。

拘置所内でのことを暴露したのは、テリ・ホランドだけではなかった。レナード・マーティンという微罪で収監されている男がいた。検察側はこの男を拘置所から呼びだした。法廷でレナードは、カールが自分の監房で、「おれたちは捕まっちまうと思ってた。捕まっちまうと思ってたよ」とひとりごとをいっていた、と陪審に話した。

検察側の証拠はその程度のレベルだった——合理的な疑いの余地なく有罪だと陪審を説得するための証拠が。

物的証拠がまったくない以上、自白ビデオは重要不可欠だったが、二本のビデオは食いちがいや明らかな嘘だらけだった。検察は、トミーとカールが嘘をついていると認めながらも、ビデオの内容を信じてくれと陪審に頼みこむという苦しい立場に追いこまれた。

ティッツワースがらみの話はすべて無視してください。ティッツワースは、この事件には無関係です。

死体を隠して家を焼いたという瑣末事《さまつじ》は無視してください。自白に出てくる家は、事件の十カ月前に焼き払われていたのです。

テレビモニターが何台も運びこまれて、照明が落とされた。ビデオが再生された。事件の生々しい細部が浮かびあがり、トミー・ウォードとカール・フォンテノットは死刑囚舎房にむけて追いたてられた。

地区検事補クリス・ロスにとっては、初めて担当する殺人事件だった。最終弁論でロスは、劇的効果を狙った。ビデオで語られていた凄惨な細部を、目に見えるような生々しい語り口で再現したのである――刺し傷、血や内臓、美しく若い女を残忍にレイプしたうえ、ナイフで刺し殺し、遺体を燃やすという鬼畜の所業。

陪審員たちは充分に憤慨していた。短時間の評議ののち、陪審はふたりに有罪と死刑の評決をいいわたした。

しかし真実は、でっちあげの自供でトミー・ウォードとカール・フォンテノットが供述した内容とも、ビル・ピータースンとクリス・ロスが陪審に語りかけた内容とも、まったく異なるものだった。遺体に刺し傷はなかったし、燃やされてもいなかったのである。

デニース・ハラウェイは、頭部に一発の弾丸を撃ちこまれて殺害されていた。翌一九八六年一月に、ヒューーズ郡内のガーティという集落近くの森の奥で、ひとりのハンターが遺体を発見したのだ。エイダからの距離は四十五キロ、捜索がおこなわれた場所すべてから遠く離れた場所だった。

真の死因が明らかになった以上、ウォードとフォンテノットが馬鹿げた作り話をでっちあげ、さらにそれを自白するよう強要されたことを関係者全員が納得するはずだった。しかし、そうはならなかった。

真の死因が明らかになったからには、当局はみずからの誤りを認め、真犯人捜しにとりかかるべきだった。しかし、そうはならなかった。

公判がおわって遺体が発見される前、トミー・ウォードは、エイダの東九十キロほどにあるマカレスター刑務所の死刑囚舎房に移されるのを待っていた。あれよあれよと致死薬注射による死刑が迫る立場に追いこまれてしまったことに、いまなおショックをぬぐえないまま、怯え、混乱し、鬱状態に陥っていた。つい一年前までは、いい仕事と楽しいパーティーと愛らしいガールフレンドを探し求める、エイダのごくふつうの二十代の若者だったのに……。

真犯人たちは自由の身だ……おれたちを笑っている……警察のことも笑っている……とトミーはずっとそう考えていた。殺人犯は鉄面皮にもおれたちの公判を傍聴していたのか。いたにちがいない。枕を高くして寝られる身分なんだから。

そんなある日、トミーのもとに面会者があった。ふたりのエイダの警官だった。いまのわれわれはきみの味方で友人だ、マカレスターに行ったあとのきみのことがとても心配だ、というのだ。ふたりは親切で物静か、慎重な言葉づかいで話した。脅したり、怒鳴ったり、罵ったりすることもなく、致死薬注射で死刑になるぞと断言することもなかった。われわれはデニース・ハラウェイの遺体の発見を心から望んでいる――そういって、警官たちは取引を持ちかけた。デニースが埋められた場所を教えてくれれば、ピータースンに強くかけあって、死刑を終身刑にしてやろうというのだ。ふたりは、自分たちにはそれだけの権限があるといったが、じっさいにはなかった。もはや事件は、警官に左右できるレベルから遠く離れていた。

トミーは遺体の所在など知らなかった。一年近くいいつづけてきたことを、トミーはここでもくりかえした——自分はこの事件となんの関わりもない、と。死刑を目前にしてなお、トミー・ウォードには警察の望むものを提供できなかった。

トミー・ウォードとカール・フォンテノットが逮捕されてまもなく、ニューヨークで高い評価を受けているジャーナリストがこの事件に注意を引かれた。当時、アメリカ南西部に住んでいたロバート・メイヤーである。メイヤーは交際相手の女性から事件の話をきいた——女性の弟が、トミー・ウォードの姉妹のひとりと結婚していたのだ。

メイヤーは、夢の自白とそれが引き起こした一連の騒動に興味をそそられた。恐ろしい犯罪をおこなったと自白しながら、当人が自白をわざわざ嘘まみれにするというのか。疑問を抱いたメイヤーはエイダにおもむき、事件のことを取材しはじめた。長期にわたった公判前手続から公判のあいだも、メイヤーはエイダの街とその住人、犯罪そのもの、警察や検察について精力的に取材を進めた。とりわけ、トミー・ウォードとカール・フォンテノットについては綿密に調査した。

エイダの人々はメイヤーに注目していた。本物の物書きが自分たちの街にやってきて――いったいなにを書くかはいざ知らず――調査や取材をすることなどめったにないからだ。メイヤーはやがて、大半の関係者から信頼を得た。ビル・ピータースンには長時間のインタビューをおこなった。弁護士たちともなんども会って話をした。警察関係者とも、何時間もいっしょに過ごした。あるときデニス・スミス刑事が、こんな小さな街で未解決の殺人事件を二件も抱えていることのプレッシャーを語った。スミスはデビー・カーターの写真を取りだし、メイヤーに見せながらこういったという。「ロン・ウィリアムスンが殺したことはわかってるんだ。まだ立証できないだけでね」

企画に取りかかった段階では、まだメイヤーはふたりの若者が有罪である可能性も、わずかながらあると考えていた。しかしすぐ、スミス刑事やロジャーズ捜査官がとった行動や、トミーとカールに不利にしか働かなかった司法の実態を知って愕然とした。証拠といえば自白だけ。なるほど、自白の内容は衝撃的ではあるが、矛盾点が多すぎて、とても信じられる代物ではなかった。

それでも、メイヤーは、事件と裁判を公平な視点から描くべく力をつくした。街で刊行が心待ちにされるなか、メイヤーの『エイダの夢』は一九八七年四月にヴァイキング社から刊行された。

反応はすみやかだったが、予想どおりでもあった。著者がウォード家と親しかったことから、内容を割り引く声があった。ふたりの若者は自白したのだから有罪だと固く信じている人々は、なにがあっても意見を変えなかった。

その一方、警察と検察の不手際で、犯人ではない人間が刑務所に送られ、真犯人は野放しのままだ、と信じる人々もたくさんいた。


批判の矢面《やおもて》に立たされたビル・ピータースンは――小さな街の検察官にとって、担当事件が一冊の本になることはもちろん、それが歯に衣着《きぬ》せぬ内容になることは稀だ――デビー・カーター殺害事件に猛烈にとりくみはじめた。とにかく、汚名をきっぱり返上せずにはいられなかった。

捜査は停滞していた――気の毒なデビーが殺されてから、すでに四年以上たっていた。しかし、そろそろだれかを逮捕しなければならない。

この四年間、ピータースンと警察は、ロン・ウィリアムスンこそ殺人犯だとずっと信じていた。デニス・フリッツは関係があるともないとも知れないが、ロン・ウィリアムスンがあの晩デビー・カーターのアパートにいたことはわかっている。証拠はない。直感がそう告げているだけだ。

ロンは出所してエイダに戻っていた。一九八五年八月に母親が亡くなったときには、ロンは拘置所で二年の刑の執行猶予取消をにらみながら、責任能力を問う審問会を控えていた。アネットとレニーは、自分たちが育った小さな家をやむなく手ばなした。そんな事情で一九八六年十月に仮釈放されたとき住む場所がなかったロンは、アネットが夫と息子とともに住む家に身を寄せて、数日間はこの家になじもうと努力した。しかし、かつての悪い癖が頭をもたげてきた。深夜に大きな音をたてて食事をつくる、フルボリュームでひと晩じゅうテレビをつけっぱなしにする。タバコと酒。昼間はずっとソファでうつらうつらする生活。一カ月ほどすると、家族全員がすっかり神経をすり減らして限界に達してしまい、アネットは弟に家を出てくれと頼まざるをえなくなった。

拘置所で暮らした二年間でも、ロンの心の健康はまったく改善していなかった。その二年間、ロンはあちこちの州立病院に出入りをくりかえし、そのたびにちがう医師が異なる組み合わせで薬を処方した。投薬治療をまったく受けていない時期も多かった。しばらくは普通の牢屋でほかの囚人とともに暮らしていても、そのうちだれかがロンの突飛な行動に気づいて、また精神病棟に舞いもどる日々だった。

矯正局はロンの釈放にあたって、エイダにある精神衛生局のソーシャルワーカーとの面談を設定した。十月十五日、ロンはノーマ・ウォーカーと会った。ウォーカーはそのときのロンが、リチウムとナヴェイン、アルテインを服用していることを記録している。ウォーカーには、ロンが快活で、自分を抑えているように見えたが、《一分ほど黙ったままじっとなにかを凝視していること》があるなど、いささか妙な点もあった。ロンは、聖書の大学に通って牧師になろうと思っている、と語った。あるいは建設会社を興してもいい。立派な将来設計だが、いささか大言壮語ではないか、とウォーカーは思った。

二週間後、まだ薬を服用していたロンは、面談に約束どおりやってきた。調子はよさそうだった。しかし、つづく二回の面談を、ロンはすっぽかした。十二月九日に姿を見せたロンは、マリー・スノウ医師に会わせろと要求した。薬を飲むのはやめてしまっていた――当時つきあいはじめた女が、薬をまるっきり信じていなかったからだ。スノウ医師が薬を服用するように説いてきかせても、ロンは、神が酒と薬をいっさい断てといった、の一点ばりだった。

十二月十八日と、八七年一月十四日の面談もロンは欠席した。そして二月十六日、姉アネットから、ノーマ・ウォーカーに電話があった。ロンが手のつけられないふるまいだという。アネットは弟を〝いかれ男〟と表現し、拳銃で自殺するといっている、と伝えた。翌日、ロンはやってきた。かなり緊張してはいたが、そこそこまともな状態のようだった。ロンは薬の処方の変更を求めた。その三日後、ウォーカーのもとにマッコール教会から電話があった。ロンが騒ぎを起こしている――大声でわめき、仕事をよこせと怒鳴っているというのだ。ウォーカーは教会の人たちに、ロンを慎重に扱い、必要なら警察を呼ぶよう助言した。その日の午後、アネットとその夫がロンを連れてウォーカーに会いにきた。夫妻は途方に暮れ、必死の思いで助けを求めに来たのだ。

ウォーカーが観察したところ、ロンは薬を飲んでおらず、見当識障害と妄想性障害を起こして現実との接点をうしない、自分の衣食住を管理する能力を完全にうしなっていた。たとえ薬を正しく服用したとしても、ひとりで暮らしていけるかどうかは疑問だった。唯一の解決策は、《思考力減退および行動抑制不能による長期的入院》だった。

三人は、今後の見通しも薬もないまま帰った。ロンはエイダの街をあてどもなくさまよったあげく、姿を消した。そしてある晩、レニーの夫のゲイリー・シモンズがチカシェイの自宅でふたりの友人と談笑のさなか、ドアベルが鳴った。出てみると、義理の弟のロンが走りこんできて、居間の床に崩れるように倒れこんだ。

「助けが必要なんだよ」ロンはくりかえした。「頭がおかしくて……。助けてくれ」

ひげは伸び放題、服も体も汚れ放題、伸びた髪が乱れてもつれていた。見当識をなくしているのか、自分の居場所さえわかっていなかった。

「これ以上は耐えられないよ」ロンはいった。

ゲイリーの友人たちはロンのことを知らなかったので、その姿や必死の形相にショックを受けた。ひとりは帰ったが、もうひとりの友人は残った。ロンは静かになり、やがて無気力状態に陥った。ゲイリーは助けが得られるように力を貸すとロンに約束し、友人とふたりでロンを車に乗せた。最初にむかった近所の病院で、地区の精神衛生局を紹介してもらった。衛生局では、ノーマンの州立中部病院に行くようにいわれた。車に乗っているうちに、ロンは緊張病のように硬直してしまったが、腹が減って死にそうだという言葉をかろうじて口にした。ゲイリーは量の多いことで有名なスペアリブの店を知っていたので、そこにむかった。しかし、いざ駐車場に車をとめると、ロンがたずねた。「ここはどこだ？」

「なにか食べるものを買ってこよう」ゲイリーの言葉に、ロンは、腹は空いていないときっぱり断言した。そこで三人は、ふたたびノーマンにむかって車を走らせた。

「さっきはなぜ、あんなところで車を止めたんだ？」ロンがたずねた。

「おまえが腹が空いたといったからだよ」

「そんなことはいってないね」ロンはゲイリーの態度への苛立ちを隠さなかった。

そこからさらにノーマンに数キロ近づくと、ロンがふたたび激しい空腹を訴えた。ゲイリーは〈マクドナルド〉を見つけて車をとめた。

「こんなところでなにをするんだ？」ロンがたずねた。

「食べ物を買ってこようと思ってね」ゲイリーは答えた。

「どうして？」

「おまえが腹が空いてるといったからだよ」

「おれは腹なんか空いてない。頼む、早く病院に連れていってくれ」

三人は〈マクドナルド〉もあとにして、ようやくノーマンに到着した。そのときまたもや、ロンが空腹だといいだした。ゲイリーが辛抱強くまた〈マクドナルド〉を探しだすと、はたして予想どおり、ロンはなぜこんなところに寄るのかとたずねた。病院に行く前にさいごに寄ったのは、大通り沿いの〈ヴィッカーズ〉のガソリンスタンドだった。ゲイリーは、大きなチョコレートバーを二本もって車に戻った。ロンはひったくるように奪いとると、あっというまに二本とも平らげた。ゲイリーと友人は、ロンの食べるスピードに目をみはった。

州立中部病院で、ロンの意識は混濁状態とそれ以外の状態を行ったり来たりしていた。最初に診察した医師は、ロンの非協力的な態度に閉口していた。医師が出ていくなり、ゲイリーは義理の弟のロンを叱った。

義兄から叱責されると、ロンは立ちあがってなにもない壁のほうをむき、腕を折り曲げて、間の抜けたボディービルダーのポーズをとり、そのまま身動きせずに固まってしまった。ゲイリーが話しかけても、まったくの無反応だった。十分過ぎても、まだ身じろぎもしない。声ひとつ出さず、筋肉ひとつ動かさず、じっと天井を見あげたままだった。二十分たつと、ゲイリーは義弟を残して帰ろうか、という気になった。三十分後、ロンはようやくその姿勢をやめたが、相変わらずゲイリーに話しかけようとはしなかった。

幸い、ほどなく病院のスタッフがやってきて、ロンを診察室に連れていった。

「ここに来たかったのは、この時間に行く場所が必要だったからにすぎないんだ」ロンはそう医師にいった。鬱病のためにリチウムが、統合失調症の治療に向精神薬ナヴェインが処方された。症状が安定すると、ロンは医師たちの忠告に反して勝手に退院し、数日後にはエイダにもどっていた。

つぎにゲイリーが義弟ロンと遠出したのは、テキサス州のダラスだった。キリスト教会による前科者や薬物依存症者のための救援集会に参加したのだ。ゲイリーの通う教会の牧師がロンと顔をあわせて、助けを申しでた。

「ロンは、いわば明かりがついているが、だれもいない家のようなものだね」牧師はそうゲイリーに耳打ちした。

ロンとゲイリーはダラスの施設を訪れた。ロンの施設への入所が決まると、ゲイリーはひとりで帰ることにした。別れぎわにゲイリーは、ロンに五十ドルの現金をこっそりと渡した。これは規則違反だったが、ふたりとも知らなかった。ゲイリーはオクラホマに帰ったが、ロンもまた帰ってきていた。義兄が立ち去って数時間もしないうちに、もらった金でエイダまでのバスの切符を買い、ゲイリーとそれほど変わらない時間に帰りついていたのだ。

そののちロンはまた州立中部病院に入院した。今回は強制入院だった。退院後九日めの三月二十一日、ロンはナヴェインを二十錠飲んで自殺を試みた。ロンが看護師に話したところでは、仕事が見つからずに気分が落ち込んだことが動機だった。やがて症状も落ち着き、適切に薬を投与されもしたが、三日めにはロンは薬をやめた。医師たちは、ロンが自分自身にとっても周囲の人間にとっても危険だと判断、治療のため州立中部病院への二十八日間の入院を勧めた。しかし三月二十四日、ロンは退院させられた。

エイダに帰ったロンは、街の西側の十二番ストリートにある小さな家の奥の部屋に住むことになった。キッチンも水道もない部屋だった。シャワーをつかって体を洗いたいときは、家の裏手のホースを利用した。アネットが食べ物を運んで面倒を見た。そんなあるとき、アネットが行くと、ロンが両手首から血を流していた。きけば、自分で剃刀で切ったという。自分のせいで苦しんできた人たちとおなじ苦しみが味わえると思った……いっそ死んで、さんざん苦労をかけた父さんや母さんのところに行きたい――ロンはそう語った。アネットは、医者にかかってくれと懇願したが、ロンは拒んだ。これまでいくたびとなく足を運んだ精神衛生局に助けてもらうことも拒否した。

ロンは薬をまったく服用しなくなった。

家の所有者の老人は、ロンに親切にしてくれた。家賃はほんのわずかで、払わないこともよくあった。ガレージに、車輪がひとつ欠けた年代物の芝刈り機があった。ロンはそれを押してエイダの街を歩きまわっては、五ドルで芝刈りを引きうけ、その金を大家に支払った。

四月四日、エイダ警察は十番ストリートの西ブロックの住人から通報を受けた。駆けつけたパトロール巡査に家の持ち主は、ロン・ウィリアムスンが夜のあいだ家の付近を徘徊しており、家族の安全が心配なので、このままでは引っ越すしかない、と訴えた。この住人がロンを知っており、その動向に目を光らせていたのはまちがいない。というのもこの住人はさらに、ロンがひと晩のうちにコンビニエンスストアの〈サークルK〉に四回、やはりコンビニの〈ラブズ〉に三回いったことがある、と警官に話したのだ。

警官は住人に同情的だった――ロンの奇行は有名だったからだ。しかし、深夜に街を歩きまわることを禁じる法律はない。警官は、近隣のパトロールを約束した。

四月十日の午前三時、〈サークルK〉の店員から警察に電話があった。ロン・ウィリアムスンがなんどもやってくるが、明らかにようすがおかしい、というのだ。ジェフ・スミス巡査がこの通報の報告書をまだ書きあげないうちに、この不審者がまた店にあらわれた。スミスが、〝ロニー〟と愛称で呼びかけて帰ることをうながすと、ロンは素直にしたがった。

一時間後、ロンは拘置所に歩いてきてドアのブザーを鳴らし、これまでに犯してきた罪を自白したいと宣言した。ロンは任意供述調書の用紙を渡されて、書きはじめた。四年前に〈コーチライト〉で財布を盗んだこと、ある民家から銃を盗んだこと、ふたりの女性に痴漢行為を働いたこと、アッシャーで女性を殴って、レイプしかけたことを認めた。しかし、途中で調書を放りだし、拘置所から出ていってしまった。リック・カースン巡査が追いかけ、数ブロック先でロンに追いついた。ロンは、こんな時間になにをしているのかと釈明しようとしていたが、話は支離滅裂だった。そしてさいごに、芝刈りの仕事を探してまわっていた、と口にした。カースンは、もう家に帰れ、芝刈りの仕事は昼間のほうが見つかりやすいだろう、と諭《さと》した。

四月十三日、ロンは心療内科のクリニックを訪れて、スタッフを震えあがらせた。そのひとりは、ロンが〝涎《よだれ》をたらして〟いたと報告している。ロンはスノウ医師に会わせろと要求し、勝手に診察室にむかいはじめた。しかしスノウ医師が不在だときかされると、おとなしく引きあげた。

『エイダの夢』が店頭にならんだのは、その三日後だった。

警察がいくらロン・ウィリアムスンをデビー・カーター殺人事件の犯人として仕留めたがっていようと、証拠不足はいかんともしがたかった。一九八三年の夏から一九八七年の晩春まで、新たに得られた証拠はほとんどなかった。オクラホマ州捜査局による毛髪の分析は、事件の二年後にようやくおわった。ロンとデニス・フリッツから採取したサンプルの一部が、殺人現場で発見された毛髪の一部と〝顕微鏡的に一致している〟という結果だったが、毛髪の比較分析は信頼度のかなり劣るものだった。

検察には重大なひとつの障害があった。デビー・カーターの寝室の壁の石膏ボードに残された血の手形である。一九八三年の初め、オクラホマ州捜査局のジェリー・ピーターズはこの掌紋を詳細に調べ、デニス・フリッツとロン・ウィリアムスンのどちらの掌紋でもないという結論を出していた。デビー・カーターのものでもなかった。殺人犯が残した掌紋だ。

しかし、もしジェリー・ピーターズがまちがっていたら？　あるいは慌てていたとか、なにか見過ごすとかしていたら？　掌紋がデビー・カーターのものであれば、デニス・フリッツとロン・ウィリアムスンを容疑者から除外しなくてもよくなる。

地区首席検事のピーターースンは、デビーの遺体を発掘してもう一度掌紋を調べるという案に飛びついた。運がよければ、遺体の手はあまり腐敗が進んでいないかもしれない。新たに掌紋を採取して、あらためてべつの角度から調べれば、検察側には大いに追い風となる情報が得られるかもしれず、それによって殺人犯を裁判にかけられるかもしれないではないか。

かくしてデビーの母親のペギー・スティルウェルのもとに、デニス・スミス刑事から電話があった。刑事はペギーに警察署に来てほしいといったが、理由は明かそうとしなかった。ペギーはいつものように、捜査になにか進展があったのかもしれない、と思った。警察署に行くと、ビル・ピータースン検事が一枚の書類を用意して、机にすわって待っていた。ピータースンは、デビーの遺体を掘りかえしたいので同意書にサインがほしい、と説明した。ペギーの前夫のチャーリー・カーターは、すでに警察に来てサインをすませていた。

ペギーは身も凍る思いだった。娘の安らかな眠りをかき乱すことを思っただけで、震えがとまらなかった。ペギーの返事はノーだったが、ピータースンは拒否の返事への対応も用意していた。殺人事件を解決したくないのですか――ピータースンは、そんな言葉でペギーに迫った。解決を望むのは当然だが、ほかに方法はないのか？　ない。デビーを殺した犯人を見つけて裁きを受けさせたいのなら、遺体の発掘に同意していただかなければ。数分後、ペギーは書類にサインをすると、急いで警察をあとにして、車で姉のグレンナ・ルーカスの家にむかった。

ビル・ピータースン地区首席検事。

ペギーはグレンナに、ビル・ピータースンと会ったことや遺体を掘りかえす計画があることを話した。このころにはペギーは興奮し、娘と再会したくてたまらなくなっていた。

「もう一度あの子に触れて抱きしめてやれるのよ」ペギーはずっとくりかえしていた。

グレンナは姉のように有頂天にはなれなかったし、親子のそのような再会が健全なものだと思えなかった。捜査陣への不信の念を抱いてもいた。事件発生から四年半のあいだ、事件のことでビル・ピータースンと会話を交わさざるをえなかったことが数回あったからだ。

ペギーは精神が不安定だった。デビーが死んだという事実を、いまだに受けいれられずにいた。グレンナはピータースンと警察に、捜査で新事実が浮かんできたら、必ず自分なり家族のだれかなりに伝えてくれ、と再三頼んでいた。ペギーにはこの突然の展開に対処する能力がないため、家族が守ってやる必要があった。

グレンナはすぐビル・ピータースンに電話をかけ、いったいなにを考えているのかと問いただした。ピータースンは、家族がロン・ウィリアムスンとデニス・フリッツを殺人罪で起訴してほしいと望むなら遺体の発掘が必要だ、と説明した。血の掌紋が障害になっている。それがじっさいにはデビーの掌紋だとなれば、自分と警察は即座にフリッツとウィリアムスンの逮捕にむかって動ける。

グレンナは首をかしげた。遺体を掘りかえしてもいないのに、どうしてピータースンにはとりなおした掌紋の分析結果がわかっているのか？　遺体を発掘すれば、フリッツとウィリアムスンを有罪にできるなどと、どうしてこんなに自信たっぷりに断言できるのか？

ペギーは、娘と再会できるという思いにとり憑《つ》かれていた。グレンナにむかって、「デビーがどんな声をしていたかを忘れてしまったわ」とも語った。グレンナはピータースンから、遺体の発掘は余人に知られないうちに、迅速にすませるという確約を取りつけた。

ペギーがブロックウェイ・ガラス社の自分の持ち場についていたとき、同僚のひとりがそばを通りかかって声をかけた——ローズデイル墓地のデビーのお墓のあたりで、なにをやっているのだろうか。ペギーは会社を飛びだし、大急ぎで街を横切って墓地にむかったが、墓はすでに空《から》になっていた。娘の遺体は運びだされたあとだった。

最初の掌紋は、一九八二年十二月九日の検死解剖のさい、オクラホマ州捜査局のジェリー・ピーターズによって採取された。当時、手の状態は完璧だったので、指紋も掌紋も鮮明かつ完全に採取できたことに疑問はなかった。ピーターズは三カ月後に提出した報告書で、石膏ボードに残されていた血の掌紋がフリッツやウィリアムスンのものではなく、被害者のものでもないと断言した。

ところが、四年半が過ぎても事件が未解決で、警察がいまなお突破口を探していることもあり、自分の仕事への自信が揺らいできた。遺体を掘りおこしてから三日後に提出した改訂版報告書のなかで、ピーターズは血の掌紋がデビー・カーターの掌紋と一致したという結論を出した。二十四年のキャリアでジェリー・ピーターズが意見を変えたのは、あとにも先にもこのときだけだ。

これぞまさしく、ビル・ピータースンが必要としていた報告書だった。血の掌紋が未知の殺人犯のものではなく、犯人と争ったさいにデビーがつけたものであることを示す証拠という武器が得られたいま、いよいよ有力な容疑者を追いつめることが可能になった。また、人々の注意を喚起しておくことも重要だった――彼らは未来の陪審員だからだ。

当局は遺体の発掘とその詳細を極秘扱いにしていたが、ピータースンはかまわずにエイダ・イブニング・ニュース紙のインタビューを受けた。記事には、「今回わかったことで、われわれの疑いが裏づけられました。われわれは証拠の再確認をしていたのです」という発言が引用された。

いったい、なにがわかったのか？　ピータースン自身は詳細を正式に認めなかったが、〝さる情報筋〟が進んですべてを話していた。情報筋は、「遺体を掘りかえして、掌紋を採取しなおし、アパートの壁に残っていた血の掌紋と比較した」と発言していた。

さらにこの情報筋は、「血の掌紋が被害者以外の人物のものだという可能性を排除することが、捜査上非常に重要だった」と語っていた。

「この事件については、ずいぶん気分が軽くなりました」ピータースンはいった。

そしてピータースンは、ロン・ウィリアムスンとデニス・フリッツの逮捕状を取った。

五月八日の金曜日の朝、エイダ警察の警官であるリック・カースンは、車輪が三つしかない芝刈り機を押しながら街の西側の通りを歩いているロンを見かけた。幼馴染のふたりは立ち話をした。長く伸びた髪、上半身は裸でぼろぼろのジーンズにスニーカーというロンは、あいかわらずひどいありさまだった。ロンがなにか市の仕事をしたいというので、リックは申込書をもらってきてやると約束した。ロンは、それなら今夜は家で待っている、と答えた。

そののちリック・カースンは上司の警部補に、容疑者が今夜は西十二番ストリートの自宅アパートにいる見込みだと報告した。逮捕計画の立案時には、リックは自分も逮捕に加わりたいと希望した。ロンが暴れた場合、だれも怪我をしないよう確実を期したかったからだ。だが派遣されたのは、リック以外の四人の警官だった――マイク・バスキン刑事もそのひとりだった。

ロンは暴れることもなく、おとなしく拘束された。朝とおなじジーンズとスニーカーで、あいかわらず上半身は裸だった。留置場でマイク・バスキンがミランダ準則を読みあげて被疑者の権利を告知し、なにかいいたいことはあるか、とたずねた。もちろん。そこで、ジェイムズ・フォックス捜査官が尋問に加わった。

ロンは、デビー・カーターには会ったことがない、アパートに行ったこともない、自分が知っているかぎり見かけたこともない、とくりかえした。警官たちが怒声をあげ、脅しつけ、おまえが有罪だということはわかっているとくりかえしいっても、ロンの態度は揺らがなかった。

ロンは郡拘置所に収監された。薬の服用をやめてから、すくなくとも一カ月がたっていた。

デニス・フリッツは、カンザスシティで母と叔母とともに三人暮らしをしつつ、ペンキ職人として忙しく働いていた。エイダから引っ越してきたのは二、三カ月前のことだった。ロン・ウィリアムスンとの交遊は、すでに遠い記憶になっていた。刑事とももう四年以上話をしておらず、デビー・カーター殺害事件のことは忘れかけていた。

五月八日の夜遅く、フリッツはひとりでテレビを見ていた。一日じゅう働いたあとで、ペンキで汚れた白い作業服姿のままだった。暖かい夜だったので、窓はあけはなしてあった。電話が鳴って、きき覚えのない女の声が、「デニス・フリッツさんはご在宅ですか?」とたずねた。

「おれがデニス・フリッツだが」そう答えると、電話は切れてしまった。まちがい電話だろう。そうでなければ、離婚した妻がなにか企んでいるのかもしれない。フリッツは、ふたたびテレビの前に腰を落ち着けた。母親と叔母は、すでに奥の部屋で眠っていた。まもなく十一時三十分になるところだった。

十五分後、近くから車のドアが乱暴に閉められる音がたてつづけにきこえた。フリッツが立ちあがって裸足のまま玄関に歩いていくと、ちょっとした軍隊なみの人数の重武装した黒ずくめの男たちが、戦闘態勢を整えて家の芝生を横切ってくるのが見えた。いったいなにごとだ？　フリッツはそう思った。一瞬、警察を呼ぼうかという思いが頭をよぎった。

玄関のベルが鳴った。ドアを開けると、ふたりの私服警官がフリッツの胸ぐらをつかんで、家から引きずりだし、「デニス・フリッツか？」と問いかけてきた。

「いかにも」

「おまえを第一級謀殺の容疑で逮捕する」ひとりが険悪な声でいうと同時に、もうひとりがすばやくフリッツにすばやく手錠をかけた。

「殺人ってなんの話だ？」フリッツはたずね、とっさに思った――カンザスシティにはデニス・フリッツという名前の人間が何人いるのだろう？　どうせ人ちがいだ。

玄関に出てきた叔母は、いつでも撃てるようにサブマシンガンを構えたＳＷＡＴチームがフリッツにむかって進んでくるのを見てパニックを起こした。母親が寝室から走りでてくると同時に、警察が家の〝安全を確保〟するためと称して突入してきたが、あるいはだれの安全を確保したいのかをたずねられても、警官たちには答えられなかった。フリッツは銃器を所有していなかった。付近には、殺人犯や殺人の容疑者はいない。しかし、ＳＷＡＴには守るべき行動ルールがあるのだ。

自分は玄関前で撃ち殺されるにちがいない――そうフリッツが確信した瞬間、ふっと目をあげると白いステットソン帽が近づいてくるのが見えた。過去のふたつの悪夢が、ドライブウェイを歩いてきた。デニス・スミス刑事とゲイリー・ロジャーズ捜査官が、ともに悦にいった下品な笑いを浮かべながら、うれしそうに騒ぎに加わった。

あの殺人事件だ――フリッツは思った。つまり、これはふたりの田舎者のカウボーイの晴れ舞台ということか。あいつらはカンザスシティ市警察を丸めこんで逃亡犯逮捕部隊を出動させ、仰々しくも無意味きわまるこの逮捕劇を演じさせたのだ。

「靴を履いてもいいか？」フリッツはたずねた。刑事たちはしぶしぶ認めた。

フリッツはパトカーの後部座席に乗せられた。隣には恍惚状態のデニス・スミス。カンザスシティ市警察の刑事のひとりが運転した。走りはじめた車のなかから重武装のSWATチームを眺めながら、フリッツは思った――馬鹿らしい、非常勤巡査ひとりでも、地元の雑貨屋あたりで簡単に自分を逮捕できたはずだ。逮捕に愕然としてはいたが、カンザスシティ市警察の拍子抜けした表情が目にとまると、思わず笑い声が洩れた。

さいごに見えたのは母の姿だった。母は玄関口に立ちつくし、両手で口を押さえていた。

フリッツはカンザスシティ市内の警察署へ連行され、小さな取調室に入れられた。スミスとロジャーズがミランダ準則を読みあげて、なんとしても自白を得ると宣言した。フリッツはずっとトミー・ウォードとカール・フォンテノットのことを考えつつ、なにもいうまいと心に決めた。スミスが〝善人警官〟、すなわち本気でフリッツを助けたがっている友人役を

ロン・ウィリアムスンの
逮捕写真。

デニス・フリッツの
逮捕写真。

つとめた。ロジャーズはたちまち高圧的になった――罵り、脅しつけ、フリッツの胸をくりかえし指で小突いた。

前回の取り調べから四年たっていた。前回――一九八三年六月、フリッツが二度めの嘘発見器のテストで〝大幅に不合格〟とされたあと、スミス、ロジャーズ、フェザーストーンの三人はエイダ警察署の地下室にフリッツを三時間も閉じこめて、厳しく尋問した。あのときは成果をひとつもあげられなかったが、今回もおなじことになりそうだった。

ロジャーズの剣幕は激しかった。デニス・フリッツとロン・ウィリアムスンがデビー・カーターをレイプして殺害した犯人であることは何年も前からわかっていたし、いま事件は解決した。あとは自白さえ取れればいい。

「自供することなどなにもないんだ」フリッツはなんどもくりかえした。どんな証拠があるのか？　証拠を見せてくれ。

ロジャーズが愛用した台詞《せりふ》のひとつに、「おまえはおれの知性をばかにしてるのか」というものがあった。これをきくたびにフリッツは、「どんな知性だ？」といいかえしたい誘惑に駆られた。しかし、顔を張り飛ばされたくはなかった。

二時間にわたって責めたてられた末、フリッツはついにいった。「わかった、ほんとうのことをいうよ」

刑事たちは胸を撫でおろした――物的証拠がない以上、自白で事件を解決するしかないからだ。スミスは急いでテープレコーダーを探しにいった。ロジャーズは大急ぎでノートとペンを用意した。よし、いいぞ。

すべての準備が整うと、フリッツはまっすぐテープレコーダーを見つめながらこういった。

「では、真実を話そう。おれはデビー・カーターを殺してはいないし、事件についてはなにも知らないんだ」

スミスとロジャーズは、頭から湯気が出るほど怒った。さらなる脅しと言葉の暴力がつづいた。フリッツは不安と恐怖にひるみかけたが、断固として主張を曲げなかった。フリッツが無罪を主張しつづけたので、やむなく刑事たちは尋問を中止した。フリッツはオクラホマ州への送還を拒否し、法的手続の進行を拘置所で待つことになった。

おなじ土曜日のもっと遅い時刻に、ロンは再度の尋問のため、拘置所から警察署に連れてこられた。刺激的なフリッツ逮捕劇からもどってきたスミスとロジャーズが待ちかまえていた。ふたりの目的は、ロンの口を割らせることにあった。

尋問は、逮捕前日から予定されていた。『エイダの夢』が刊行されたばかりで、スミスとロジャーズの捜査手法に批判が集まっていた。そこでエイダ在住のスミスを担当から外し、オクラホマシティに住んでいるラスティ・フェザーストーン捜査官を代わりに入れることが決まった。また、ビデオもつかわないことにした。

デニス・スミスはおなじ建物にいたが、取調室にははいらなかった。これまで四年以上捜査の指揮をとり、そのあいだウィリアムスンは有罪だと信じつづけてきたスミスだったが、肝心かなめの尋問の場には居あわさなかった。

エイダ警察にはオーディオ関係やビデオ関係の備品が豊富にあり、ひんぱんに活用されていた。尋問のもようは――それが自供ならなおさら――ほぼすべてがビデオに記録された。陪審に自白ビデオを見せるのは非常に効果的だったからだ。トミー・ウォードとカール・フォンテノットが好例だ。四年前のロンの二度めの嘘発見器テストも、エイダ署でフェザーストーンによって録画されていた。

自白をビデオに録画しないときには、録音する場合が多かった。警察にはテープレコーダーもふんだんにあった。

録画も録音もしない場合、被疑者に読み書き能力があれば、自分の言葉で供述書を書くことが要求された。読み書きのできない被疑者の場合は、刑事が陳述を書きとめて、書いた物を本人に読んできかせたうえで、署名をさせた。

五月九日の尋問では、前述のどの方法もとられなかった。ロン・ウィリアムスンは読み書きができた。尋問担当のふたりよりも、語彙《ごい》はよほど豊かだった。それなのにロンは、フェザーストーンがメモを取るのをただ見ていたのである。ロンはミランダの権利を理解したといい、供述に同意した。

警察の記録は、つぎのようになっている。

ウィリアムスンはいった。「オーケイ、一九八二年十二月八日……そのころはよく〈コーチライト〉に行ってた。ある晩、若い子が目にとまった。あんまりかわいいものだから、自宅まであとをつけていきたいと思ったんだよ」

ウィリアムスンは言葉を切り、Fではじまる言葉をいいたげなそぶりを見せたが、ふたたび口をつぐんで、それからまた話をつづけた。「あの晩わるいことでも起きたら大変だと思って、女を家までつけていったんだ」

ウィリアムスンはまた言葉を切り、それからステレオを盗んだときのことを話した。そのあと**ウィリアムスン**は、「**デニス**といっしょだった。ホリデイイン・ホテルに行って、女の子におれたちの車にはバールがあるぞといって、その子を捕まえたけど、その子は飛び降りたんだ」といった。

ウィリアムスンの話は切れ切れだったので、**ロジャーズ**捜査官は話に集中して、**デビ**

ー・カーター事件に話題をもどすようにいった。

ウィリアムスンはいった。「オーケイ、おれはデビーを殺す夢を見た。上にまたがって、ひもを首に巻きつけて、なんどもなんども刺して、首に巻いたひもをぐいぐい引っぱった」

ウィリアムスンは、「こんなことになって、家族がどうなるのかが心配だよ」といった。それから、「母さんはもう死んでる」といった。

ロジャーズ捜査官がウィリアムスンに、その晩デニスもそこにいたのかと質問すると、ウィリアムスンは、「いた」と答えた。フェザーストーン捜査官が、「殺すつもりでそこへ行ったのか?」と質問すると、ウィリアムスンは、「たぶん」と答えた。

フェザーストーン捜査官は、「なぜだ?」とたずねた。

ウィリアムスンは、「頭にきたから」と答えた。

フェザーストーン捜査官は、「どういう意味だ? 冷たくされたのか? いやな女だったのか?」とたずねた。

ウィリアムスンは、「いや」と答えた。

ウィリアムスンは少したためらってからいった。「なんてこった、自白なんかするものか。おれには家族がいる、守ってやらなくちゃならない甥っ子がいる。姉さんに悲しい思いをさせることになる。母さんには、つらい思いをさせるわけがない。もう死んでるからな。あれ以来、ずっと気にかかってたよ」

十九時三十八分、**ウィリアムスン**は、「もしおれを裁判にかけるつもりなら、タルサの**タナー**に来てほしい。いや、**デイヴィッド・モリス**がいい」

弁護士の名前に捜査官たちは怯《ひる》み、自供を中断させた。捜査官たちが電話をかけると、デイヴィッド・モリスはロンの尋問をただちにやめるよう指示した。

供述書にはロンの署名はない。本人はこれを一度も見せられていないのだ。

またしても入手できた夢の自白という武器を得て、刑事たちや検察官に好都合な容疑事実がまとまってきた。たとえ訴追手続を急いで進めたい場合でも、物的証拠の欠如が障害にならないことは、トミー・ウォードとカール・フォンテノットの件で学んでいた。デビー・カーターが刺されていないという事実は、たいした問題ではない。陪審に充分なショックを与えてやれば、彼らは有罪評決を出す。

ロン・ウィリアムスンの尻尾をつかむのに夢の自白が役に立ったとなれば、夢の自白がもうひとつあればとどめを刺せる。数日後、ジョン・クリスチャンという名の看守がロンの監房を訪ねた。ロンとは幼馴染だった。クリスチャン家には男の子がたくさんいて、そのうちひとりはロンと同い年だった。昼や夜の食事をご馳走になることもままあった。いっしょに道路で野球をし、リトルリーグでプレーし、ともにビング中学に通いもした。

治療も投薬も受けていなかったので、ロンは模範囚とはほど遠い状態だった。ポントトック郡拘置所は窓のないコンクリートの掩蔽壕《えんぺいごう》のような建物で、どういうわけか裁判所の前庭の西側に建てられていた。屋内は天井が低くて狭苦しく、閉所恐怖症を引きおこしそうだった。ひとりが叫び声をあげれば、屋内の全員にきこえた。ロンはしょっちゅう叫び声をあげていた。叫んでいないときは、歌っているか泣いているか、泣きわめいているか、文句をいっているか、あるいは無罪を主張して、デビー・カーターのことを大声でしゃべっていた。ロンはふたつある独房の片方に入れられていた。満員の雑居房からできるだけ離すための措置ということだったが、小さな建物なので、ロンはどこにいようと拘置所じゅうを騒がせることができた。

ロンをなだめることができるのは、ジョン・クリスチャンだけだった。やがて囚人たちは、看守の交替時間をありがたく思うようになった。クリスチャンはまっ先にロンの独房へ行き、ロンを落ち着かせた。ふたりはよく昔の話をしていた。子どものころのこと、野球をしたこと、そのころの友人たちのこと。デビー・カーター事件のことや、ロンの告発がどれほど不当なことかも話題になった。クリスチャンがいる八時間のあいだ、ロンはおとなしくしていた。独房はネズミの巣同然の場所だったが、ロンはどうにか眠ったり読書したりすることができた。勤務シフトをおえて退出する前に、クリスチャンはロンのようすを確かめた。ロンはたいてい歩きまわったり、タバコを吸ったりしながら、つぎのシフトの看守が来たらすぐ騒ぎだせるように身がまえていた。

五月二十二日、深夜にもかかわらず目を覚ましていたロンは、クリスチャンが入口のデスクにいることを知っていた。ロンは背後から声をかけて、殺人の話をしたいと切りだした。ロンは『エイダの夢』を手にしており、自分も夢の自白をしたのではないか、といった。クリスチャンによれば、ロンはこう話したという。「ちょっと想像してみな――おれが夢で、こんないきさつの出来ごとを見たと仮定するんだ。おれはタルサに住んでて、朝からずっと酒と催眠薬漬け《クエイルード》。そんなおれが、バジーのクラブ（〈コーチライト〉のこと）に車で行ったと想像してみな。ついでに、おれがクラブでさらに飲んでもっと酔っぱらった、とも。そのあとあれこれの果てにデビー・カーターの家まで行ってドアをノックすると、デビーがちょっと待って、いま電話中なの、といったと仮定しよう。それでおれがドアを破って押し入り、デビーをレイプして殺したと、そう想像してみなよ」

さらにロンは、こうもいった。「もしおれがデビー殺しの犯人だったら、友だちに金を借りて街から逃げだしたはずだとは思わないか？」

クリスチャンはこの会話をほとんど気にとめていなかったが、同僚のひとりに話をきかせた。この話はやがて人から人へと口伝えで広まり、ついにゲイリー・ロジャーズの耳にはいった。ここにロジャーズは、殺人犯に不利な証拠をひとつ追加できる好機を見いだした。二カ月後、ロジャーズはクリスチャンに、ロンが話した内容をあらためてくりかえさせた。ロジャーズは報告書をつくり、適当と思われる箇所には引用符を付けた。かくして警察と検察は、第二の夢の自白を手に入れた。ロンがいくたびとなく事件への関与を否定していたことは、ひとことも触れられていなかった。

いつもながら、事実は重要ではなかった。デビー・カーターの事件当時、ロンはタルサに住んではいなかった。車はもっていなかったし、運転免許証ももっていなかった。

7

アネット・ハドスンとレニー・シモンズは、弟ロンが逮捕されて、殺人罪で告発されたことに打ちのめされていた。前年の十月にロンが出所して以来、姉ふたりは衰えていく一方のロンの精神と身体両面の健康を心配しつづけていたが、まさか殺人容疑で告発されるとは思ってもいなかった。何年も前から噂こそあったが、事件からもう長い歳月がたっていたし、警察はほかの容疑者や事件で忙しくしているのだろう――ロンの家族はそう思っていた。母親ファニータも二年前に世を去ったときには、ロンが事件とは無関係であることを証明する確かな証拠をデニス・スミスに示したことで満足していた。アネットとレニーも、ロンは事件に関係ないと信じていた。

姉たちはどちらもつつましく暮らしていた――家族を養い、パートで働き、請求書の支払いをし、できるときには貯金もした。刑事弁護士の費用を現金で支払う余裕はなかった。アネットはデイヴィッド・モリスに頼んでみたが、モリスはあまり乗り気ではなかった。ジョン・タナーはタルサ在住だった――遠すぎるし、費用もかさみすぎる。

ロンのおかげでこれまで何回も司法制度に引きずりこまれた経験のあるふたりの姉だったが、さすがにロンが殺人容疑でいきなり逮捕されることまでは予想していなかった。友人たちは遠ざかっていった。人々からじろじろ見られ、ひそひそと噂されるようになった。ある知りあいはアネットにこういった。「あなたのせいじゃないわ。弟さんがなにをやっても、あなたにはどうしようもないものね」

「弟は無罪です」アネットはぴしゃりといいかえした。アネットもレニーもこの言葉をずっとくりかえしたが、耳を傾ける人はほとんどいなかった。有罪が確定するまでは無罪とされる〝無罪の推定〟原則など忘れてしまえ。あの男は警察に捕まった。無罪なら、警察に逮捕されるわけがないのでは？

アネットの息子のマイクルは当時十五歳で、高校二年生だった。地元の時事問題についてのクラス討論会で、マイクルは針の筵《むしろ》にすわらされた気分になった。ロン・ウィリアムスンとデニス・フリッツの殺人容疑での逮捕が、討論の中心テーマになったのだ。苗字がハドスンだったおかげで、マイクルの叔父が殺人事件の被疑者であることはクラスメイトたちにはわからなかった。クラス全体の意見は、ロンとフリッツに厳しい方向に傾いていた。翌朝、アネットは学校に乗りこんで、事態の収拾をはかった。担任教師は陳謝し、クラス討論の話題を変更すると約束した。

レニーと夫のゲイリー・シモンズは、百五十キロ近く離れたチカシェイに住んでいたので、距離に助けられた面もあった。しかしエイダを出たことのないアネットは、いくら逃げだしてしまいたいと心の底から思っても、街にとどまって、かわいい弟ロンを支えるほかなかった。

エイダ・イブニング・ニュース紙は五月十日の日曜版の一面で、ふたりの逮捕をデビー・カーターの写真つきで報じた。記事の情報の大半は、ビル・ピータースンが提供したものだった。ピータースンは遺体を掘りかえしたことを認め、謎の手形がじつは被害者のものだったことを明かした。一年以上前からデニス・フリッツとロン・ウィリアムスンを容疑者として追っていた、とピータースンは述べていたが、理由の説明はなかった。捜査については、「半年ほど前に捜査が万策つきてしまったため、この手のものの扱い方を決めなおすことを考えはじめたのです」といった。

とくに注目を浴びたのは、ＦＢＩが事件の捜査に加わっていたという情報だった。二年前、エイダ警察が支援を依頼したのだ。ＦＢＩは証拠を調べて、犯人の心理プロファイリングの結果を警察に提供したが、ピータースンはこのことを新聞には明かさなかった。

翌日、事件はふたたび一面を飾った。こんどは警察で撮影されたロンとデニスの顔写真が掲載された。この種の顔写真の水準に照らしてさえ、ふたりの顔は恐ろしげに写っており、見る者に有罪の印象を与えた。

記事の内容は、前日のくりかえしだった。ふたりがどちらも、第一級強姦と器具による性的暴行、および第一級謀殺の容疑で逮捕、告発されたことがとくに詳しく書かれていた。奇妙なことに、両名が当犯罪に関する供述をしたかどうかについて、〝関係筋〟はコメントを拒否していた。エイダのマスコミは自白に慣れきってしまったので、犯罪捜査には容疑者の自白が当然のつきものだと思いこんでいたらしい。

ロンから最初に引きだした夢の自白に関する情報を当局は隠していたが、逮捕状請求に使われた宣誓供述書はしっかり公表した。記事は供述書を引用しつつ、こう書かれていた――《顕微鏡による分析の結果、カーター嬢の遺体および寝具から回収した陰毛および頭髪は、ロナルド・キース・ウィリアムスンとデニス・フリッツのものと特徴が一致した》

おまけに、ふたりにはたくさんの前科があった。ロンには、十五件の軽罪――飲酒運転など――と、実刑を受けることになった証券偽造という重罪がひとつ。フリッツには飲酒運転二件と交通違反が数件、および大昔のマリファナ使用だ。

この日もビル・ピータースンは、遺体を掘りかえして掌紋を再検査し、被害者のものであると判明したと認めていた。さらにピータースンはふたりを、「一年以上前から容疑者として追っていた」とつけ加えていた。

記事はしめくくりに、《デビー・カーターは、レイプの際にのどにタオルを詰められて窒息死した》ことを読者に思い起こさせた。

おなじ月曜日にロンは拘置所から、芝生の反対側の裁判所に引き立てられた。距離にして約五十歩。ついでロンは、公判前手続担当のジョン・デイヴィッド・ミラー治安判事のもとで〝最初の出頭〟をおこなった。ロンは、自分には弁護人がおらず、弁護士を雇う金があるかどうかわからないことを述べたのち、また拘置所に戻された。

その数時間後のこと、ミッキー・ウェイン・ハレルという名の収監者が、「ごめんよ、デビー」と泣きながらいっているロンの声がきこえた、と申しでた。これは即座に看守に伝えられた。そればかりかロンはハレルに、《ロンはデビーを愛している》というタトゥーを腕に入れてくれないかと頼んだという。

審理予定表では最新、しかも話題沸騰の事件である。拘置所ではさまざまな流言が飛びかっていた。密告競争も本格的にはじまった。警察が大いに奨励することもあり、拘置所に密告はつきものだ。重要事件の被疑者が犯行の一部始終なり一部なりを告白する言葉を耳にいれるか、あるいは耳にしたと主張し、それを材料に検察と旨味のある司法取引をするのが、自由への——そこまではいかずとも刑期短縮への——最短の近道だった。密告者がほかの囚人からの仕返しを恐れるので、普通の拘置所では密告はそれほど多くない。だが、エイダではこの作戦が成功することが多いため、さかんにおこなわれていた。

弁護士の問題について話しあうために、ロンは二日後にふたたび裁判所に連れていかれてジョン・デイヴィッド・ミラー判事の前に立ったが、話しあいはうまくいかなかった。あいかわらず薬を服用していなかったため、ロンは騒がしく好戦的で、開口一番こうわめいたのである。「おれはこの殺しをやってない！　こんな裁判沙汰には、いいかげんうんざりだ。遺族には気の毒だが――」

ミラー判事は発言を制止しようとしたが、ロンはまだしゃべりたりなかった。「おれが殺したんじゃない。だれが殺したのかも知るものか。あのときは母さんがまだ生きていて、おれがどこにいたかは母さんが知ってたんだ」

ミラー判事はこの審問会が被疑者の答弁の場ではないことを説明しようとしたが、ロンはしゃべりつづけた。

「起訴は取りさげてくれ」ロンはなんどもいった。「こんなの、馬鹿らしいったらありゃしない」

自分がどういう内容で起訴されているかは理解しているか、とミラー判事にたずねられたロンは、「おれは無罪だ。殺された女といっしょにいたことはないし、その女と車に乗ったことないね」と答えた。

被疑者としての権利が読みあげられて記録されているあいだも、ロンは怒鳴りつづけていた。「これまで牢屋に二度ぶちこまれて、そのたびにだれかしらが、この殺人事件におれが関係してるという話をしてやがった」

デニス・フリッツの名前が読みあげられると、ロンは口をはさんだ。「そいつも事件には無関係だね。あのころ知りあいだったよ。やつは〈コーチライト〉には行ってない」

さいごに判事は、被疑者が無罪答弁をしたことを記録した。ロンは退廷するときにも、歩きながら汚い言葉で罵っていた。そのようすを見つめながら、アネットは声を殺して泣いていた。

アネットは、毎日拘置所に面会に訪れた。看守が許可すれば、日に二回やってくることもあった。アネットはほとんどの看守と知りあいだったし、看守たちはみなロンをよく知っていた。面会の機会を増やすため、規則が多少ゆるめられることも珍しくなかった。

ロンは精神が不安定なまま、投薬治療もおこなわれず、専門家の支援が必要な状態だった。まったく無関係な犯罪の容疑で逮捕されたことで、憤慨し、怒りを抱えていた。屈辱を味わされてもいた。四年半のあいだ、口にするのもはばかられる恐ろしい殺人の犯人ではないかと疑われどおしだった。そう疑われるだけでも充分な災難である。エイダはロンの生まれ故郷だ——家族、現在と過去の友人たち、教会でロンの成長を見まもってきた人たち、優れたアスリートだったころのロンをいまだに覚えているファン。そんな街でひそひそ話の種にされ、じろじろ眺められるのは苦痛にほかならなかった。しかしロンは、それに何年間も耐えてきた。自分は無罪だし、真実が汚名を晴らしてくれるはずだ——もし警察が真実を見つけさえすれば、と。

だが、突然逮捕されて拘置所に入れられ、新聞の第一面に顔写真を載せられたことで、ロンの心は完全に押しつぶされた。

デビー・カーターに会ったことがあったかどうか、それさえもわからなくなっていた。

一方デニス・フリッツは、カンザスシティの独房でエイダへの身柄引渡し手続を待ちながら、逮捕されたことの皮肉を噛みしめていた。殺人だって？　自分は何年ものあいだ、妻が殺されたことの後遺症に苦しんできた。被害者は自分ではないかと感じることすらあった。

殺人だって？　人に暴力をふるったことはいちどもなかった。小柄で華奢《きゃしゃ》なフリッツは、喧嘩や暴力を毛嫌いしていた。たしかに、酒場などの荒っぽい場所に数多く出入りしたことはあったが、喧嘩騒ぎがはじまると、店からそっと抜けだした。ロン・ウィリアムスンなら自分がはじめた喧嘩でなくとも店にとどまり、さいごまでやりあうだろうが、フリッツはそんな人間ではない。容疑者にされたのは、ひとえにロンの友人だったせいだ。

フリッツはエイダ・イブニング・ニュース紙に、エイダへの身柄引渡しを拒否する理由を説明する長文の手紙を書き送った。スミスやロジャーズとともにエイダに帰ることを拒否しているのは、自分がこの殺人事件で起訴されたことが信じられないからだ。自分は無罪である。この事件とはなんの関わりもないし、頭を整理するための時間も必要だ。いまは優秀な弁護士を探しており、家族が費用を工面しようとしている。

さらにフリッツは、自分と捜査との関わりをかいつまんで語っている。隠すべきことはなにもないし、捜査に協力することを望んでもいたので、警察に要求されたことはすべてやってきたこと。唾液、指紋、筆跡、毛髪（口ひげまで）をサンプルとして提供したこと。嘘発見器のテストを二回受け、デニス・スミス刑事から、「大幅に不合格だ」といわれたが、あとになって不合格ではなかったことが明らかになったこと。

捜査についてはフリッツはこう書いている。《三年半のあいだ、警察にはわたしの指紋や筆跡や毛髪のサンプルがあり、現場で発見された証拠やそれ以外の証拠と一致するかどうかを確かめられたはずだ。わたしを逮捕しようと思えば、ずっと昔に逮捕できたはずである。だが貴紙によれば、捜査は六カ月前に〝万策つきて〟しまい、〝この手のもの〟の扱いを決めなおす必要に迫られたという。わたしは、自発的に提出した証拠の照合に鑑識が三年半も必

要とするだろうと思うほど無知ではない》
元理科教師のフリッツは、数年前に自分の毛髪を提供して以来、証拠としての毛髪について調べていた。手紙には次のような一節もあった。《どうして毛髪などというあやふやな証拠だけで、強姦殺人罪で起訴されたのか？　毛髪で判別できるのは持ち主の人種だけにとどまり、おなじ人種のおなじグループから特定個人を識別することは不可能だ。この分野の専門家であれば、おなじ特徴の毛髪をもつ者が五十万人以上になることもあることを知っているはずだ》
さいごにフリッツは切々とおのれの無実を訴え、こう問いかけた。《わたしは、有罪が証明されるまでは無罪と推定されるのだろうか？　それとも、無罪が証明されるまで有罪のままなのだろうか？》
ポントトック郡には専任の公選弁護人がいなかった。弁護士費用をまかなえない被告人は無資力宣誓書に署名を求められる。そのうえで、判事が地元弁護士を公選弁護人に任命する手はずになっていた。
経済力のある人間が重罪で起訴されることはめったにないので、そういった重大犯罪の被告人はほとんどが貧乏人だった。強盗や麻薬や暴行は下層階級の犯罪であり、また被告人の大半が有罪だったので、裁判所に任命された弁護士たちは、調査と面談ののちは司法取引をまとめ、書類を整え、事件をおわらせて、申しわけ程度の手当を受けとった。

じっさいには手当があまりにも少額なため、大半の弁護士はそういう事件を避けたがった。場当たり的な貧困者弁護制度は問題だらけだった。判事が、刑事裁判の経験が浅いか、あるいは皆無の弁護士を任命することもままあった。専門家を証人として呼ぶことはもちろん、金のかかることはなにもできなかった。

死刑の可能性がある殺人事件となれば、小さな街の弁護士たちの逃げ足は一段と速まった。世間の注目度が高ければ、忌まわしい犯罪をおかした下層階級の被告人の権利を守るべく戦っている姿を注視されることになる。多くの時間が費やされるという負担が重くのしかかり、小さな法律事務所なら、実質的にほかの仕事はできなくなる。それだけの労力に比して、報酬はあまりにもすくない。そのうえ、死刑事件では上訴手続がだらだらと永遠につづくのだ。

弁護人の引き受け手があらわれず、判事の割りあてによって決められる事態を、弁護士たちは非常に恐れていた。開廷期間中、大半の法廷には弁護士たちがたくさん群れている。ところが死刑の可能性のある殺人事件の被告人が無資力宣誓書とともに法廷に連れてこられたとたん、法廷は空っぽの墓場のようになる。弁護士たちは事務所に逃げ帰り、ドアに鍵をかけ、電話線を引き抜いて身をひそめるのだ。

エイダ裁判所の常連中もっとも華やかな人物、それがバーニー・ウォードだった。この盲目の弁護士は、小粋な着こなしと窮乏生活と大言壮語でよく知られていたほか、エイダの司法関係のゴシップの大半に〝関係〟したがることでも有名だった。裁判所の裏も表も知りつくしているかのようだった。

バーニーが視力をうしなったのはまだ十代のとき、高校の化学の実験中に起こった事故が原因だった。バーニーはこの悲劇を一時的な足止めと受けとめて高校を卒業、エイダのイースト・セントラル大学に進んだ。大学には母親が付き添い、息子のために字を読んだ。卒業後はノーマンのオクラホマ大学のロースクールに進んだ。ロースクールでも母親が付き添った。ロースクールを卒業して司法試験に合格したバーニーは、エイダにもどって郡の地区首席検事に立候補した。その選挙で当選、以後数年間にわたって郡の地区首席検事を務めた。一九五〇年代なかばに刑事事件専門の事務所を開業すると、たちまち依頼人の心強い味方だという評判になった。フットワークも軽く、検察側の弱点をすばやく嗅ぎつけ、依頼人に不利な証人に攻撃をしかける。反対尋問は容赦なく、相手とやりあうことを愛していた。

すでに伝説になっている一件では、相手の弁護士にほんとうにパンチを食らわせてもいた。そのときバーニーはデイヴィッド・モリスと、法廷で証拠がらみの問題について議論を戦わせていた。ふたりの苛立ちが深まり、場の緊張が高まった。そのときモリスがうっかり口を滑らせて、「裁判長、たとえ目の見えない人間にも見えるほど明らかではないですか」と失言した。バーニーはモリスに――いや、大雑把にモリスがいたあたり、というべきか――突進していき、大ぶりの右フックを繰りだした。パンチは間一髪で狙いをはずし、法廷の秩序は回復された。モリスは失言を謝罪したが、そのあともバーニーからは安全な距離を保っていた。

だれもがバーニーを知っていた。あらゆる文章を読んできかせ、バーニーの言葉を書きとめる忠実な秘書のリンダとともに裁判所の近くを歩くバーニーの姿が、しばしば見うけられた。盲導犬をつかうこともあったが、犬よりは若い女性のほうを好んだ。だれとでも打ちとけ、いちど耳にした声はぜったいに忘れなかった。同業者たちから法曹協会の会長に選ばれていたが、同情によるものではなかった。バーニーはポーカークラブに誘われるほど、みんなに好かれていた。ちなみにクラブには点字トランプ持参であらわれ、自分がカードを配るといいはり、たちまちチップをすべて我がものにしてしまった。ほかのプレーヤーたちは、バーニーにはゲームに参加させてもカードを配らせないのがいちばんだと決めた。バーニーの稼ぎは、それですこし減ることになった。

弁護士たちは毎年、バーニーを鹿狩りキャンプに誘った。一週間、男だけで過ごす休暇のことだ。バーボンとポーカーと下品なジョーク、それに濃厚なシチュー――時間が許せば狩りをしないでもない。鹿を仕留めるのがバーニーの夢だった。あるとき友人たちが森で堂々たる牡鹿を見つけ、そのまま静かにバーニーを誘導したことがあった。友人たちはライフルをバーニーにかまえさせて狙いをつけてから、「撃て」と耳もとでささやいた。バーニーは引金を引いた。弾は派手にはずれたが、友人たちは惜しくも鹿を撃ちそこねたぞ、といった。バーニーはこのときの話を、そののち何十年も話しつづけていた。

大酒飲みのご多分に洩れず、バーニーもついに酒をやめなければならなくなった。同時に、そのころつかっていた盲導犬を、ほかの犬と交換する必要にも迫られていた。というのも、この犬にはバーニーを酒屋に連れていく習慣があって、それをやめさせられなかったからだ。バーニーがそれくらい頻繁に酒屋を訪れていたのは明らかだった。いまでも伝説として伝わっているが、バーニーが酒をやめると、その酒屋はつぶれてしまったという。

バーニーは金儲けが好きで、支払いのできない依頼人には容赦がなかった。モットーは《破産が証明されるまでは無罪》。しかしそんなバーニーも一九八〇年代の中盤には、いくぶん全盛期を過ぎていた。公判中に居眠りをして話をききのがすことがある、という話が広まった。分厚いサングラスが顔の大半を隠しているので、判事や弁護士たちにはバーニーが話をきいているのか眠りこんでいるのかを見わけられなかった。相手方はこれにつけこんで、審理や審問会をできるだけ長引かせる作戦に利用した。といってもバーニーが地獄耳なので、作戦はもちろん小声で話しあわれた。審理なり審問会なりが昼休みを過ぎて午後にもつれこめば、バーニーは必ず居眠りをした。午後三時まで引き延ばせたら、バーニーに勝つ確率は劇的に高くなった。

二年前、トミー・ウォードの家族が弁護を依頼したことがあった。ちなみにおなじ苗字だが、親戚ではない。バーニーは依頼を受けなかった。トミー・ウォードとカール・フォンテノットの無罪を確信してはいたが、死刑になる可能性のある裁判に関わりたくなかったのだ。作成する書類は膨大だし、書類作成はバーニーの得意分野ではない。

いままた、バーニーに弁護依頼が舞いこんできた。ジョン・デイヴィッド・ミラー判事が、ロン・ウィリアムスンの弁護を引きうけてくれと要請してきたのだ。バーニーは郡内でもっとも刑事裁判の経験が豊富な弁護士であり、その熟練の技が必要とされていた。一瞬の躊躇ののち、バーニーは依頼を受けた。生粋の弁護士であるバーニーは憲法の裏も表もすべて知りつくしており、被告人には――たとえどんなに世評のわるい者だろうとも――力を尽くした弁護をされる権利がある、と強く信じていたのだ。

一九八七年六月一日、バーニー・ウォードは裁判所によってロンの弁護人に任命された。バーニーが初めて引きうけた死刑裁判の依頼人である。アネットとレニーは喜んだ。ふたりはバーニーと知りあいだったし、エイダでいちばん優秀な刑事弁護士のひとりだという評判も知っていたからだ。

弁護士と依頼人は船出からして前途多難を思わせた。ロンは拘置所に嫌気がさしていたし、拘置所側もロンに嫌気がさしていた。依頼人との相談は正面玄関をはいってすぐのところにある面会者用の小部屋でおこなわれたが、バーニーにはこの部屋が粗暴な依頼人とふたりきりで過ごすにはいささか手狭に感じられた。バーニーは電話でロンの精神状態の診察を手配した。新たにソラジンが処方された。この薬がすばらしい効き目を発揮し、バーニーばかりか拘置所内の全員がほっと胸を撫でおろした。それどころか、ソラジンがあまりによく効くので、看守たちは所内の秩序をたもつのに便利とばかり、ついつい多めに服用させた。こうしてロンはまた、赤ん坊のように眠ってばかりいるようになった。

しかし、ある日の面会でロンがほとんど口もきけない状態だったため、バーニーは看守と会って話をつけ、薬の量をもとに戻した。ロンはすぐに生気を取りもどした。

ロンはおおむね、バーニーに非協力的だった。役に立つことはほとんどなにもいわず、とりとめもなく、ずっと否定の言葉をくりかえすだけだった。いまのロンは、トミー・ウォードやカール・フォンテノットと同様、有罪判決に一直線のレールの上を全速力で運ばれている状態だった。バーニーは弁護人に任命されたその日から、思うにまかせぬもどかしさを味わっていたが、それでもなんとか仕事を進めた。

グレン・ゴアは、別件の誘拐と暴行の容疑で勾留中だった。公選弁護人はグレッグ・ソーンダーズ。民事裁判で実績を築きつつあるエイダの若手弁護士だった。あるときソーンダーズは拘置所での面談中に、ゴアと殴りあいの喧嘩をしそうになった。そのあと隣の部屋へ行き、自分をこの件から外してくれとミラー判事に頼んだ。判事に拒否されたソーンダーズは、ゴアの弁護人をやめることができたら、公選弁護人が必要なつぎの死刑裁判の仕事を引きうけると申し出た。それなら話は決まりだ――ミラー判事はいった――きみはいまから、デビー・カーター事件のデニス・フリッツの弁護人だ。

グレッグ・ソーンダーズはこの死刑裁判に不安を感じたが、同時にバーニー・ウォードのそばで仕事ができることに興奮してもいた。イースト・セントラル大学の学部生だったころ、法廷弁護士になることを夢見ていたソーンダーズは、バーニーが法廷に立っていると知ると、授業をサボって傍聴しにいくこともあり、そういうときには、あやふやな証人を切り刻み、検察官を怖じ気づかせるバーニーをじっと観察した。バーニーは判事たちに敬意を払いこそすれ、かしこまってはいなかったし、陪審とも気軽におしゃべりをすることができた。障害に甘えることは決してなかったが、ここぞという瞬間には、同情を呼びさますために利用することもできた。グレッグ・ソーンダーズにとって、バーニーは栄光の法廷弁護士だった。

それぞれ別個に活動しつつも、ふたりはひそかに協力もしながら、トラックに積むほど大量の申立てを提出し、たちまち地区検事局をきりきり舞いさせた。六月十一日、ミラー判事は、検察側と被告側の双方から提出された申立てに関する審問会をひらいた。バーニーは、検察側が公判に呼ぶ予定の証人全員の名簿提出を求めた。これはオクラホマ州法で求められている情報開示だが、ビル・ピータースンは法律の解釈に手こずっていた。バーニーが解説をした。検察は、予備審問に呼ぶ証人以外の氏名開示は望んでいなかった。それではいけない、とミラー判事はいい、ピータースンは新たな証人を召喚する場合には、しかるべき時期に被告側に通知するよう命令された。

バーニーは勇猛果敢に論戦に挑み、ほとんどの申立てで勝利をおさめた。しかし、同時に不満そうなようすも見せた。あるときはこっそりと公選弁護人という立場に不平をもらし、この件にあまり時間をかけたくないともいった。全力で仕事にあたると誓いはしたが、初めての死刑裁判で力を使い果たしてしまうことを心配していた。

翌日バーニーは、ロンにもうひとり弁護士をつけることを要求する申立てを提出した。検察側が異議を唱えなかったので、六月一六日、ミラー判事はバーニーの補佐役にフランク・ベイバーを任命した。双方が予備審問の準備を進めるなか、法律論争と書類による戦いがつづいた。

デニス・フリッツはロン・ウィリアムスンからも遠くない独房に収監されていた。ロンの姿は見えなかったが、声はいやというほどきこえた。薬を過剰に与えられていないとき、ロンは大声をあげどおしだった。独房の扉の鉄格子をつかんで、「おれは無罪だ。おれは無罪だ」と何時間でも吠えていた。ロンの野太いしゃがれ声は、狭苦しい建物全体に響きわたった。まるで檻に閉じこめられて、必死で助けを求めている手負いの獣だった。ただでさえ収監者にはストレスがたまるが、ロンの耳障りな叫び声が収監者たちに分厚い不安の層を一枚よけいに重ねることになった。

ほかの収監者たちはロンに怒鳴りかえし、おまえがデビー・カーターを殺したんだろう、とからかった。売り言葉に買い言葉、罵りあいの応酬はおもしろいこともあったが、たいていは神経をかきむしられる思いをさせられた。看守はロンを独居房から、十人以上が収容されている雑居房に移してみたが、結果はさんざんだった。雑居房にはプライバシーなどないも同然、事実上は肩と肩を寄せあうようなところだ。しかし、ロンは、ほかの者の生活空間をまったく尊重しなかった。たちまち嘆願書が出された。ロン以外の全員が署名したこの書類は、ロンをもとの独房にもどすよう看守に願いでるものだった。暴動や殺人を未然に防ぐため、看守たちは嘆願書を受け入れた。

その後は長い沈黙の時間がときどき訪れ、そういうときは収監者も看守も、ほっとひと息つくことができた。まもなく拘置所の全員が、ロンが静かなのはジョン・クリスチャンの当直中か、看守がソラジンを過剰に与えたときだということを知った。

ソラジンはロンを静かにさせたが、ときどき副作用もあらわれた。足が痒くなるのだ。ロンが何時間も独房の鉄格子をつかんで立ったまま、身体をひょこひょこと左右に揺らしている姿は〝ソラジン・ステップ〟と呼ばれ、拘置所の風景の一部になった。

フリッツも、ロンに声をかけて落ち着かせようと試みたが、どうにもならなかった。フリッツにとってとりわけ苦痛だったのは、無罪を主張するロンの叫び声をきかされることだった。ロンのことをいちばんよく知る人間だったからだ。ロンに必要なものが薬の瓶にとどまらないことは明らかだった。

神経弛緩薬というのは精神安定剤や向精神薬と同義であり、もっぱら統合失調症の治療薬にもちいられる。ソラジンも神経弛緩薬だが、いわくつきの薬でもある。この薬は一九五〇年代に、各地の公立精神病院で多量に使用されはじめた。意識レベルや周囲への関心を著しく減退させる強力な薬だ。使用に肯定的な精神科医は、この薬品が脳内の化学物質を変化させるか復調させるので、治療効果があると主張している。

だが、数において肯定派に圧倒的にまさる否定派は、使用に伴って恐るべき副作用が多出したことを示す多くの研究を典拠としている。鎮静、眠気、嗜眠、集中力の欠如、悪夢、情緒障害、抑鬱、絶望、周囲への自発的な関心の欠如、患者の意識レベルや運動制御力の減退。ソラジンは脳の機能の大部分に有害で、ほぼすべての機能を阻害する。

批判派の急先鋒《きゅうせんぽう》にいわせると、ソラジンは〝化学物質をつかったロボトミー以外のなにものでもない〟となる。ソラジンの真の目的はただひとつ、精神病院や刑務所の経費を節減し、患者や囚人の扱いを容易にすることだけだ――彼らはそう主張している。

ロンの場合は、看守が――ときおりは弁護士の指示にしたがって――少量ずつ与えていた。しかし、監視の目がないときも珍しくなかった。だから、うるさくなると一錠与えられたりしていたのである。

殺人事件のあと四年間エイダを離れなかったことはなかったが、それでもデニス・フリッツは逃亡の危険性があると見なされた。ロンと同様に保釈金は途方もない金額で、払うことなど論外だった。ほかのあらゆる被告人とおなじく、ふたりも有罪と証明されるまでは無罪と推定されるはずだったが、じっさいには収監されつづけた――高飛びをしたり、自由に街をうろついて好き勝手に人殺しをしたりしないようにという名目で。

推定無罪――しかしふたりはそれから公判まで、さらに一年近く待つことになる。

デニス・フリッツがエイダの拘置所に移送されて数日後、独房の前にいきなりマイク・テニーという男があらわれた。髪の薄い太った男で、言葉づかいは品がよいとはいえなかったが、にこにこと親しげな態度で、昔からの友人のようにふるまった。テニーはまた、デビー・カーター事件のことをしきりに話したがった。

エイダ暮らしの長いフリッツは、拘置所が密告者や嘘つきや人殺しの巣窟であることを知っていた。相手がだれであれ、拘置所内で話したことは本人に不利なかたちにねじ曲げられ、公判の法廷でくりかえされる可能性が充分あることも知っていた。収監者、看守、警官、模範囚、雑役夫、料理人――そのうちだれがちょっとした言葉をとらえて、警官に売りつけようと狙っている密告者でもおかしくない。

テニーは新任の看守だと称していたが、まだ郡に正式採用されていなかった。頼まれたわけでもないのに、テニーは知識や経験に基づいているとは思えないアドバイスをあれこれフリッツに与えた。テニーの意見では、フリッツは大変困った立場にあり、このままでは死刑になることは確実だという。死にたくなかったら、いちばんいいのは包み隠さず吐くこと、自白することだ。そのうえで地区検事局のピータースンと取引を結んで、ロン・ウィリアムスンの悪事を明かすことだ。

ピータースンは誠意には必ず報いてくれる。

フリッツは黙ってきいていた。

テニーはしつこかった。毎日やってきては、デニスの苦境を心配して首を左右に振りながら、世の中の仕組みのことだの、それがどう動いていると思っているかだのをぶつぶつと話し、なんの見返りもないまま先賢の知恵をさずけてきた。

フリッツは黙ってきいていた。

予備審問は七月二十日に決まった。担当判事はジョン・デイヴィッド・ミラー。ほかの多くの裁判区と同様、オクラホマでも予備審問は非常に重要だった。なぜなら検察側が手もちのカードで勝負しなければならず、どんな証人を予定しており、彼らがどんな証言をするかを、法廷のみならず世間にむけて明らかにしなければならないからだ。

予備審問では、被疑者の有罪に〝相当な理由〟があると判事を納得させるだけの証拠を示しつつ、被疑者側にできるだけ手の内を明かさないようにするのが検察官の腕の見せどころだ。多少のリスクをはらむ虚々実々の駆け引きが必要とされる。

ただし、通例なら検察官が心配するようなことはほとんどなかった。刑事事件の訴追を却下した地区判事は、再選されにくくなるからだ。

しかし、デニス・フリッツとロン・ウィリアムスンの場合には、心もとない証拠しかなかったので、地区首席検事のビル・ピータースンは予備審問から全力でかかるほかなかった。提出できる証拠があまりにもすくないので、隠しておける手の内などなかった。さらに地元の新聞が、一言も漏らさず報道しようと待ちかまえていた。『エイダの夢』が刊行されて三カ月、いまだに街の話題をさらっていた。この本の出版以降、ビル・ピータースンが重要な裁判の場に姿をあらわすのは本予備審問が初めてだった。

法廷には、多くの人が詰めかけた。デニス・フリッツの母親。ロンのふたりの姉、アネット・ハドスンとレニー・シモンズ。デビーの両親のペギー・スティルウェルとチャーリー・カーターは、娘ふたりを連れて早めに来ていた。それから傍聴席の常連たち――時間をもてあましている弁護士やゴシップ好き、仕事のない事務員、退職してやることのない人々など――のだれもが、初めてふたりの殺人犯を目にできる瞬間を待っていた。公判は何カ月も先だが、もうすぐ生の証言がきけるのだ。

予備審問に先立って、エイダ警察がほんの余興とばかりに、ロン・ウィリアムスンとデニス・フリッツから、両名がレイプと殺人に関わったことを示す完全な自供を得た、と発表した。この衝撃的なニュースでロンは逆上した。

デニス・フリッツはグレッグ・ソーンダーズと並んで書類に目を通しながら、静かに被告側テーブルについて審問開始を待っていた。ロンはその近くの席に手錠と足枷をかけられたまますわり、絞め殺してやりたいと思っているような目でフリッツをにらみつけていた。ついでロンはいきなり、なんの前触れも見せずに席から飛びだし、わずか一メートル先のフリッツにむかって金切り声をあげはじめた。テーブルが大きく滑って、バーニーの秘書のリンダを直撃した。フリッツは弾かれたように立ちあがって、証人席の近くまで避難した。そのあいだに看守がロンに組みついた。

「デニス！　この役立たずのろくでなし野郎が！」ロンは大声で怒鳴りつけた。「いますぐ片をつけようじゃないか！」

　ロンの野太いしゃがれ声が廷内に響き渡った。バーニーもテーブルをぶつけられて、椅子から転げ落ちていた。看守たちがロンに飛びかかって組みつき、押さえこもうとした。ロンは理性をうしなったかのように足を蹴りあげ、腕を振って暴れつづけ、看守はロンを押さえるだけで手いっぱいだった。デニス・フリッツとグレッグ・ソーンダーズと廷吏たちはあわてて避難し、法廷のまん中で繰りひろげられている騒動を、信じられない面もちでぽかんと眺めていた。

　ロンは看守のだれよりも大柄で、そんなロンをとりおさえるには数分を要した。看守に引きずられていきながら、ロンは、フリッツにむかって罵詈雑言や脅し文句を吐きつづけていた。

ようやく騒ぎがおさまってテーブルや椅子がもとどおりに並べられると、全員が深くため息をついた。バーニーにはいまの大立ちまわりが見えていなかったが、それでも自分が中心にいることはわかっていたので、起立してこう述べた。

わたしがいまここで弁護人解任を求める申立てをしたことを、記録にとどめておいてください。あの若者はわたしに協力しようという姿勢をまったく見せません。公選弁護人としてでなければ、わたしはここにはおりません。あの若者の弁護はできません、判事。不可能です。だれにならできるかと問われてもわかりかねます、わたしにはできません。ですから、わたしは……この場で解任していただけない場合、州刑事控訴裁判所に上訴しようと考えております。もう我慢できません。判事、わたしはもう歳です。いかなる事情があろうとも、あの若者とは関わりたくありません。有罪かどうかはわかりません。それとこれとは話がべつです。とにかく我慢ができないのです。そのうち、あの若者はわたしを殴ることでしょう。そうなればあの若者には深刻なトラブルでしょうが、たぶんわたしを見舞うトラブルのほうが深刻でしょう。

ミラー判事はすかさず、「弁護人の申立ては却下」と答えた。

弟が正気をなくした者のようにふるまったあげく、鎖をかけられて引きずられていくのを見て、アネットとレニーは胸を引き裂かれるような思いをしていた。ロンは病気で、助けを必要としている。よい医者がいるところで、長期間の入院治療が必要だ。ひと目で病気だとわかるだろうに、そんなロンをオクラホマ州はどうして裁判にかけたりできるのか。

通路の反対側では、ペギー・スティルウェルが〝正気をなくした男〟をじっと見つめ、男が娘デビーにふるったであろう暴力を思い描いて慄然《りつぜん》としていた。

法廷に秩序がもどって数分後、ミラー判事はふたたびロン・ウィリアムスンを連れてくるように命じた。控え室で看守たちはロンに、先ほどのようなふるまいは裁判所では不適切であること、このうえ騒ぎを起こしたら厳しく対処することを説明した。だが、法廷にはいって、デニス・フリッツの姿を目にしたとたん、ロンは悪態をつきはじめた。判事はロンを拘置所に送りかえし、傍聴人も全員法廷から出して、一時間の休廷とした。

拘置所では看守たちが先ほどの警告を実行しようとしていたが、ロンは意に介さなかった。

それでなくてもポントトック郡では、でっちあげの自供が多すぎる。だから、いまさら警官がデニス・フリッツにそんな自供を強いたとは、ロンには思えなかった。自分は無罪だ。トミー・ウォードやカール・フォンテノットのような目に遭ってたまるものか——ロンはそう心に決めた。フリッツの首に手をかけることができたら、あいつから真実を引きずりだしてやる。

三度めに入廷したときも、前二回とおなじだった。法廷に一歩足を踏みいれたとたん、ロンは怒鳴った。「フリッツ、今度こそ話をつけよう——さしでな」

ミラー判事がロンの言葉をさえぎったが、ロンはひるまなかった。

「さしで話をつけようぜ」ロンはフリッツに怒鳴った。「おれはだれも殺しちゃいないぞ」

「被疑者をしっかり押さえておきたまえ」ミラー判事は看守たちにいった。「ミスター・ウィリアムスン、これ以上騒ぎを起こすようなら、あなたには退廷してもらうことになります」

「かまわないとも」とロンはすかさずいいかえした。

「よろしい。わかっているとは思いますが——」

「できればこんなところにはいたくないね。そっちがよければ、自分の房に帰りたいな」

「予備審問に出席する権利を放棄しますか?」

「ああ、放棄するよ」

「あなたは何人《なんぴと》の脅迫や強制も受けずに、あくまでも自身の――」

「脅迫ならおれがしてるね」ロンはぴしゃりといって、フリッツを睨《にら》みつけた。

「これまでに、だれからも脅迫や強制を受けてはいませんね――つまり権利の放棄はあくまでもあなた自身の決定――」

「おれが脅迫してるといったんだ」

「けっこう。今回の予備審問には出席したくない――まちがいありませんか？」

「そうとも」

「よろしい。ミスター・ウィリアムスンを郡拘置所に連れもどすように。被疑者ロナルド・K・ウィリアムスンは逆上して当法廷を妨害し、審理出席の権利を放棄したことを記録に残したまえ。また、当法廷は、被疑者が出席している状態で予備審問をつづけることはできないと判断した。その根拠は――被疑者の当法廷への発言と粗暴なふるまいである」

ロンは拘置所にもどされ、予備審問がはじまった。


一九五六年、〈ビショップ対合衆国裁判〉において連邦国最高裁判所は、精神的無能力状態にある人物への有罪判決は、適正な法手続の否定であるという判決を出した。精神的無能力が疑われる人物に適切な審査を怠った場合、その人物の憲法上の権利が奪われたとしたのである。

ロン・ウィリアムスンが収監されて二カ月たっても、検察側であれ被告側であれ、ロンの精神的責任能力を疑問視する者はひとりもいなかった。徴候は一目瞭然だった。カルテにはあまたの病歴が記録されており、法廷は容易に記録を参照することができた。ロンが拘置所内で大声でわめいていた件も——弁護士や看守が薬を恣意的《しいてき》に与えていたため、ある程度抑制されていたという事情こそあれ——だれの目にも明らかな徴候だった。エイダでのロンの評判も広く知られていた——わけても警察のよく知るところだった。

さらに法廷でも、以前からそのようなふるまいが目撃されていた。二年前、検察が逃亡を理由としてロンの執行猶予を取り消そうとしたときも、ロンは審問会を完全に妨害したため、鑑定のために精神病院に送られた。当時の審理担当はジョン・デイヴィッド・ミラー判事であり、今回の予備審問の担当者も同判事だった。当時、ロンを精神的無能力者だと判断したのは、ほかならぬこのミラー判事である。

その二年後、今回は死刑がかかった裁判でありながら、ミラー判事はロンの精神状態を鑑定する必要性をまったく感じていなかったようだ。

オクラホマ州には、被疑者の精神的責任能力が問題になった場合、予備審問を担当するあらゆる判事に審理延期の権限を与えた法律がある。被告側からの申立ては必要ない。たいていの法廷弁護士は、依頼人には精神病の病歴があり、精神鑑定が必要であると強く主張する。しかしそのような訴えがない場合、被告人や被疑者の憲法上の権利を守る義務を負うのは判事である。

ミラー判事の無為を打ちやぶるのは、本来バーニー・ウォードの責任だった。弁護人としてウォードは、依頼人ロンの徹底的な精神鑑定を要求することもできた。つぎの段階は、責任能力を審査する審問会の開催の要求だ。これは二年前、ミラー判事が踏んだのとおなじ手続である。そうなれば、最終段階は心神喪失を主張する弁護になったはずだった。

ロンを法廷から厄介ばらいできたので、予備審問は粛々と秩序を守って進められた。審理があった数日間、ロンはいちども監房から出なかった。自身の弁護人に協力できる程度の精神的能力をロンが有しているかどうかは、問題にもならなかった。

最初に証言に立ったフレッド・ジョーダン医師は検死解剖の結果について詳しく述べ、首に巻かれたベルトか口に詰められたタオル、あるいはその両方による窒息が死因であると述べた。

嘘の証言は、ふたりめの証人、グレン・ゴアからはじまった。ゴアは、十二月七日の夜、友人とともに〈コーチライト〉に行ったし、そのなかに幼馴染で高校の同級生のデビー・カーターがいた、と述べた。さらにそのときデビーから、店にロン・ウィリアムスンがいるので〝救助して〟くれ、あるいは〝助けて〟くれといわれた――そうゴアは証言した。

十二月七日、ゴアは〈コーチライト〉でデニス・フリッツを見かけていなかった。

反対尋問でゴアは、警察にこの話をきかせたのは十二月八日だったと証言した。しかし警察のその日の調書には、ゴアがロン・ウィリアムスンのことを述べた記録は残っていない。さらに、開示手続規則で、警察から被告側への提供が規定されている報告書は提供されていなかった。

かくしてグレン・ゴアは、ロン・ウィリアムスンに直接的に不利な証言をする唯一の証人になった。ロンが殺害の数時間前にデビー・カーターと話をし、ふたりのあいだにいさかいがあったと証言することで、理論的にいえばゴアは殺人犯と被害者を結びつけたのである。

それ以外の証拠は、すべて情況証拠だった。

ビル・ピータースンのように、よほど腹をくくった検察官でなければ、グレン・ゴアのような犯罪者に担当事件で証言させるような鉄面皮な真似はしないだろう。予備審問に連れてこられたとき、ゴアは手錠と足枷をかけられた姿だった。不法侵入と誘拐、および警官殺害未遂の罪で刑期四十一年の服役中。五カ月前にゴアは元妻のグウェンの家に侵入し、幼い娘と元妻を監禁した。酔っていたゴアは、五時間にわたってふたりに銃を突きつけたのだ。リック・カースン巡査が窓から室内をのぞくと、ゴアはカースンの顔を狙って発砲した。幸い怪我はたいしたことがなかった。酔いが覚めて投降する前に、ゴアはもうひとりの警官にも発砲した。

ゴアがグウェンと暴力をともなういさかいをしたのは、これが初めてではなかった。山あり谷ありの結婚生活が解消しかけていた一九八六年、ゴアはグウェンの家に侵入し、肉切り包丁でなんどもグウェンを刺した。一命をとりとめたグウェンは告訴し、ゴアは第一級不法侵入で二件、危険な武器を用いた暴行一件の訴因で起訴された。

さらにその二カ月前には、グウェンの首を絞めたことでも告訴された。

一九八一年には、べつの女性の家に力ずくで押し入ったことでも訴えられていた。陸軍時代にもいちど暴行罪で起訴されたほか、微罪での有罪判決は数えきれなかった。

ロン・ウィリアムスンに不利な証言をする証人のリストにゴアの名前が加えられて一週間後、ゴアの司法取引が成立した。同時に、誘拐と危険な武器の使用による暴行罪一件での起訴が取り下げになった。ゴアの判決が出るにあたって、元妻の両親が長期の実刑判決を求める書簡を裁判所に提出している。以下はその一部だ。

どうか、わたしたちがどれだけの危険をこの男に感じているかをご理解ください。この男はわたしたちの娘と孫娘ばかりか、わたしたちをも殺そうとしました。ゴアがみずからそう語ったのです。わたしたちは娘の家に厳重な侵入予防措置を講じましたが、効果はまったくありませんでした。あの男が娘を襲ったときのことを一回ずつ詳述すれば、この手紙は長くなりすぎてしまいます。お願いですから、あの男が刑務所から出てきて恐怖の時間が始まる前に、娘に子どもを育てる時間を充分与えてください……かわいい孫が、あのようなことを二度と体験しなくてすむように。

バーニー・ウォードはもう何年も前から、グレン・ゴアがデビー・カーター殺人事件に関わっているのではないかという疑いをもっていた。ゴアは女性への暴行をくりかえしてきた犯罪常習者であり、被害者といっしょにいるのをさいごに目撃された当人である。警察がゴアにほとんど興味を示さないことが、バーニーには理解しがたかった。

ゴアの指紋は、オクラホマ州捜査局での分析にまわされていなかった。合計四十四名の指紋が採取されているのに、ゴアの指紋は調べられていない。嘘発見器のテストに同意したことはあったが、結局テストはおこなわれなかった。事件の二年後にゴアが初めて提出した毛髪のサンプルを、エイダ警察は紛失していた。その後、ゴアはサンプルを再提出している。

その後もう一回、ことによったら二回提出しているはずだが、正確なことを記憶している者はいない。

　裁判所関係のゴシップを耳ざとくききつけて記憶する超人的な能力のあるバーニーは、警察はゴアを取り調べるべきだったと確信していた。

　そしてバーニーには、依頼人のロン・ウィリアムスンが無罪であることがわかっていた。


　ゴアの謎は、その一部だけが予備審問の十四年後に明らかになった。当時まだ服役中だったグレン・ゴアが、一九八〇年代初頭のエイダで麻薬取引をしていたことを認める宣誓供述書に署名したのだ。ゴアは、覚醒剤のメタンフェタミンを挙げていた。取引相手にはエイダ警察署の警官もおり、そのひとりがデニス・コーヴィンだった。ゴアはこのコーヴィンが〝主な仕入れ先〟だったと述べている。コーヴィンは、ゴアが働いていたクラブ〈ハロルズ〉の常連客だった。

　ゴアが金を払えないと警官たちは適当な容疑をでっちあげて逮捕したが、たいていの場合は泳がせていた。宣誓のうえで、ゴアはこう供述した。《しかし、一九八〇年代の初めごろは、エイダの警察関係者からおおむね好待遇を受けていました。わたしが彼らと麻薬を取引していたからです》

さらに、《エイダ警察との麻薬取引をやめると、好待遇もおわりました》とも述べた。ゴアは、四十一年の刑を宣告されたのは、ひとえに《エイダ警察に麻薬を売るのをやめた》からだとしている。

この二〇〇一年の供述でゴアは、殺人事件の当日にロン・ウィリアムスンが〈コーチライト〉にいたかどうかは知らない、と述べた。警察はゴアに何枚かの写真を見せ、ロンの写真を指さして、いま警察が興味をもっているのはこの男だと説明し、《それから警察は、ウィリアムスンを見たといえ、とはっきりいいました》ということだった。

そして、《いまでも、デビー・カーターが失踪した晩にロン・ウィリアムスンがあの店にいたかどうかはわかりません。あの男を店で見たと供述したのは、ひとえに警察からそう求められたからです》

ゴアの宣誓供述書はある弁護士が作成し、署名の前にゴアの顧問弁護士がチェックしている。

検察側のつぎの証人は、トミー・グラヴァーだった。〈コーチライト〉の常連客でデビー・カーターの同僚、デビーをさいごに見かけた人間のひとりである。最初の記憶でグラヴァーは、デビーが駐車場でグレン・ゴアと話をしていたが、ゴアを押しのけて車で走り去ったのを見た覚えがある、と話していた。

　しかし、四年七カ月後の話は、それとはすこしちがっていた。この予備審問でグラヴァーは、ゴアがデビーに話しかけ、デビーは車で走り去った、と証言した。それ以上のこともそれ以下のこともいわなかった。

　つぎのチャーリー・カーターは、一九八二年十二月八日の朝に娘を発見したときのようすを語った。

〝犯罪現場の専門家〟であるオクラホマ州捜査局のジェリー・ピーターズ捜査官も証言した。しかしピーターズは、たちまち窮地に追いこまれた。バーニーが壁に残っていた掌紋の件で辻褄《つじつま》の合わない点を嗅ぎつけ、ピーターズの意見の矛盾点を厳しく追及したのだ。一九八三年三月の確信に満ちた意見が――驚くなかれ――一九八七年には百八十度転換している。デビー・カーターやロン・ウィリアムスンやデニス・フリッツの掌紋ではないとした最初の見解を、なぜ修正するにいたったのか？　もしや、検察に不都合な見解だったからということがあるのか？

　ピーターズは、この四年間に進展がなかったこと、一九八七年の前半に地区首席検事のビル・ピータースンから電話で当初の見解を考えなおすよう水をむけられたことを認めた。遺体を掘りだして掌紋を再採取したのち、ピーターズは突然意見を変えて、検察が望むとおりの内容で報告書を作成した。

グレッグ・ソーンダーズもデニス・フリッツの代理としてピーターズ攻撃に参戦し、証拠に改変の手がはいっているのは明らかだ、と主張した。しかし、まだ予備審問だった――合理的な疑いの余地のない証拠が必要とされる公判ではない。

ピーターズはさらに、アパートと車から二十一の指紋が見つかり、そのうち十九がデビー・カーターのもの、ひとつは〈コーチライト〉の警備員マイク・カーペンター、ひとつはデニス・スミス刑事のもので、デニス・フリッツの指紋もロン・ウィリアムスンの指紋も発見されていない、と証言した。


検察側の花形証人が、だれもが驚くテリ・ホランドだった。一九八四年十月から一九八五年一月までの四カ月間、ホランドは小切手の不正振出の罪でポントトック郡拘置所に収監されていた。オクラホマ州の未解決だった複数の殺人事件にとっては、じつに収穫の多い驚くべき四カ月だった。

最初テリ・ホランドは、カール・フォンテノットがデニース・ハラウェイ誘拐殺人事件についてすべてを認めるのを耳にしたと主張した。一九八五年九月のトミー・ウォードとカール・フォンテノットを被告人とする初公判では証人席につき、スミスとロジャーズ両刑事がトミー・ウォードの夢の自白につけ加えた凄惨な描写のありったけを陪審の前で披露した。証言ののちホランドは、重罪による前科が二件あったにもかかわらず、小切手の不正振出にしては軽い刑をいいわたされた。トミーとカールは死刑囚舎房に送りこまれ、ホランドはポントトック郡から逃げだした。

当時ホランドは、裁判所などに払うはずの罰金がいくつか未払いのままだった。通常なら、警察が目くじらを立てるようなものではない。だが警察はホランドを追って、ポントトック郡に連れもどした。自分がさらに多くの罪で告発されるとなるや、ホランドは突如驚愕の新事実を捜査担当者に打ち明けた。拘置所でカール・フォンテノットの話をきいていた時期に、ロン・ウィリアムスンがすべてを自白するのもきいた、というのだ。

警察にとっては、なんという幸運が転がりこんできたことか！　十八番の捜査手法である夢の自白をつくりあげたばかりか、これもまた十八番の密告者があらわれたのだ。

ロン・ウィリアムスンの自白のことを一九八七年春までなぜ黙っていたのか、ホランドははっきりしたことをいわなかった。なにも語らないまま、二年以上が過ぎていた。カール・フォンテノットが罪を認めたことは、ただちにスミスやロジャーズに話す気になったのだが、その理由をホランドに質問した者もいなかった。

予備審問の証人席で、ホランドは好き放題に作り話をまくしたてた。ロンが法廷にいないので、ありとあらゆる話をでっちあげることができた。ホランドは、ロンが電話で母親に怒鳴り、さらには、「デビー・カーターのように母さんも殺してやる」といっていた、というエピソードを語った。

拘置所に一台しかない電話は、受付オフィスの壁に取りつけられていた。収監者が電話の使用を許されることはめったにないし、許可された場合も、カウンターの上に身を乗りだして手を精いっぱい伸ばさなければ受話器がとれず、受付デスクに常時ついている職員の前で話をしなければならない。ほかの収監者が話を盗みぎきするのは――まったく不可能ではないにしろ――およそありそうもなかった。

テリ・ホランドは、ロンが教会にも電話をかけて、電話に出た相手にタバコの差し入れを要求し、もってこなければ教会に火をつけるぞと脅していた、と証言した。

これもまた、だれにも検証できない証言だった。しかもホランドが拘置所の間取りをたずねられることもなければ、女性の収監者がどうやって男の収監者に近づけたのかという説明を求められることもなかった。

ピータースンはホランドをさらに誘導した。「あなたが耳にした範囲で、被疑者はデビー・カーターにどのようなことをしたのか、その点について話していましたか？」

「はい、拘置所の大部屋でしゃべっていました」ホランドは答えた。「トミー・ウォードとカール・フォンテノットが入所してきてすぐです」

「デビー・カーターにどのようなことをしたのか、被疑者は大部屋でどう話していましたか？」

「ええと——どういえばいいのでしょうか。あの男は、デビーがお高くとまっていたので、思い知らせてやった、といってました」

「ほかには？」

「無理やりセックスをしてやった、と。ただ、こんな言い方ではありませんでした。どんな言い方だったのかも覚えてません。コークを突っこんだといってました——それからケチャップの瓶を尻の穴に押しこみ、パンティーをのどに詰めこんで思い知らせてやったと、そうもいってました」

ビル・ピータースンは誘導尋問で核心に迫った。「被疑者は、デビーが馬鹿な真似をするべきではなかったとか、そのたぐいの話をしていましたか？」

「ええ、ロンはデビーと交際したがっていましたが、デビーは相手にしてませんでした。だからロンは、あの女も馬鹿な真似はせず、おれの望みどおりにしていればよかったのに、といってました」

「デビーがそうすれば……自分はなにもせずにすんだとか、そういう話はしていませんでしたか?」ピータースンは質問した。足もとのおぼつかない証人に、なんとかしゃべらせようと必死だった。

「デビーを殺したりせずにすんだはずだ、と」

ビル・ピータースンのように真実を追及する責任をまかされた者が、裁判所成員のひとりとして、これほどの屑《くず》証言を引きだしたことは特筆に値する。

密告を成功させるこつは報酬を払うことにある。テリ・ホランドの場合は司法取引で窮地から救われ、刑務所への収監を免れた。未払い分の罰金は月々の分割払いになったが、ホランドはすぐに支払義務を放棄した。

当時ほとんど知られていなかったが、テリ・ホランドにはロン・ウィリアムスンとの過去の因縁《いんねん》があったのである。数年前、ロンがローリー社の訪問販売員としてエイダの街を歩きまわっていたころ、ひょんなことから予想もしなかったセックスの好機に恵まれたことがあった。一軒の家のドアをノックすると、家にはいれという女の声がした。いわれるまま屋内にはいると、マーレーン・キューテルという女が裸身をさしだしてきた。家にはほかにだれもいないようすだった。そのあとは、ドミノ倒しのような展開だった。

マーレーン・キューテルは精神的に不安定で、このエピソードの一週間後に自殺した。ロンはそのあとも何回か売りこみに訪れたが、マーレーンがいたためしはなかった。結局ロンは、マーレーンが死んだことを知らずにおわった。

そのマーレーンの妹がテリ・ホランドだった。ロンとの性的接触の直後、マーレーンはホランドにこの件を打ち明け、ロンにレイプされたと主張した。告訴手続はとられなかった——そのようなことは考慮もされなかった。ホランドは姉の頭がおかしかったことは知っていたが、それでも姉の死はロンのせいだと信じていた。一方、ロンは、この行きずりのセックスのこともすっかり忘れ、テリ・ホランドが何者なのかをまったく知らなかった。


予備審問初日には、デニス・スミス刑事が犯罪現場とその捜査を詳細に説明する、ぎこちない証言がだらだらとつづいた。唯一の驚きの要素は、犯人が残したさまざまな文字についてのスミスの証言だった。壁の赤いマニキュアによる殴り書きと、キッチンのテーブルにケチャップで書かれた《おれたちお探すな、さもないいと》というメッセージ。および、デビーの背中と腹に書かれたほとんど判読不能の文字。スミスはロジャーズ捜査官とともども、これらの手書き文字から書いた人間を特定できるかもしれないと考え、四年前にデニス・フリッツとロンに白いインデックスカードに文字を書かせた、と述べた。

ふたりの刑事には筆跡鑑定の経験などないも同然だったが、それでも——意外ではないが

——ふたりは筆跡が一致していると強く感じた。フリッツとロンがインデックスカードにペンで書いた文字は、壁に残された赤いマニキュアのメッセージや、キッチンのケチャップの染みと、怪しいほど似ていたのである。

ふたりはこの疑惑を、オクラホマ州捜査局の某捜査官に相談した。ちなみにこの捜査官の名前は明かされなかった。某捜査官もふたりの意見に賛成し、〝口頭で〟追認したという。

グレッグ・ソーンダーズによる反対尋問で、スミスはこう証言した。「われわれが意見をきいた人物によれば、ふたりの手書き文字はアパートの壁で見つかった文字と似ていたそうです」

「テーブルの文字については？」

「両方とも似ていたそうです」

数分後、バーニーが筆跡鑑定に関して、スミスを厳しく追及しはじめた。ロンの筆跡についてのオクラホマ州捜査局の報告書はないのか——バーニーはそう質問した。

「筆跡は捜査局に提出していません」スミスは認めた。

バーニーには、これが信じられなかった。州捜査局に提出しなかった理由はどこにあるのか。局内には専門家がいるはずだ。もしかしたら、ロンとデニスを容疑者から除外することもできたかもしれないのに。

スミスは守りの姿勢にはいった。「筆跡には似たところがありましたが、しかし、その類似はわれわれの観察にもとづいたものであって、科学的なものではありません。つまり……われわれには……その……類似を見てとることができたのです。しかしですね、あの、今回のようにタイプのちがう筆跡を比べるのは、ほとんど不可能なんです。片や筆のようなもので書いた文字、片や鉛筆で書いた文字、つまりタイプが異なるわけです」

バーニーはこう応じた。「もしやあなたはこの法廷で、デニス・フリッツとロン・ウィリアムスンのふたりが、爪ブラシだかマニキュアブラシだかを交替でつかって、ジム・スミスについての言葉やほかの言葉を書いた可能性がある、と証言しているわけではないでしょうね？　ふたりが一文字ずつ交代で書いたとか、そういう手段をとっていたとしても、それでも同様の結論に達したかもしれないというのですか？」

「いいえ、しかし、ふたりで書いたというのがわれわれの意見です。ふたりでひとつのメッセージを書いたということではありません。しかし、アパートには筆跡の異なる文字がいくつかありました」

筆跡に関する証言が予備審問に提出されたのは審理を先に進めるためだったが、さしものビル・ピータースンですら、公判でつかうにはあまりにも根拠薄弱だとわかっていた。

第一日めがおわったとき、ミラー判事はロンが出席しなかったことに懸念を示した。法壇に検事と弁護人を集めての話しあいで、判事はその懸念を打ちあけた。「被疑者が審理に欠席する場合のことを調べてみたよ。明朝の九時十五分前を目安に、いまいちどミスター・ウィリアムスンに、いまなお出席を望まない意見に変わりがないのかを確かめてみよう。もし望むのであれば、出席させるつもりだ」

バーニー博士が医者気どりで助言を口にした。「お望みなら、百ミリグラムほど服用させて――」

「きみになんらかの指示を出したわけではないぞ」ミラー判事がさえぎった。

翌朝八時四十五分に、ロンが法廷に連れてこられた。ミラー判事はロンにたずねた。

「ミスター・ウィリアムスン、きのうあなたは予備審問に出席したくない意向を表明しましたね」

「ここに来るだけでもいやなんだ」ロンはいった。「おれはあの殺しには関係ない。おれはまったくぜったいに――あの女をだれが殺したのかを知らない。なんにも知らないんだ」

「よろしい。あなたの行動や妨害行為――望むのであれば、あなたには出席する権利がありますが、その場合、審理妨害や秩序紊乱《びんらん》につながる行為はつつしむと約束していただく必要があります。権利を再請求するのなら、約束をしなければなりません。出席を望みますか？」

「いや、こんなところにはいたくないね」

「ここですべての証人の証言をきく権利が自分にあることは理解していますか？」

「ここにいたくないいんだよ。あんたたちがなにをやろうと、おれにはどうしようもない。こんなことで騒ぎ立てるのはうんざりだ。もう耐えられない。ここにはいたくないね」

「よろしい、あなたが決めたことだ。出席を望まないのですね？」

「ああ、そうだよ」

「では、憲法で保障されている証人と対決する権利を放棄しますか？」

「ああ、放棄する。おれがやってないことでおれを起訴するなら、好きにしろ。どうせやりたいようにやれる身分なんだから」ついでロンはゲイリー・ロジャーズに目をむけた。「怖いやつだな、ゲイリー。四年半いやがらせをつづけたあげく、ようやくおれを起訴できるわけか。そりゃそうだ、物事を決めてるのはあんたたちで、おれじゃないんだから」

ロンが拘置所にもどされ、デニス・スミスの証言で予備審問は再開した。つぎのゲイリー・ロジャーズは、めりはりなく捜査のようすを説明した。つづくオクラホマ州捜査局のメルヴィン・ヘット捜査官とメアリー・ロング捜査官は、指紋や毛髪分析、血液と唾液の成分など、事件に関係する科学捜査について証言した。

検察側が弁論をおえ、つづいてバーニーが十人の証人を呼んだ——全員が看守か模範囚だった。テリ・ホランドがきいたと主張したことと、多少なりとも似ている話をきいた覚えがある者は、十人中ひとりもいなかった。

証言がおわると、バーニーとグレッグ・ソーンダーズは強姦罪での起訴の棄却を求める申立てを提出した。オクラホマ州法の定める三年の出訴期限を過ぎているからだ。謀殺には時効がないが、ほかの犯罪には時効がある。ミラー判事は、この申立てについては後日裁定をくだす、といった。

このあわただしさのなかで、デニス・フリッツはほとんど忘れ去られていた。ピーターソンがロン・ウィリアムスンに焦点をおいているのは明らかだった。ピーターソン側の花形証人はゴアとテリ・ホランドとゲイリー・ロジャーズ（夢の自白）の三人――全員がロンに不利な証人だった。フリッツを殺人と結びつける証拠は、メルヴィン・ヘットによる毛髪の分析結果しかなかった。

グレッグ・ソーンダーズはその長時間にわたる力のこもった弁論で、検察がデニス・フリッツのこの殺人への関与動機についてひとつも証明していない、と主張した。この問題はミラー判事の検討課題とされた。

バーニーは、これほど証拠不充分であるからには起訴をすべて棄却するべきだと騒々しく要求することで参戦、グレッグも同様の主張をした。ミラー判事がその場で裁定をくださず、被告側申立ての是非を真摯に考慮している気配を察し、警察と検察はいま以上の証拠が必要であることを思い知らされていた。

科学面での専門家証人が陪審にもつ影響力は大きい――とりわけ小さな街では。専門家が州の職員であり、検察側に呼ばれて被告側に不利な証言をするとなれば、その証言は絶対確実だとみなされる。

バーニーとグレッグ・ソーンダーズには、オクラホマ州捜査局による毛髪と指紋についての証言が疑わしいこともわかっていたが、正面から反論するには援助が必要だった。検察側の専門家証人に反対尋問をして、信憑性をおとしめることは許されるだろうが、弁護士がその種の論争に勝つことはめったにないこともわかっていた。専門家証人を追いつめるのはむずかしく、陪審はたやすく混乱しがちだ。いま被告側に必要なのは、一、二名の自陣の専門家証人だった。

ふたりはその種の支援を求める申立てを提出した。類似の申立ての件数は多いが、認められることはめったにない。専門家証人を呼ぶには費用がかかり、判事も含めて地方自治体の職員は、貧しい被告側に支払う金額がかさみすぎて、納税者にその負担を求めると考えただけでも身をすくませる。

今回の申立てについて議論の場がもうけられた。ただし、バーニーが盲目である点だけは議論されなかった。毛髪繊維と指紋分析に助けが必要な者がいるとすれば、バーニー・ウォードだったはずだ。

8

書類が行き来した。地区検事局は起訴内容を修正し、強姦罪での起訴を取りさげた。被告側の弁護人たちは、新しい起訴状にも攻撃を加えた。かくして、ふたたび審問会をひらく必要が出てきた。

地区裁判所判事は、ポントトック郡在住のロナルド・ジョーンズだった。この郡は、セミノール郡とヒューズ郡とともに第二十一裁判区を形成していた。一九八二年選出のジョーンズ判事は、驚くにはあたらないが、検察寄りで被告側に厳しいことで有名だった。死刑の強固な支持者でもあった。敬虔《けいけん》なキリスト教徒で、バプテスト教会の執事でもあり、〈バプテストのロン〉とか〈堅物ジョーンズ〉という綽名《あだな》があった。しかし、拘置所で回心した者の話には弱かった。そのため担当がジョーンズ判事になったら、ふいに神を求める心が生まれてきたと述べれば利益になるかもしれないと、依頼人に耳打ちする弁護士もいた。

八月二十日、ロンは悔悛のかけらもないまま、まったく罪状認否のためにジョーンズ判事の前に引きたてられた。ふたりの法廷での対面は、これが最初だった。ジョーンズ判事はロンに話しかけて、調子をたずねた。判事はいやというほど長い返事をきかされた。

「ひとつだけいわせてください」ロンは大声でいいはじめた。「ええと――おれはカーター家の人たちを気の毒に思います。その気持ちでは、一家の親類にも負けません」

ジョーンズ判事は静粛を命じた。

しかし、ロンは話しつづけた。「こんなことを望んでないことくらいは――とにかく、おれはやってません」

看守に身体を押さえつけられて、ロンは黙った。罪状認否は延期され、ジョーンズ判事はそのあいだに予備審問の速記録を見なおすことになった。

二週間後にロンは、弁護士たちが追加で作成した数多くの申立てとともに、再度法廷にあらわれた。看守たちはソラジンの量を微調整するようになっていた。ロンが独房にいて、看守たちがゆっくりしたいときには大量に与えれば、だれもが満足だった。しかし、出廷予定があるときには薬が減らされた――ロンがより大きな声を出し、より荒々しく好戦的になるようにだ。精神衛生局のノーマ・ウォーカーは、看守がロンに麻薬を与えているのではないかという疑いを記録に残している。

ジョーンズ判事の法廷への二度めの出廷も、順調とはいいがたかった。ロンは箍《たが》が外れたようにしゃべりまくった。自分は無罪だと公言し、まわりの人がみんな嘘をついているといいたて、「あの晩おれが家にいたことは、母さんが知ってたんだ」といった。

結局ロンは拘置所に戻され、審問会がつづけられた。以前からふたりの審理をべつにするよう求めていたバーニー・ウォードとグレッグ・ソーンダーズは、ここでも強硬に要求した。ことにソーンダーズは、共同被告としては明らかにお荷物であるロン・ウィリアムスンのいない場で、顔ぶれのちがう陪審を強く望んでいた。

ジョーンズ判事はこの申立てを認め、ふたりそれぞれの公判開催を命じた。判事はまた、ロンの精神的責任能力の問題をもちだして、公判前にこの問題に決着をつけておくようバーニーに法廷で指示した。さいごにロンが法廷に呼ばれて罪状認否を問われ、正式に無罪を主張、拘置所にもどされた。

こうしてデニス・フリッツは、ロンとはちがう道に進むことになった。ジョーンズ判事は新たに予備審問の開催を命じた――最初の予備審問で、検察側がフリッツの有罪を示す証拠をほとんど提出しなかったからだ。

検察当局には、充分な数の証人がいなかったのだ。

普通であれば、確かな証拠がないまま起こされた裁判に警察は不安を感じるはずだが、エイダではそんなことはなかった。あわてる者はいなかった。ポントトック郡拘置所には、密告者予備軍がいくらでもいたからだ。デニス・フリッツのために警察が最初に見つくろったのは、シンディ・マッキントッシュという軽犯罪の常習犯だった。

すでにフリッツは、ロンの監房の近くに移されていた――ふたりに会話をさせようという目論見《もくろみ》だった。ふたりのあいだの確執は消えていた。フリッツが説いてきかせ、自白をしていないことをロンに納得させたのだ。

シンディ・マッキントッシュはふたりの話し声がきけるところにいたと主張、ふたりの尻尾をつかんだ、と警察に伝えた。マッキントッシュによれば、フリッツとロンは最初の予備審問に提出された写真のことを話していたという。ロンは当然法廷にいなかったので、フリッツが見たものに興味を示した。写真は犯行現場のものだった。ロンはデニスにこうたずねた。「あの女（デビー・カーター）はベッドにいたのか？　それとも床だったか？」

床だった――フリッツは答えた。

警察にいわせると、これはふたりがどちらもアパートにいて、レイプと殺人を犯したことの動かぬ証拠だった。

ビル・ピータースンは、すぐそれを信じた。九月二十二日、シンディ・マッキントッシュを検察側証人に加えることを求める申立てがピータースンにより提出された。

つぎにあらわれた密告者はジェイムズ・リギンズ。ただし、密告者としては短命におわった。ポントトック郡内での犯罪についての取り調べのために刑務所から呼びもどされたリギンズは、ある晩自分の監房にもどる途中でべつの監房の前を通りかかった。房内から人の声がきこえた。たぶんロンの声だ。声の主は、自分がデビー・カーターを殺したことを認め、タルサで二件の強姦罪に問われたがうまく逃げおおせた、だから今回の殺人罪からもうまく逃げてやる、といっていた。ロンがだれにむかって告白していたのか、リギンズにはよくわからなかったが、密告業界ではその手の些細な点は問題にならない。

その約一カ月後、リギンズは変心する。警察の取り調べのさなか、ロン・ウィリアムスンの件は勘ちがいだった、あのとき告白をしていたのはグレン・ゴアだった、といったのである。

エイダでは密告に感染力がある。九月二十三日、リッキー・ジョー・シモンズという麻薬依存症の若者が警察署にやってきて、自分がデビー・カーターを殺したと宣言し、そのことについて話したいといった。デニス・スミスとゲイリー・ロジャーズは手早くビデオカメラを見つけだし、シモンズが語りはじめた。何年も薬物を濫用してきたこと、好みの薬は自家製クランクであり、これは粉末のメタンフェタミンにいろいろな成分を混ぜたものだが、そのひとつがバッテリー用の薄めた硫酸であること。しかし――シモンズはつづけた――自分はついに薬をやめて、そして神を見いだした。そして、一九八二年の――一九八二年だと思うが、ちょっと自信がない――十二月のある晩、聖書を読んでいたとき、これという理由もなく、エイダの街を歩きまわりはじめて、若い女と出会った……たぶんデビー・カーターだと思うが、その点もやはり自信がない。女との出会いのいきさつについて、シモンズの説明は話すたびにちがっていた。女をレイプしたかもしれないし、しなかったかもしれない。両手で首を絞めあげて殺したように思うし、そのあと神に祈り、アパートで吐いた、という。それもひとえに、不思議な声に命じられてやったことだった。細かい部分はぼんやりしている。供述の途中で、シモンズはこういっている。「まるで夢のようでした」

またひとつ〝夢の自白〟が手にはいりかけていたにもかかわらず、妙なことにこの時点ではもう、スミスもロジャーズも小躍りして喜んだりしなくなっていた。

なぜ五年近くも黙っていたのかと問いつめられたシモンズは、最近街で話題のゴシップを耳にして、一九八二年の運命の夜のことを思い出したからだ、と苦しい説明をした。いや、一九八一年のことだったかもしれない。しかしシモンズは、どうやってデビーのアパートに侵入したのかも、アパートに部屋がいくつあったかも、どの部屋で殺害したのかも、まったく答えられなかった。ついでシモンズは唐突に、ケチャップの瓶と壁の落書きのことを思い出した、といいだした。あとになってシモンズは、勤め先の友人のひとりが事件の詳細について話していたのをきいた、といっている。

シモンズは、自白のあいだはしらふで麻薬も抜けていると主張していたが、スミスやロジャーズの目にはクランクのダメージが明白だった。ふたりは即座に、シモンズの話を払い捨てた。正確さに欠ける点ではトミー・ウォードの自白と五十歩百歩だったが、ふたりは感心するでもなかった。話は充分だと思ったスミスはさいごに、「いわせてもらえば、おまえはデビー・カーターを殺しちゃいないね」といい、つづいてカウンセラーを紹介してやろうとシモンズに申しでた。

シモンズはさらに混乱を深めたようすで、自分が殺したのだと強くいいはった。ふたりの刑事は、おまえは殺していないと否定した。

結局ふたりは、ご足労に感謝するという言葉とともにシモンズを追いかえした。

ポントトック郡拘置所は吉報とはまず無縁のところだが、十一月初旬、ロンは予想もしていなかった手紙を受けとった。行政法審判官が社会保障法にのっとって、ロンに障害年金を支給する決定をしたのだ。

これより一年前に姉アネットは、弟ロンが一九七九年以来就労できない状態にあることを理由に、弟の代理で給付を申請していたのである。ハワード・オブライエン審判官はロンの膨大な病歴を調べ、一九八七年十月二十六日に正式な聴聞会を開いた。ロンは拘置所から車で聴聞会に連れていかれた。

オブライエン審判官は、裁定でこう述べている。《申請者にアルコール依存症および鬱病の病歴があり、リチウムの服用により後者の症状を安定させてきたこと、および非定型人格障害により――おそらく境界パーソナリティと偏執症と反社会的人格も加わって――複雑化した非定型双極性障害者であると診断されてきたことは、提出された医学的資料により明らかである。薬物治療を受けなければ、攻撃的な態度、暴言や暴力、宗教的妄想と思考障害が見られることは明白だ》

さらにこんな文章もある。《抽象的思考力の低下や不安定な意識レベルにとどまらず、時間にかんする失見当識や注意力減退の症状がひんぱんに見られる》

オブライエン審判官は、あっさりと、《(ロンには) 重篤な双極性障害、人格障害および、薬物濫用障害がある》と結論づけたうえで、ロンの症状は実質的な就労を妨げるほど重いものだ、としめくくった。

ロンの年金支給は一九八五年三月三十一日にさかのぼって開始され、現在も支給継続中とする決定がくだされた。

行政法審判官の第一の任務は、申請者に身体的あるいは精神的な障害があるかどうかを判断し、年金支給の可否を裁定することにある。重要な仕事だが、人の生死を決するものではない。一方ミラー判事やジョーンズ判事は、あらゆる被告人が――わけても死刑の可能性のある被告人が――公正な裁判を確実に受けられるようにする義務を負っている。オブライエン審判官にはロンの明白な問題が見えていた一方、ミラー判事やジョーンズ判事にそれが見えていなかったのは、悲しむべき皮肉というほかはない。

バーニーもそれなりの懸念を感じていたのでロンに精神鑑定を受けさせることにし、ポントトック郡保健局の検査の手配をした。診療所のクローデット・レイ所長が一連の心理テストをおこなって、バーニーに報告書を出した。報告書はこうしめくくられていた。
《ロンは、現状ゆえのストレスによる不安を自覚している。また、情況を変えたり自分を改善したりできないことに無力感を感じてもいる。出席すれば自己の利益になるはずの予備審問を欠席したことが好例だが、不適切な行動をとる場合もあり、これはパニックおよび思考の混乱が原因である。大多数の人間は、将来の自分の生死に影響をおよぼす情報や意見を耳に入れたいと要求するものだ》

この報告書はバーニーの書類ファイルにしまいこまれて、そのままになった。精神的責任能力の有無を問う審問会開催の要請は、手順が決まっている型どおりの仕事であり、バーニーにも経験があった。しかもバーニーの依頼人ロンは、バーニー本人が毎日のように訪れる裁判所から三十メートルと離れていない拘置所にいたのである。

この裁判に必要とされていたのは、精神的責任能力の問題をとりあげる人材だった。

デニス・フリッツ訴追の活動の大きな追い風になったのは、ジェイムズ・C・ハージョという読み書きのほとんどできないアメリカ先住民の証言だった。ハージョは二十二歳にして、すでに住居侵入の罪で服役中だった——おなじ家に二度も押し入って逮捕されたのである。九月から十月のあいだは拘置所で州刑務所への移送を待っていたが、そのとき同房だったのがデニス・フリッツだった。

ふたりは、そこそこ親しくなった。フリッツはハージョに同情して、手紙を代筆してやった。大半が妻宛ての手紙だった。同時にフリッツは、警官たちがなにを企んでいるのかも充分わきまえていた。ハージョの公判はもうおわっていたので、この男を拘置所から連れだす理由はひとつもなかったはずだが、警官が一日おきにハージョを拘置所から連れだしていた。おまけにハージョは房にもどるなり、フリッツにデビー・カーター事件のことをあれこれたずねた。拘置所には密告の達人が掃いて捨てるほどいたが、ハージョはいちばん稚拙な密告者だったにちがいない。

あまりにも見えすいた企みに、フリッツは短い文章を用意して、警官たちがハージョを房から連れだすたびにハージョに署名させた。そこには、《デニス・フリッツはいつも自分は無罪だといっている》などと書かれていた。

さらにフリッツは、ハージョと事件について話しあうことをきっぱり拒否した。それでもハージョは諦めなかった。十一月十九日、地区首席検事のピータースンはジェイムズ・C・ハージョの名前を検察側証人のリストにつけ加えた。そして同日、ジョン・デイヴィッド・ミラー判事のもとでフリッツの予備審問が再開された。

ピータースンがつぎの証人はハージョだと宣言すると、フリッツは思わず顔をしかめた。あの馬鹿な若造が、いったいどんな話をでっちあげるというのか。

ハージョは宣誓のうえで、ぼろぼろの嘘を重ねつつ、気負いこんだビル・ピータースンの質問に応じて、フリッツと同房であることや、初めのうちこそ友好的な間柄だったが、ハロウィーンの晩に会話がこじれてしまったことを証言していった。というのも、ハージョがフリッツに殺人事件の詳細について問いただしたからだ。フリッツの説明は細部で辻褄《つじつま》が合っていなかった。そこでハージョは、巧みにフリッツの話のあらをついた。やがてハージョはフリッツの有罪を確信し、正面からその話をフリッツ本人にぶつけた。フリッツはとても不安そうになり、明らかに罪の意識と戦っているようすで大部屋をうろうろ歩きまわりはじめた。そのあとふたりの房にもどると、フリッツは涙の浮いた目でハージョをじっと見つめてこういった。「おれたちは、あの女を傷つけるつもりはなかったんだ」

法廷で発せられたこの嘘八百に、フリッツはすわっていることができなくなり、大声で証人を怒鳴りつけた。「この嘘つきめ！　この嘘つきめ！」

ミラー判事が静粛を求めた。ハージョとピータースンは筋書きに従って話を先に進めた。ハージョの話では、フリッツが幼い娘を心配していることになっており、「父親が殺人犯だったら、娘はどう思うだろう？」とたずねたという。そのあとも、本当に信じがたい証言がつづいた。ロンがふたりでビールをもってデビーのアパートに行き、レイプと殺しをおえたあと、空き缶を拾い、アパートじゅうの指紋をぬぐって立ち去った――フリッツがハージョにそう告白したというのだ。

反対尋問でグレッグ・ソーンダーズは、ほかの十人以上もの指紋は残しつつ、自分たちの目に見えない指紋だけをフリッツとロンがどうやって消したのか、そのあたりをフリッツが説明したかどうかをハージョにたずねた。ハージョにはさっぱりわからなかった。またハージョは、ハロウィーンの夜にデニスが告白したとき、大部屋には自分たち以外にすくなくとも六人の収監者がいたことを認めたが、ハージョ以外にその話を耳にした者はいなかった。

グレッグは、フリッツが作成してハージョが署名をした文書のコピーを提出した。

そもそもハージョは宣誓のときから信頼できない空気をただよわせていたが、ソーンダーズによる反対尋問がおわったときには、まぎれもない愚か者としか見えなかった。しかし、それも問題にはならなかった。ミラー判事には、フリッツを公判にかける以外の選択肢はなかった。オクラホマ州法では、予備審問の担当判事に証人の信頼性を決定する権限が認められていなかったからである。

公判の日時はいったん決まったのちに、延期された。一九八七年から八八年にかけての冬が、獄中生活に耐えながら公判の早期開催を待つロンとフリッツには、ひときわ長く感じられた。何カ月も鉄格子の中に閉じこめられていても、ふたりはまだ、正義がおこなわれて真実が明らかになる可能性を信じていた。

公判に先立つ前哨戦で、被告側に唯一意味のある勝利だったのは、ふたりの公判を別個にひらくというジョーンズ判事の裁定だった。当初、ビル・ピータースンは個別公判を求める申立てに争う姿勢を見せたが、一方の公判を先にすませることには大きな利点があった。最初にデニス・フリッツの公判をひらけば、不安と好奇心にあふれた街が知りたがっている詳細な情報を新聞が流してくれるではないか。

事件当初から、警察は犯人が二名だと主張してきたし、警察にとって最初の、そして無二の容疑者が、フリッツとロンのふたりだった。容疑、捜査、告発、逮捕、訴追、予備審問と、すべての段階でふたりはひとまとめに扱われてきた。地元新聞でも、ふたりの顔写真がならべて掲載された。見出しはいつも、《ウィリアムスンとフリッツが……》ではじまっていた。最初の公判でビル・ピータースンがデニス・フリッツを有罪にもちこめれば、ロン・ウィリアムスン裁判の陪審は席に着いたとたんに縛り首用の縄を探しはじめるはずだ。エイダにおける公平な裁判とは、まずフリッツの公判をすませたのち、間をおかずにウィリアムスンをおなじ条件で裁くことだった——おなじ法廷、おなじ判事、おなじ証人、そしておなじ新聞があますところなく報道するのである。

ロンの公判に先立つこと三週間前の四月一日、裁判所が共同弁護人として指名したフランク・ベイバーが解任要請の申立てを提出した。べつの裁判区の検察官のポストに就《つ》いたからだった。

ジョーンズ判事はこの要請を認めた。ベイバーは去った。バーニー・ウォードは補佐役をうしなった——依頼人に不利な証拠として提出されかねない書類や証拠物件、写真や図表を精査する助けとなる、法律知識のある〝目〟をうしなったのである。

デビー・カーター殺害事件から五年半後の一九八八年四月六日、ポントトック裁判所二階の満員の法廷に、デニス・フリッツが連れてこられた。フリッツはすっきり散髪し、ひげもきれいに剃って、一着しかないスーツを身につけていた。母親がこの裁判のために買ったスーツだった。その母親、ウォンダ・フリッツはすこしでも息子の近くにいたい一心で、最前列の席にすわっていた。隣には、ウォンダの妹でフリッツの叔母にあたるウィルマ・フォス。ふたりとも、公判で話される言葉は一語もききもらすまいとしていた。

手錠がはずされると、フリッツは集まった人々にちらりと目を走らせながら、百人あまりの陪審員候補者のうち、最終的に十二人に残るのはだれだろうか、と思った。あそこにすわっている登録有権者たちのうち、だれが自分を裁くことになるのか？

待つだけの長い日々が、ついにおわった。息のつまるような拘置所で十一カ月を過ごし、ついに法廷にのぞんだ。自分には腕のたつ弁護士がついている。判事は公正な裁判を心がけてくれるはずだ。十二人の住民代表は慎重に証拠を評価して、ピーターースンの主張に裏づけがないことをすぐに見抜くだろう。

公判がはじまってほっとしている部分もあったが、恐怖もあった。なんといっても、ここはポントトック郡だ。たとえ無実の人間でも、濡れ衣を着せられて有罪にされかねないことを、フリッツはいやというほど知ってていた。短期間だが、フリッツはカール・フォンテノットと同房になったことがあった。フォンテノット、あの無知で困惑しているばかりだった男はいま、まったく無関係な殺人の罪を着せられて、死刑囚舎房に閉じこめられている。

ジョーンズ判事が入廷し、陪審員候補者たちに挨拶をした。まず予備的手続がおこなわれ、つづいて陪審員選任手続がはじまった。時間のかかる退屈な手続だった。高齢者や聴覚障害者、病人などが候補からはずされていくあいだ、時間はのろのろとしか流れなかった。ついで、候補者への質問がはじまった。検事と弁護人も多少は質問したが、質問役はもっぱらジョーンズ判事だった。グレッグ・ソーンダーズとビル・ピータースンが、だれを陪審に残してだれを除外するかについて、激しい駆け引きを繰りひろげた。

この長時間の手続の途中で、ジョーンズ判事が陪審員候補者のひとりのセシル・スミスという男にこんな質問をした。「あなたの前のお仕事は?」

セシル・スミスは、石油や天然ガスの採掘、電気やガスなどの公益事業各社や電話会社の所管庁である州政府の機関名をあげた。「オクラホマ・コーポレーション・コミッションです」

判事も検事も弁護人も、それ以上詳しくはきかなかった。セシル・スミスのこの簡単な返答には、長年警察に勤めていたという事実がすっぽりと抜け落ちていた。

しばしののちジョーンズ判事は、デニス・スミス刑事を知っているか、あるいはスミス刑事と血縁関係にあるのか、とセシル・スミスにたずねた。

セシル・スミスの答え。「親戚ではありません」

ジョーンズ判事。「では、捜査官とはどういう知りあいですか?」

セシル・スミス。「ええ、知りあいという程度です。なんどか話をしたことはありますし、もしかしたら、ほんの何回か、いっしょになったこともあったかもしれません」

数時間後、選任された陪審員たちが宣誓をすませた。フリッツの気がかりは、セシル・スミスという男の存在だった。陪審員席にすわるとき、スミスはフリッツに厳しい視線をむけてきた。このあともフリッツは、スミスのそういった視線をなんども浴びることになる。

公判の本番は、翌日はじまった。地区検事補のナンシー・シューが、これから提示される証拠の概要を陪審に説明した。グレッグ・ソーンダーズは冒頭陳述で、検察側には証拠と呼べるものはないも同然だ、と反論した。

最初の証人は、刑務所から呼びだされてきたグレン・ゴアだった。ピータースンによる直接尋問で、ゴアは奇妙な証言をした。殺人事件当夜、デニス・フリッツがデビー・カーターといっしょにいるところは見ていない、といったのである。

大多数の検察官は、公判を強力な証人の証言からはじめようとする——事件のあった時間帯に殺人者が被害者のきわめて近くにいたことを示す証人だ。しかし、ピータースンは異なる戦術を採用した。ゴアは、いつとは特定できない過去に〈コーチライト〉でフリッツを見かけたかもしれないが、いちども見かけていないかもしれない、といったのだ。

この最初の証人の証言で、検察側の戦略が明らかになった。ゴアは被告人デニス・フリッツよりも、ロン・ウィリアムスンについて多く発言したし、ピータースンもまたロンについての質問のほうを多く発していた。ロンの名前を出すことで連想をうながし、そこからフリッツを有罪にもちこむ作戦の発動だった。


多数の犯罪歴があることを理由に、グレン・ゴアの証人としての信頼性に異議を申し立てるチャンスを待っていたグレッグ・ソーンダーズだったが、ピータースンが先まわりして、みずからの証人の信用を落とす作戦をとった。ゴアに犯罪歴についての質問をしたのだ。これにより、ゴアが誘拐や加重暴行、警官銃撃などの罪で多数の有罪判決を受けていることが明かされた。

検察側の最有力証人が、事件へのフリッツの関与を示せないどころか、当人が四十年という長期刑の判決を受けた筋金入りの重罪犯であることが暴露されたのだ。

心もとないスタートをきったピータースンがつぎに立てたのも、なにも知らない証人だった。地元ガラス会社でのデビーの同僚、トミー・グラヴァーは、デビー・カーターが〈コーチライト〉から帰る前にグレン・ゴアと話をしている姿を目撃したときのことを陪審に説明した。証人席にいたのはわずかな時間で、グラヴァーはデニス・フリッツの名をいちども口にしないまま退廷させられた。

デビーの高校時代の親友であるジーナ・ヴィエッタは、十二月八日未明にデビーからかかってきた不自然な電話について語った。また、〈コーチライト〉で何回かフリッツを見かけたことこそあれ、事件当夜は見ていないことを証言した。

つぎにデビーの父のチャーリー・カーターが娘の死体を発見したときのようすを悲痛に語り、そのあとデニス・スミス刑事が呼ばれて証人席についた。スミスは質問に答えるかたちで殺害現場の状態を長々と説明しながら、無数の写真を証拠物件にくわえていった。さらにスミスは、自分が指揮をとった捜査の内容や、集められた唾液や毛髪のサンプルなどの件も語った。容疑者となる可能性のあった人物について、ナンシー・シュー検事補が最初の質問をしたとき、それがデニス・フリッツについての質問ではなかったのも、驚くにはあたらなかった。

「捜査の過程で、ロナルド・キース・ウィリアムスンという人物を尋問しましたか？」シューはたずねた。

「はい、しました」スミスは判事からの制止も弁護士からの異議もないまま答え、つづいて警察によるロン・ウィリアムスンの捜査のことや、ロンが容疑者となったいきさつと理由を説明した。やがて、これがだれの裁判なのかをふと思い出したのか、ナンシー・シューはデニス・フリッツから提供された唾液のサンプルについて質問した。

スミスは、唾液を採取して、オクラホマシティにある州捜査局の科学捜査研究所に提出するまでの経緯を語った。シューはここで直接尋問をおえ、証人を反対尋問にゆだねた。シューが腰をおろした段階で、検察側はデニス・フリッツが容疑者になった理由やいきさつを示唆する手がかりをいっさい示していなかった。フリッツと被害者のあいだには、なんのつながりもなかった。スミス刑事が、フリッツはデビーのアパートの〝近く〟に住んでいたと証言してはいたが、犯行時刻にフリッツが被害者の近辺にいたと、すこしでも示唆した者すらいなかった。動機についてもまったく言及がなかった。

ようやくフリッツと殺人を結びつけたのは、つぎの証人ゲイリー・ロジャーズ捜査官の証言だった。ロジャーズはこう語った。「ロン・ウィリアムスンを調べていくうちに、被告人デニス・フリッツの名前がロン・ウィリアムスンの共犯者として浮上してきました」

ロジャーズは、自分とスミスが鋭い推理をめぐらし、本件犯行にあたっては二名の殺人者が必須であるという結論を導きだした過程を陪審に説明した。まず単独犯にしては暴力的要素が多すぎることに加え、犯人（たち）はケチャップで《おれたちお探すな、さもないいと》と書いたさいに手がかりを残していた。〝おれたち〟という表現は、犯人が複数であることを示唆しており、スミスと自分はそのことにすぐ気づいたのである。

優秀な警察の仕事によって、ロン・ウィリアムスンとフリッツのあいだの交友関係が判明した。これこそ、このふたりの殺人者を結びつけるものだ——というのが警察の論理だった。

弁護人のグレッグ・ソーンダーズから陪審を無視するよう指示されていたにもかかわらず、フリッツはどうしても陪審に目がむくのを押さえられなかった。あの十二人が自分の運命ばかりか、おそらくは命まで握っている。だから、ときおり視線を走らせずにはいられなかった。セシル・スミスは前列に座っており、フリッツが陪審員席に目をやるたびに、必ずにらみかえしてきた。

どうしたというのか？　フリッツはいぶかしんだ。その答えはすぐ明らかになった。

休憩時間にグレッグ・ソーンダーズが裁判所にはいろうとしたとき、エイダではベテランのひとりである年配の弁護士が声をかけた。「セシル・スミスを陪審に残したのは、どこのお利口さんかな？」

ソーンダーズは答えた。「強いていうなら、わたしでしょうね。セシル・スミスは何者なんです？」

「いや、昔ここエイダの警察署長をつとめていただけだよ」

ソーンダーズはショックを受けた。その足でジョーンズ判事の執務室に歩いていったソーンダーズは、選任手続にあたってセシル・スミスが自発的にこの情報を明かさなかったことと、陪審員としてのセシル・スミスが明らかに警察と検察寄りの偏見をもっていることを理由に、審理無効とするよう求めた。

この申立ては却下された。

フレッド・ジョーダン医師は検死解剖について証言、陪審は生々しい話をつぶさにきかされた。遺体の写真が何枚も証拠として採用されて、陪審員席にまわされ、殺人事件の裁判にはつきもののショックと犯罪への強い怒りをかき立てていった。数人の陪審員は、嫌悪もあらわにフリッツをにらみつけた。

ジョーダン医師の、瑕疵《かし》ひとつない堅実そのものの証言の余韻がまだ残っているうちに、検察は怪しげな証人を二、三人まぎれこませることにした。ゲイリー・アレンという男が、宣誓のうえ証人席についた。アレンと事件との関係は、ないも同然だった。アレンが陪審に語ったところによると、デニス・フリッツの家の近所に住んでいて、一九八二年十二月初めのある夜の午前三時三十分ごろ、自宅アパートの外でふたりの男が騒いでいるのをきいたという。正確な日付は覚えていないが、十二月十日よりも前だったことは確かだ。ふたりの男がだれなのかは、はっきり見えなかったのでわからない。ふたりは庭で笑ったり悪態をついたりしながら、水まき用のホースでおたがいに水をかけあっていた。気温は低かったが、男たちは上半身裸だった。以前からデニス・フリッツとは知りあいで、片方の男の声がフリッツの声に思えた。しかし、確証はない。騒ぎをきいていたのは十分ほどで、そのあと寝床にもどった。

アレンが証人席を去るときには、廷内に怪訝《けげん》そうな顔がちらほらと見うけられた。この証言の意図はいったいどこにあるのか？　さらにつぎの証人としてトニー・ヴィックが出てくると、困惑はさらに広がった。

ヴィックは、ゲイリー・アレンとおなじアパートの一階の小さな部屋に住み、デニス・フリッツの知りあいだった。ロン・ウィリアムスンのことも知っていた。ヴィックは、フリッツの家のベランダにいるロンを見かけたことがあり、一九八二年の夏にフリッツとロンがいっしょにテキサス旅行をしたことを事実として知っている、と証言した。

陪審にこれ以上なにが必要だというのか？

被告人に不利な証言が、コンビニエンスストアの店員ドナ・ウォーカーによってさらに積みあげられていった。ウォーカーは法廷でフリッツの顔を確認し、以前はフリッツのことをよく知っていた、と証言した。一九八二年に、よく店に来ていたからだ。決まって早朝に来てコーヒーを飲み、よく話しかけてきた。ロンも常連客で、フリッツの友人だということは知っていた。ところが殺人事件があってから、いきなりふたりが店にコーヒーを飲みにこなくなった。自分からすれば、ふたりが消えてしまったのも同然だった。そして、数週間後、ふたりは何事もなかったかのようにまた店に通いはじめた。しかし、ふたりとも人が変わってしまっていた！　どう変わったのか？

「性格も服装もです。以前はいつもきちんとした服を着て、ひげもきれいに剃っていたのに、すっかりだらしなくなっていました。服は不潔で、ひげは伸び放題、髪はくしゃくしゃに乱れたままでした。性格も変わりました。いつも妙にそわそわして、なんだか疑心暗鬼になっていたみたいで」

グレッグ・ソーンダーズに問いつめられても、ウォーカーはこれほど重要な証拠を警察に五年間も明かさなかった理由を説明することはできなかった。しかし、警察が自分のところにやってきたのは昨年八月、デニスとロンの逮捕後だったことは認めた。

パレードでつぎに登場したのは離婚歴のあるリーサ・コールドウェル、ロンとおなじビング中学に通っていた女だった。コールドウェルは、デニス・フリッツとロン・ウィリアムスンが夜遅く、思いがけない時間によく家にやってきたことを陪審に証言した。いつも酒がはいっていた。やがてふたりのことが恐ろしくなり、もう家に来ないでくれと頼んだ。しかし、ふたりがいうことをきかなかったので、銃を購入してふたりに見せ、それでようやく自分が本気だということを両名に納得させることができた。

コールドウェルの証言は、デビー・カーター殺害事件とはまったく関係がなかった。これがほかの法廷であったなら、まず本件とは無関係だという異議が出ていたはずである。

ようやく異議が申し立てられたのは、オクラホマ州捜査局のラスティ・フェザーストーン捜査官の証言時だった。ピーターースンがこの男を証人席につけたのは、事件の四カ月前にロンとフリッツがノーマンで泥酔していたことを証明しようという、ぶざまな努力のあらわれだった。フェザーストーンは一九八三年に二回、フリッツに嘘発見器のテストをおこなっていたが、多くの立派な理由から、テスト結果は証拠として認められなかった。フリッツは当時の尋問で、ノーマンでバーをはしごして飲み歩いた夜のことを詳しく語っていた。ピーターースンがその内容をフェザーストーンに証言させようとするなり、グレッグ・ソーンダーズは大声で異議を申し立てた。ジョーンズ判事は、本件には無関係な証言だとして、異議を認めた。

法壇前での小競りあいのさなか、ピーターースンはこういった。「あの男（フェザーストーン）の証言で、ロン・ウィリアムスンとデニス・フリッツが一九八二年の夏に交友関係にあったことが明らかになります」

「その証言にどんな関連性があるのかね?」ジョーンズ判事はそうたずねた。

ピータースンは質問に答えられず、フェザーストーンはそそくさと法廷を去っていた。これもまた、デビー・カーター殺害についてなにも知らない証人が法廷に出てきたことの一例だった。

つぎの証人も内容のなさでは同列だったが、多少は興味を引く証言をした。一九八二年にフリッツが教師をしていたノーマンの中学校の校長、ウィリアム・マーティン。十二月八日の水曜日の朝、フリッツが電話で病欠を伝えてきたので、べつの教師が代役で授業をした——マーティンはそう証言した。マーティンが法廷に持参した出勤簿によれば、その年の授業があった九カ月間のあいだ、フリッツは合計で七日休んでいた。

十二人の証人が証言をおえた段階で、検察側はデニス・フリッツになんの打撃も与えられずにいた。検察がなんらかの疑いの余地なく立証したのは、フリッツが酒を飲むこと、好ましからざる人物(ロン・ウィリアムスン)と交遊していたこと、母と娘とともにデビー・カーターのアパートの近くに住んでいたこと、および事件の翌日に仕事を休んだこと、それだけだった。

几帳面に順序立てていくのがピータースンの流儀だった。被告人の有罪を立証するためには派手なスタンドプレーや巧みな弁舌を排して、証人をひとりずつ積みあげていき、決して急がぬことが肝要だという信念のもちぬし。証拠がしだいに積みかさなれば、陪審員の心からも疑念が残らず取り払われていく。しかし、デニス・フリッツの場合にはそう簡単ではなかった。なにしろ、確実な証拠がひとつもないのだから。

必要なのは密告者だった。

最初に証言した密告者は、ゴアと同様に刑務所から呼びだされてきたジェイムズ・ハージョだった。もとより頭が鈍くて知恵のまわらないハージョは、おなじ家に二回、それも二度ともおなじ手口で押し入っていた。おなじ寝室のおなじ窓から侵入したのだ。捕まったのち、ハージョは警察の尋問を受けた。警官たちは紙とペンというハージョにはなじみのなかった道具で図を描いて、ハージョの行動を再現、事件を解決した。ハージョはこれにいたく感銘を受けた。そこで拘置所でフリッツといっしょになったさいに、ハージョは——警察からの勧めもあって——紙に図を描くことでカーター事件を解決してみようと決めた。

ハージョは自分の巧妙な戦略について、陪審に説明した。ハージョはごったがえした拘置所の大部屋で、事件についてフリッツを問いつめた。自分の描く○や×がクライマックスに達したとき、ハージョはフリッツにいった。「ほう、どうやらおまえが犯人らしいな」

ハージョの巧みな論理に圧倒されたフリッツは、罪悪感の重みに押しつぶされて、涙を流しながらこういった。「おれたちにはあの女を傷つけるつもりはなかったんだ」

ハージョが予備審問で初めてこの大嘘を披露したとき、フリッツは怒りを爆発させ、「この嘘つきめ！　この嘘つきめ！」と怒鳴ってしまった。しかし陪審からまじまじと見られているいまは、感情を表に出さないまま、さいごまで耐えるほかなかった。容易ではなかったが、ハージョの馬鹿げた話に笑いをこらえている陪審員が何人かいたことで、フリッツは勇気づけられた。

反対尋問でグレッグ・ソーンダーズは、そのときデニスとハージョが拘置所内にふたつある大部屋の片方にいたことを明らかにした。大部屋というのは、寝棚がふたつある四つの雑居房すべてから出入りできる狭い共用スペースである。定員は八名だが、もっと多くの収監者が入れられていることも珍しくない。共有スペースとはいえ、おたがいの息が相手にかかってしまいそうな狭さだ。それなのに、フリッツのこれほど劇的な告白を耳にした者は、ポントトック郡拘置所にはほかにひとりもいなかった。

ハージョは、フリッツについての嘘をロンにきかせ、逆にロンについての嘘をフリッツにするのは楽しかったと証言した。グレッグ・ソーンダーズはハージョに質問した。「なぜフリッツやロン・ウィリアムスンについて嘘をついたのですか？　なぜ、ふたりのあいだを行ったり来たりして、それぞれに嘘をきかせたのですか？」

「ふたりがどういうかを知りたかったからです。ずっと見てたら、たがいに裏切りあったと思いますよ」

「では、ふたりがお互いを裏切るように、フリッツについての嘘をロンにきかせ、ロンについての嘘をフリッツにきかせたのですね?」

「まあ、その……ふたりが……なんというかなと思っただけですって」

のちに、ハージョは〝偽証〟という言葉の意味を知らないことを認めている。


つぎなる情報提供者はマイク・テニー。フリッツの弱みを握るために警察が利用した看守見習いだった。警察関係の仕事の経験もほとんどなく、また訓練も受けていなかったので、テニーは拘置所からキャリアをスタートさせた。最初に命じられた仕事がデニス・フリッツだった。自分の正式採用を決定する立場の人々に認めてもらいたい一心で、テニーはフリッツの房の前で長時間粘り、いろいろな話を――とりわけカーター事件の話を――した。多くの助言もさずけた。博識なるテニーの見解では、デニスの情況がきわめて深刻に見えたし、それゆえ最善の策は交渉だと思えた。つまり司法取引をして、自分の身を救い、ロン・ウィリアムスンに不利な証言をすることだ。ピータースンは誠意には必ず報いてくれる。

当時フリッツは、適当に調子を合わせて、なにもいわないよう気をつけていた。どんな発言であれ、法廷でくりかえされるおそれがあるからだ。

テニーはまだ新米、証言経験はないも同然のうえ、ろくに練習もしていなかった。そんなわけでテニーは、フリッツがロンとオクラホマシティの酒場をはしごしたエピソードから話しはじめようとした——カーター事件とは、まったく関連がない話だ。ソーンダーズ弁護人が異議をとなえ、ジョーンズ判事が異議を認めた。

そこでテニーは、フリッツと司法取引について話したと証言して、窮地に追いこまれた。テニーは〝司法取引〟という言葉を二回つかった。この言葉にはフリッツが有罪を認めたうえで取引をするつもりだったという含みがあり、陪審に先入観を与えかねないという大きな問題になりうる。

グレッグ・ソーンダーズは大声で異議を叫びたてて、審理無効を求めた。判事は要求を却下した。

これでテニーはようやく、やたらに法律家たちが弾かれたように立ちあがって邪魔することなく証言ができるようになった。テニーはフリッツとよく話をしたこと、話がおわるたびに急いで拘置所の事務室に行き、会話の内容をすべて書きとめたことを陪審に説明した。指導教官役を務めたゲイリー・ロジャーズによれば、それがあるべき仕事の手順だという。優秀な警察官の仕事のこなし方だ。ついでテニーは、あるときフリッツがこんなことをいったと証言した。「こんないきさつだったかもしれないと仮定しようか。ロンはデビー・カーターのアパートの玄関までいって、なかに押し入ったのかもしれない。そしてその気になって、ことに及びかけた、と仮定する。ところがすこし頭に血がのぼりすぎて、デビーに思い知らせようとしたとね。で、デビーが死んでしまった。そんな次第だったと仮定しようか。でも、ロンが女を殺すところを見てたわけじゃないんだ。見ていないことを、検事にどう話せというんだ？」

テニーの証言でその日の審理がおわって休廷になると、フリッツは拘置所にもどされた。大切に新しいスーツを脱ぎ、ハンガーに掛ける。看守がそれを受けとって、事務室に運んでいった。フリッツは寝棚であおむけに横たわって、目をつぶった。この悪夢は、どんなおわりかたをするのだろう。証人たちが嘘をついていることは、自分にはわかっている。しかし、それが陪審員に見抜けるだろうか？

翌日の午前中、ビル・ピータースンはシンディ・マッキントッシュを証人席に呼びだした。マッキントッシュは、自分が不渡り小切手を振り出した罪で拘置所にはいっていたことを認め、そのときにデニス・フリッツとロン・ウィリアムスンの両名と出会った、といった。それからこの女は、ふたりの話が耳にはいったとき、ロンが犯行現場の写真に写っていたデビー・カーターについてフリッツにたずねていた、と証言した。

「あの女はベッドの上にいたのか？　それとも床の上だったか？」ロンはそうフリッツにたずねた。

床だった――フリッツはそう答えたという。

マッキントッシュは、不渡り小切手の件では有罪を免れたことを認め、こういった。「小切手のお金を精算したので、釈放されました」

こうして密告者たちを片づけると、ピータースンはより信頼性の高い証拠にもどった。いや、五十歩百歩というべきか。四人つづけて召喚した証人は、いずれも州の科学捜査研究所の職員だった。いつもどおり、彼らが陪審に与えた影響力は、きわめて大きかった。四人とも高度な教育を受けて研修を積み、資格をそなえ、経験も積んだオクラホマ州の公務員である。専門家！　しかもその専門家たちが被告人に不利な証言をして、その有罪を証明しようとしているのだ。

一番手は、指紋鑑定の専門家ジェリー・ピーターズだった。ピーターズは、デビーの部屋と車から採取した二十一の指紋を調べたところ、そのうち十九がデビー自身の指紋だったと陪審に説明した。残るふたつはデニス・スミス刑事と〈コーチライト〉の警備員、マイク・カーペンターのもので、デニス・フリッツの指紋もロン・ウィリアムスンの指紋も検出されなかった。

被告人の指紋は検出されなかった――指紋の専門家がそう証言するのも奇妙な話だ。

ラリー・マリンズは、前年五月にデビーの遺体を掘りかえして掌紋を採取しなおしたときのことを説明した。マリンズから新たに採取した掌紋を受けとったジェリー・ピーターズは、四年半前には気づかなかったことにすぐ気づいたという。

検察側の仮説――いずれロン・ウィリアムスンの公判でも用いられることになる仮説――はこういうものだった。長時間にわたって激しい暴行を受けたデビーは負傷し、なんらかの理由で左手に血液がついた。その左の手のひらが、寝室の壁の低い位置に触れたとみられる。掌紋がロンのものでもフリッツのものでもなく、またそれ以外の真犯人のものであるはずはないのだから、壁に残っていたのは、デビーの掌紋にちがいない、というわけだ。

メアリー・ロングは、おもに体液を専門とする犯罪学者だった。ロングは陪審に、唾液や精液や汗といった体液に血液型があらわれない人は、人口のおよそ二十パーセントだ、と説明した。専門家のあいだでは、このような人々は〝非分泌型〟と呼ばれている。ロンとフリッツから採取した血液と唾液を分析したところ、ふたりが非分泌型であることがわかった。証拠が不充分で断言できないが、犯行現場に精液を残した人物も非分泌型だろうと思われる――ロングはそう証言した。

こうして、全人口の八十パーセントが容疑者から除外された。いや、数パーセントの誤差を考えれば、八十パーセント〝前後〟か。しかし、フリッツとロン・ウィリアムスンは、有罪の可能性を残す〝非分泌型〟に区分されたのだ。

だが反対尋問で、ロングのこの計算はあっさり打ち砕かれた。グレッグ・ソーンダーズに問いつめられたロングは、カーター事件に関連して分析した血液と唾液の半数以上が非分泌型だったことを認めるしかなかった。ロングが調べた二十のサンプルのうち非分泌型は十二あり、フリッツとロンのものはその一部に過ぎなかった。

全国平均はわずか二十パーセントであるのに対し、ロングの手もとにサンプルがあった容疑者候補の六十パーセントまでが非分泌型だったのだ。

だが、たいしたことではなかった。ロングの証言によって多くの人間が容疑者から除外され、デニス・フリッツの頭上に嫌疑の影をかけることができたのだから。

検察側のさいごの証人は、もっとも有力な証人でもあった。ピーターースンはノックアウト・パンチを、最終ラウンドの隠し玉にしていたのだ。この証人、メルヴィン・ヘットが証言をおえた時点で、陪審はすっかり納得させられていた。

ヘットは、オクラホマ州捜査局の毛髪検査の担当者だった。法廷での証言経験も豊富で、これまでにも多くの人間を刑務所に送りこむ手助けをしていた。

一八八二年にはじまったときから、毛髪の法医学的分析は不確実なものだった。その年、ウィスコンシン州のある裁判で検察側の〝専門家〟がある人物のものとして知られる毛髪を犯行現場に遺留されていた毛髪と比較して、両者の出所が同一であるという証言をした。出所といわれた人物は有罪となったが、上訴審でウィスコンシン州最高裁判所は原判決をくつがえし、〝このような証拠は、もっとも危険な性質の証拠である〟と明言した。

この判決に留意する者がいれば、おそらく何千人もの人々が冤罪を免れていたはずだ。しかし、警察も捜査関係者、そして鑑識や、検察関係者も、毛髪分析を積極的に推進してきた。毛髪が、犯行現場に残された唯一の手がかりである場合がすくなくなかったからだ。毛髪分析が広くおこなわれるようになると同時に疑問の声も多くあがり、それゆえに二十世紀を通じて研究がつづけられてきた。

その種の研究のかなりの部分が明らかにしたのは、多くの場合で鑑定ミスが起こる確率が高いことだった。この論争を受けて司法省の法執行援助局は、一九七八年に科学捜査の技能向上プログラムを立ちあげた。そして全国でも有数の二百四十の科学捜査チームが、毛髪をはじめとするさまざまな証拠を分析して、分析結果を比較した。

毛髪分析の結果は惨憺《さんたん》たるものだった。大多数の科学捜査チームが、五回のうち四回まで誤った分析結果を出したのだ。

これ以外にも、毛髪に関する証言をめぐる議論をエスカレートさせる研究があった。犯行現場で発見された毛髪を技官が五人分の毛髪と比較するにあたって、どれが警察によって容疑者視されている人物の毛髪かを伏せた場合、的中率が上昇することがわかった。意図しない先入観を抱く可能性が排除されるからだ。一方おなじ研究では、どれが本物の〝容疑者〟のものかを技官が教えられると、的中率が著しく低下した。先入観による結論が出やすくなり、分析結果が容疑者寄りになってしまうのだ。

毛髪鑑定の専門家は、裁判で法律の薄氷を踏んで歩いているようなものだ。そのため彼らの意見書には、《既知の毛髪と問題の毛髪は顕微鏡的には一致しており、同一人物のものであったとしてもおかしくない》というような予防線がたっぷりと張られる。

それというのも、同一人物の毛髪ではない可能性も大いにあるからだ。しかし、証人が自発的にそう口にすることはめったになかった――すくなくとも、検察側による直接尋問では。

デニス・スミスが現場から集めた何百本もの毛髪は、法廷にたどりつくまでに、苦難に満ちた長い道をたどった。これに事件直後、スミス刑事とロジャーズ捜査官が、容疑者になりそうな人間を片っぱしから集めて提供させた数十本もの毛髪のサンプルが何十本も加わった。オクラホマ州捜査局でそれら毛髪の分析を担当した技官は、すくなくとも三人になった。

最初に犯罪科学研究所ですべての毛髪を集めて整理したのはメアリー・ロングだったが、ロングはすぐにすべてをひとまとめにしてスーザン・ランドに引き継いだ。スーザン・ランドが毛髪を受けとったのは一九八三年三月——このときすでにスミスとロジャーズは、フリッツとロンこそが犯人だと確信していた。ところがスーザン・ランドの報告書で、顕微鏡的に一致していたのはデビー・カーターの毛髪だけだったという結論が出されたため、捜査陣はいたく落胆した。

つまり短期間とはいえ、フリッツとロンは捜査対象から外されていたのだ。だが、本人たちには知るよしもなかった。しかも、その数年後になっても、スーザン・ランドの分析結果はフリッツとロンの弁護士たちに知らされていなかった。

検察がセカンドオピニオンを必要としていたからだ。

一九八三年九月、仕事の多いランドのストレスと過労を軽減するためとして、上司はこの事件をメルヴィン・ヘットに〝譲る〟ようランドに命じた。ただでさえ異例のことだったが、ランドとヘットが担当地域も所属する研究所も異なっていた事実も照らしあわせるなら、すこぶるつきの異例の措置だった。ランドは、オクラホマシティの捜査局本部内の研究所、へットはイーニッドという街の支部の所属だった。ヘットの担当地区には十八の郡が含まれていたが、ポントトック郡は相当外だった。

ヘットの仕事の方法は、大変丁寧で綿密だった。なにせ、分析に二年三カ月もかけたのである。しかもそれは、フリッツとロンとデビー、三人の毛髪だけを調べるのにかけた時間だ。それ以外の二十一人分は、それほど重要ではなかったので、後まわしにされた。

デビー・カーターを殺害した犯人を知っている警察は、親切にもそれをヘットに教えた。ヘットがスーザン・ランドから毛髪サンプルを受けとったときには、すでにフリッツとウィリアムスンの名前のわきに〝容疑者〟と書きこまれていたのである。

グレン・ゴアは、エイダ警察にまだ毛髪サンプルを提供していなかった。

事件から三年後の一九八五年十二月十三日、メルヴィン・ヘットは最初の報告書を完成させた。問題の毛髪のうち十七本が、事件から三年後のデニス・フリッツとロン・ウィリアムスンから提出されたサンプルと顕微鏡的に一致するという内容だった。

最初のサンプルの分析に二年以上、時間にして二百時間以上をかけたヘットだったが、その後仕事のテンポを急にあげて、残り二十一本の分析をひと月足らずで片づけた。一九八六年一月九日、二本めの報告書が完成した。エイダの若い男性から提供されたほかのサンプルには、デビー・カーターのアパートで発見された毛髪と一致するものは一本もない、という内容だった。

このときもまだ、グレン・ゴアは毛髪サンプルの提供を依頼されていなかった。根気のいる仕事だし、つねに不確実さが伴う仕事でもある。顕微鏡と格闘しながら、ヘットはなんども意見をひるがえした。デビー・カーターの毛髪にまちがいないと確信していた毛髪を、再考の末にデニス・フリッツのものだとしたこともあった。

毛髪分析とはそのような性質のものだ。スーザン・ランドの分析結果を正面から否定することもあれば、自分の結論に自分で疑義を呈することもあった。最初は合計十三本の陰毛がフリッツのもので、ロンのものは二本だけとしていたが、あとから十二本がフリッツでロンが二本、と数を変更した。さらにその後、十一本がフリッツのものであり、加えて二本は頭髪だ、という結論を出した。

理由は判然としないが、一九八六年七月になって、ようやくゴアの毛髪が表舞台に登場した。エイダ警察署のだれかが目を覚まし、ゴアが無視されていたことに気づいたのだ。デニス・スミスがグレン・ゴア、および自白した殺人犯リッキー・ジョー・シモンズから毛髪と陰毛を採取し、メルヴィン・ヘットに郵送した。当時ヘットはかなり多忙だったらしく、一年間なんの報告書も出せなかった。一九八七年七月、ゴアは再度のサンプル提出を求められた。ゴアは理由をたずねた。以前出してもらったものが警察に見つからない――という返事だった。

ヘットからの報告書がないまま、さらに数カ月が過ぎた。一九八八年の春、いよいよ公判が近づいても、ヘットからはゴアとシモンズの分析結果が出されないままだった。

フリッツの公判が進行中だった一九八八年四月七日、メルヴィン・ヘットは三本めにして、さいごの報告書を提出した。ゴアの毛髪は、問題の毛髪のどれとも一致しない。ヘットがこの結論を出すまでには、二年近くかかった。しかも、そのタイミングに疑いの余地はなかった。これもまた、検察側がフリッツとウィリアムスンの有罪を固く信じており、毛髪分析の完了をあえて待つ必要はないと考えていたことを明白に示すものだ。

危険も不確定要素も多々あったが、それでもメルヴィン・ヘットは毛髪分析を信奉していた。ヘットはピータースンとしだいに親しくなり、フリッツの公判の前には、信頼性に欠けることで悪名高いこの種の証拠に信頼性があると主張する科学誌の記事をピータースンに渡すこともあった。毛髪分析や、毛髪に関する証言の不適切さを批判する記事は数えきれないほどあったが、そのような記事を検事であるピータースンに見せることはなかった。

フリッツの公判の二カ月前、ヘットは車でシカゴにむかい、自分の分析結果をマクローン研究所という民間の研究所にもちこんだ。この研究所では、リチャード・ビスビンというへットの知人が分析結果を検討した。証拠となっている毛髪を再検査して公判で証言するという仕事をビスビンに依頼したのは、ウォンダ・フリッツだった。この費用を捻出するために、ウォンダは息子デニスの車を売らなければならなかった。

ビスビンは、ヘットとは比較にならないほど効率よく仕事をすすめる男だったが、その分析結果はまっこうから対立するものだった。

ビスビンは六時間もかからずに、ヘットの分析結果のほぼすべてをくつがえした。ヘットが確信をもってフリッツのものと顕微鏡的に一致していると結論づけた十一本の陰毛だけを取っても、分析が正しいとビスビンが認めたのは、三本だけだった。三本にかぎっては、デニス・フリッツのものだという〝可能性もある〟。しかしそれ以外の八本については、ヘットはどれも分析を誤っていた。

べつの専門家に自分の仕事をここまで低く評価されたにもかかわらず、ヘットは悪びれることもないままオクラホマに帰った——あくまでも意見を変えずに証言するつもりで。

ヘットが証人席についたのは四月八日、金曜日の午後だった。証言にかかるなり、ヘットは科学的な専門用語や表現をたっぷりまぶしただけで中身のない講義をはじめた。陪審に理解させるためではなく、感心させるための証言だった。大学で学位を取得して理科教師の経験もあるデニス・フリッツでさえ、ヘットの話にはついていけなかった。陪審にも理解できていないはずだ、とフリッツは思い、なんどか陪審員たちに目を走らせた。彼らはみな話の中身はさっぱり理解できない顔を見せていながらも、明らかにこの専門家にすっかり感心しているようだった。なんと知識が豊富な人だろうか！

ヘットは形態学や毛皮質、毛小皮突起、浅溝、皮質紡錘、卵形組織といった難語の数々を、廷内全員が意味を知っていると決めてかかっている調子で連発した。意味を説明するために話のテンポを落とすことはほとんどなかった。

ヘットは花形証人であり、信頼できる人物ならではのオーラがあった。そのオーラをさらに増幅していたのは、経験や語彙《ごい》や自信にあふれた態度であり、デニス・フリッツが提供した毛髪の一部が、犯行現場で発見された毛髪の一部と一致したと断言した、その結論だった。検察による直接尋問のあいだに、ヘットの口からは〝フリッツの毛髪と犯人のものと思われる毛髪は顕微鏡的に一致し、同一人物のものである可能性がある〟という言葉が六回出ている。しかし、その毛髪がちがう人物のものである可能性も同程度あるという真実を、ヘットは一度も陪審に話さなかった。

ヘットの証言のあいだ、ビル・ピータースンは一貫して〝被告人ロン・ウィリアムスン、および被告人デニス・フリッツ〟といっていた。そのとき、ロン本人は自分が欠席裁判で裁かれており、事態が不穏な方向にむかっていることもまったく知らぬまま、独房でギターをつま弾いていた。

ヘットは、自分の分析結果を陪審のために要約して、証言のまとめとした――十一本の陰毛および二本の頭髪はフリッツのものである可能性がある。その十一本の陰毛とは、みずからシカゴのマクローン研究所にもちこんでリチャード・ビスビンに見せ、セカンドオピニオンを得たものだった。

グレッグ・ソーンダーズの反対尋問では、得られたものはほとんどなかった。ヘットは仕方なく、毛髪分析には不確実な部分が多いため、個人を明示的に特定するためには利用できないことを認めはした。しかし多くの専門家とおなじく、ヘットも曖昧な専門用語を際限なく用いて、答えにくい質問から口八丁でうまく逃れる術を心得ていた。

ヘットの証言で、検察側の弁論は終了した。

被告側の最初の証人は、デニス・フリッツ本人だった。フリッツは自分の過去やロンとの交友関係などについて証言した。また、一九七三年に大麻栽培で有罪になったことや、七年後にノーブルで教職に就《つ》くさいに、その事実を伏せたことを認めた。そんなことをした理由は簡単だった――仕事が必要だったからだ。デビー・カーターには会ったことがなく、殺人事件についてはなにも知らない――フリッツはくりかえしそう主張した。

ついでフリッツは、ビル・ピータースンの反対尋問にゆだねられた。

法曹界には、昔からこんな俗諺《ぞくげん》がある――確固たる事実のもちあわせがなければ大声を出せ。ピータースンも足音高く証人席に駆け寄ると、疑惑の毛髪の持ち主である殺人犯をにらみつけ、大声で怒鳴りはじめた。

数秒もたたないうちに、ジョーンズ判事はピータースンを法壇前に呼んで、ちょっとした叱責を与えた。

「きみは被告人をきらっているようだがね」判事は抑えた声でいかめしくいった。「本法廷では、腹立ちまかせの発言は許さん」

「腹立ちまかせの発言などしていません」ピータースンは怒りもあらわにいいかえした。

「いや、しているとも。法壇にむかって声を荒げたのは、いまが初めてだがね」

「わかりました」

ピータースンは、フリッツが求職書類で嘘をついたことを激しく非難した。だからフリッツは信用できない、ということだ。つづいてピータースンはもったいぶった態度で、もうひとつの嘘をもちだした。オクラホマ州デュラントの質屋に拳銃を預けるときにフリッツが書いた書類である。この書類でも、フリッツはマリファナ栽培という重罪歴を隠していた。

二度までも悪質な欺瞞行為があったことはあきらかだ――もちろん、どちらもデビー・カーター事件との直接的な関係はなかった。ピーターズンは、フリッツがみずから認めた嘘から発展させられる範囲の限界まで長広舌《ちょうこうぜつ》をふるった。

皮肉な話だったし、問題がこれほど深刻でなかったら滑稽な茶番にしか見えなかったことだろう。みずからを憤然とした昂奮状態にまで駆り立てて、真実など語れるべくもない証人を尋問するピーターズン。まさしく、有罪判決の確定者や密告者の証言しか起訴事実らしきものがない検察官そのもののふるまいだ。

つぎの話題に進もうにも、ピーターズンには進むべき場所はもうなかった。ピーターズンがこれまでの検察側証人の主張をつぎつぎもちだして追及しても、フリッツは信頼できる受け答えで自分の立場を守りきった。議論にあふれた反対尋問が一時間つづいたのち、ようやくピーターズンは腰をおろした。

グレッグ・ソーンダーズが召喚した証人は、あとひとりだけだった。リチャード・ビスビンである。ビスビンは、メルヴィン・ヘットが出した結論の大部分に同意できないことを陪審に説明した。

金曜日の午後も遅い時間になっていた。ジョーンズ判事は、週末のあいだの休廷を宣言した。フリッツはわずかな距離を歩いて拘置所に帰り、着替えをすませると、狭苦しいネズミの穴のような監房でリラックスしようと努めた。検察には自分が有罪であるという立証ができなかったにちがいないとは思ったが、自信があるとはとうていいえなかった。犯行現場の血なまぐさい写真を見せられたときに、陪審員たちの顔に浮かんだ険悪な表情を見てしまったからだ。メルヴィン・ヘットの話に熱心に耳を傾けて、その結論を信じきっていた陪審員たちのようすを見ていたからだ。

デニス・フリッツにとっては、とてつもなく長く感じられる週末だった。

双方の最終弁論は、月曜の午前中からはじまった。まず検察側の代表としてナンシー・シューが登場し、検察側証人ひとりひとりの証言をじっくりと再構成した。

グレッグ・ソーンダーズは、検察側はほとんどなにも立証しておらず、合理的な疑いの余地なくフリッツの有罪を立証する責任を明らかに果たしていないこと、連想に頼って有罪であると主張しているにすぎないことをもとに反論、陪審は依頼人を無罪とするべきだ、と主張した。

さいごに発言に立ったのは、ピーターースンだった。検察側証人それぞれの証言のさわりをくりかえし、手駒とした悪党や密告者が信用に値する人間だと陪審に信じこませたい一心で、とりとめのないまま一時間近くもだらだらと話しつづけた。

陪審が評議のために退廷したのは正午。その六時間後に法廷にもどってきた陪審は、十一対一で意見が分かれたと報告した。ジョーンズ判事は夕食を用意することを約束して、陪審を評議室にもどした。午後八時ごろ、陪審はふたたび法廷にもどり、有罪評決をくだした。

フリッツは凍りついたように言葉をうしなって、評決をきいていた。無罪の身であるがゆえに衝撃だった。ここまで薄弱な証拠で有罪とされたことがショックだった。陪審や判事や警官たち、それに司法制度そのものをも殴りつけてやりたかった。しかし、裁判はまだおわっていなかった。

とはいえ、心底から驚愕していたわけでもなかった。陪審を見ていたフリッツには、自分が信用されていないことがわかっていた。陪審はエイダの街を代表しており、その街が有罪判決を必要としていた。警察とピータースンがフリッツこそ殺人犯だと信じて疑わないのなら、フリッツが犯人にならなくてはいけないのである。

フリッツは目をつぶって、娘エリザベスのことを思った。十四歳――有罪や無罪の概念を充分に理解できる年齢だ。こうして有罪判決を受けたいま、自分の無罪を娘に信じてもらえるだろうか？

裁判所から列をなして出ていく人々のなかで、デビーの母親のペギー・スティルウェルが裁判所前の芝の上で意識をうしなった。ペギーは疲れはて、激しい感情と深い悲しみに押しつぶされていた。ペギーはすぐ最寄りの病院に運びこまれ、ほどなく退院した。

有罪が確定したため、公判は量刑段階に移った。建前では、ここで検察側が罰を加重すべき情況を提示して死刑を主張、被告側が罰を軽減すべき事情を提示して死刑を免れようとしたのち、陪審が双方の主張をもとに刑を定めることになる。

フリッツの量刑段階は短時間でおわった。ピータースンはラスティ・フェザーストーン捜査官を証人席につけた。これでようやくフェザーストーンは、事件の四カ月ほど前、フリッツがロンとノーマンで酒場をはしごして飲み歩いていたと本人が認めていた件を陪審に話すことができた。その程度の証言だった。ふたりの容疑者は、なんとノーマンまで百キロ以上も車を走らせて、驚くなかれ、バーやクラブで長い夜を過ごしていたのです。

つづくさいごの証人が、この重大な話題をさらに発展させた。証人はラヴィータ・ブルーアーという女性で、ノーマンのホリデイイン・ホテルのラウンジで酒を飲んでいたとき、フリッツとロンに偶然出会ったという。数杯酒を飲んだのち、三人は連れだってラウンジを出た。ブルーアーは、車の後部座席にすわった。フリッツが運転席、ロンが助手席に乗りこんで出発。雨の降る夜だった。フリッツは赤信号もなにもかも無視して、猛スピードで車を飛ばした。この冒険に出発してまもなく、ブルーアーはヒステリー状態に陥った。ふたりの男から体に触れたとか脅されたとかしたわけではなかったが、車から降りたくてならなかった。

しかし、フリッツは車を止めようとしない。そんな状態が十五分か二十分つづいたところで、車が速度を落としたすきに、ブルーアーはドアをあけて飛びおり、そのまま公衆電話に走り寄って、警察に通報した。

負傷者はゼロ。告訴手続もとられなかった。当然、有罪とされた者もいない。しかしビル・ピータースンの手にかかると、これこそデニス・フリッツが社会への現在進行形の脅威にほかならず、これ以上若い女性を被害者としないためにも死刑に処すべきであることの確固たる根拠になった。ピータースンが用意できた、たったひとりの最良の証人、それがラヴィータ・ブルーアーだった。

思い入れもたっぷりに死刑を求める弁論のさなか、ピータースンはフリッツをにらみすえ、指を突きつけてこういった。「デニス・フリッツ、おまえがロン・ウィリアムスンとふたりでデブラ・スー・カーターにしたことは、死刑に値するのだ」

これをきいたフリッツは話をさえぎり、陪審に語りかけた。「わたしはデビー・カーターを殺してはいません」

二時間の評議ののち法廷にもどってきた陪審は、被告人フリッツに終身刑をいいわたした。評決が読みあげられると、フリッツは立ちあがり、陪審に顔をむけて口をひらいた。「陪審のみなさん、どうかきいてください……」

「被告人は静粛に」ジョーンズ判事が声をかけた。

「デニス、よすんだ」グレッグ・ソーンダーズもいった。

しかし、フリッツには引き下がる気はなかった。フリッツは言葉をつづけた。「天におられる主キリストは、わたしの無罪をご存じです。わたしはただ、みなさんを赦《ゆる》すということ、それをいいたかっただけです。みなさんのために祈ります」

蒸し暑く暗いだけの地獄の片隅というべき独房にもどって、死刑だけはまぬがれたという事実を思ったところで、フリッツには安堵のかけらさえ感じられなかった。いま自分は三十八歳、暴力的傾向のかけらもない無実の人間だ……それなのに、この先死ぬまで刑務所で過ごさなくてはならない。それを思って、フリッツは完全に打ちのめされていた。

Grateful acknowledgment is given to the following for permission to reprint the photos in the insert:
Courtesy of the Williamson family:page43;page45;
page52,top;page83,bottom;page223,top.
Courtesy of the Ada Evening
News:page19,bottom;page177;page215;page223,bottom.
Courtesy of Murl Bowen:page52,bottom.
©John Donovan:page83,top.
Courtesy of the Carter family:page19,top.

無実（上）

2008年３月10日　初版第１刷発行
2008年３月20日　　　第３刷発行

著　者　ジョン・グリシャム
翻　訳　白石 朗
翻訳協力　河野騎一郎、岩井木綿子、株式会社トランネット
発行者　斎藤広達
発行・発売　ゴマブックス株式会社
〒107-0052　東京都港区赤坂1-9-3
日本自転車会館３号館　電話 03-5114-5050
http://www.goma-books.com/
印刷・製本　株式会社暁印刷

フォーマット　泉沢光雄　カバー・デザイン　片岡忠彦

Goma
落丁・乱丁本は当社にてお取替えいたします。定価はカバーに表示されています。

ISBN978-4-7771-5037-3